中国当代侦探推理悬疑小说精选系列

灵魂何处安放

李双其 著

群众出版社
·北京·

图书在版编目（CIP）数据

灵魂何处安放 / 李双其著 . —北京：群众出版社，2018. 7
（中国当代侦探推理悬疑小说精选系列）
ISBN 978 - 7 - 5014 - 5837 - 0

Ⅰ. ①灵…　Ⅱ. ①李…　Ⅲ. ①推理小说—中国—当代　Ⅳ. ①I247. 5

中国版本图书馆 CIP 数据核字（2018）第 123798 号

灵魂何处安放

李双其　著

出版发行：群众出版社
地　　址：北京市丰台区方庄芳星园三区 15 号楼
邮政编码：100078
经　　销：新华书店
印　　刷：北京市泰锐印刷有限责任公司

版　　次：2018 年 7 月第 1 版
印　　次：2018 年 7 月第 1 次
印　　张：9
开　　本：880 毫米 × 1230 毫米　1/32
字　　数：213 千字

书　　号：ISBN 978 - 7 - 5014 - 5837 - 0
定　　价：38. 00 元

网　　址：www. qzcbs. com
电子邮箱：qzcbs@ sohu. com

营销中心电话：010 - 83903254
读者服务部电话（门市）：010 - 83903257
警官读者俱乐部电话（网购、邮购）：010 - 83903253
文艺分社电话：010 - 83901330　010 - 83903973

目　录

楔 子

汽车站的人真少，连公共汽车里人也是稀稀拉拉的。那些有钱人这种大热天是不会去乘公共汽车的。阿根知道，这个时间点是不适合下手的。人少，下手不易。有钱人没有出现，就算下手也捞不到多少钱。阿根只怪自己刚才瞎激动，奔车站来了。他觉得现在应该到咖啡馆附近转转，到咖啡馆的人有钱，这个时间他们容易犯困，还会因为谈情说爱而放松警惕。“午后”“街角”“雅堤”等咖啡馆阿根都曾经光顾过，也有点儿收获。午后咖啡馆面积小，只有两对情侣在消磨时光。阿根一进去，守柜的老板娘就热情地打着招呼，那两对情侣也都侧脸看到了阿根。阿根觉得在这里没有什么机会了。街角咖啡馆面积最大，只有角落里坐着两个人，都是女的，机会不大，阿根只转了一下就出来了。到底怎么了？按理说不该就这么一丁点儿人的，哪怕是热天，哪怕是午后。阿根不想再去其他咖啡馆了。

小偷越来越不好当了，到处都有监控，一不小心就会被逮住。大家身上带的钱越来越少，都用卡，还有手机付款。偷来偷去，最容易偷到的就是手机。可手机不好出手，也卖不了几个钱。唉，还是到车站那边再瞅瞅吧！好了，有一小拨人在挤公共汽车，阿根挤蹭过去，探入姑娘的挎包，得手十五元。阿根花两元乘车到了这个时间上下车人较多的海关站，在这一站他又摸了一部手机。“什么机子啊，破旧!”阿根偷偷地把手机搁在商场的大门旁。

前面不远处就是长途汽车站了，那里最容易下手，成功率最高，可是那里也是最危险的。阿根曾经在那儿“栽倒”过。那儿的保安、警察好像对阿根有些熟悉。可为了梦婷，阿根想去冒冒险。一想到梦婷，阿根的脑子里不由得又浮现出来车站前的那份甜蜜。

夏日的午后时分，喧嚣的城市也歇息去了。津淮河畔的成排柳树都耷拉着脑袋，卧在路旁的黄毛流浪狗吐着长长的舌头喘着气，夜间特别活跃的那些姐妹们蜷缩在厅堂的沙发里，偶尔探出脑袋，有气无力地招呼：“大哥进来吧，进来看看。”风儿轻轻地吹着，津淮河水静静地流着，奔驰在河岸两侧街道上的车辆也无心发出刺耳的鸣叫。

梦婷伸了个懒腰，离开沙发踱步到门外。夏天的午后，的确没什么生意。她从中午 12 点开始招揽客人，可一个多小时过去了，一笔生意都还没做成。梦婷情绪有些低落，她想到奈良桥上去透透气。这奈良桥只是津淮河上几十座桥中的一座，长十多米，宽三四米。尽管还是烈日当空，但河岸内侧柔弱的柳树、外侧高大的杧果树联合形成的巨大屏障，挡住了有些西斜的阳光。也就迈了二十来步，梦婷就到了桥上，环顾四周，真是一个人影也没有啊！这哪像繁华都市的闹市区啊！人都哪儿去了？夜幕降临后，这儿又是如此热闹，来找自己的人又是那样多！唉，这真不好，忙闲不均，时光可是白白浪费了。时间就是金钱啊！梦婷面向河的上游，伸了个懒腰。一阵轻风吹来，梦婷眯了下眼睛。那是什么东西？右岸低垂在水面的榕树枝上分明挂着一个袋子……

当梦婷看到袋子的时候，桥左侧马路上恰好出现了一个男人。梦婷有些高兴，有些激动，有些渴望。她快步折回自己的据点。当那男人近在咫尺时，梦婷向他招招手，轻柔地唤着："小弟，小弟，进来吧！"那男人笑了笑，没吭气，只顾跟着梦婷进了房间。"我只有五十块钱。"男人嘟囔道。梦婷瞥了一眼跟前的男人。他个子挺高的，可怎么看都还是个少年。他上穿蓝色套头衫，下着藏青色七分裤，脚上套了双灰色便鞋。头发理得短短的，还弄成了当下流行的飞机型。梦婷琢磨着，他看起来还是挺顺眼、挺清爽的。梦婷呵呵地笑着："你以前是不是来过？"男孩儿腼腆地点点头。"好吧。闲着也是闲着，进来吧。"梦婷拉着男孩儿的手走向里屋。

也就在里屋待了二十多分钟，梦婷就挽着男孩儿的手走出门直奔奈良桥。梦婷上身还是穿着那件薄薄的让丰满的胸部暴露无遗的深V浅石青色吊带背心，下穿牛仔休闲短裙，脚穿紫色高跟凉鞋。自那男孩儿来了之后，梦婷一改颓势，变得活跃、爽朗起来。"你可要经常来，知道吗？"梦婷侧过脸嗲声对男孩儿说。男孩儿的右手蹭了蹭右侧裤袋，轻轻地点了点头。"你最好这个时间来，给多少钱不要紧。不过，不过……"梦婷嘻嘻地笑着，"最好还是给多一点儿啦。"

“阿根，你看，你看，在那儿。”梦婷的右手指向右岸榕树枝上的袋子。男孩儿离开奈良桥快步走到河的右岸，很利索地踩着岸边凸起的石角下到长在岸崖上的榕树枝上，伸手抓到了那个挺新的袋子，把袋子抛到了岸边。

梦婷很想知道那挺新的袋子里装的是什么。袋子没打结，她急急地把袋口打开，发现袋子里装着另一个袋子。内袋的口小，拉链半合着。梦婷拉开拉链，看到了袋子里装的东西。“这是什么啊？好像是骨头啊！阿根啊，快来看。”梦婷惊慌地叫着，好像有什么重大发现。“哈哈，什么东东啊！”被称作阿根的男孩儿看了一眼袋子里的东西，不等女子表态就一把抓起袋子，扔到了河里。巧得很，那袋子又挂到了那棵“匍匐”在水面的榕树枝上，只是稍稍换了个位置。

阿根摸了摸梦婷的胸脯，又亲了亲她的脸颊，依依不舍地离开了。在阿根的眼里，梦婷是这个世界上最漂亮、最可爱的姑娘。她和自己的亲姐姐差不多大。可看看人家的身材、打扮和模样，自己的姐姐哪能比得上！就是在车站、码头熙熙攘攘的人群中也看不到几个像梦婷这样漂亮的。她个子好高，差不多和自己一般高。她皮肤好白，奶好大。她喜欢让自己去摸她。她喜欢笑，一副无拘无束的样子。那绾在脑后的长发，那对着自己做鬼脸的模样，太可爱了。阿根在这津淮河畔游荡已久，一个多月前他就瞅上梦婷了。那天，也是梦婷向他招手。他也摸过梦婷，吻过梦婷，睡了梦婷。他还给了梦婷一百二十元。那天梦婷还问过自己的名字，尽管今天她不记得了，但阿根一点儿也不怪她。

走在津淮河畔的阿根，此时此刻还把梦婷和自己身边的其他人比较了起来。村子里的那些人，只会没礼貌地喊自己黑根、乌根、鸟根的，那几个“鸟蛋”还会欺压自己，那个“乌山”

还会打自己，真可恨！爹只会问我挣了多少钱，也不问问我在外地干些什么，苦不苦、累不累。娘才多大啊，就把自个儿当老人了，不过她看起来也真是老啊！她更是不知道关心我阿根了。唉，“六灌儿”的那几个哥儿们，只会把我的那一丁点儿破钱抢走。不行，我要改变自己。我要离开“六灌儿”。我要搬到离梦婷近的地方住。我要去挣很多很多的钱。下次见到梦婷时一定要给她几百元，还要给她礼物。对了，不能让梦婷知道自己是小偷这事儿。如果她知道自己是小偷，那我阿根就会被她小瞧了。阿根哼起那不知名的小曲，迈着轻快的步子往长途汽车站奔去。

候车室里那些搁在脚旁的袋子是最方便下手的目标，可里面通常不会有现金，得手了可能也捞不到真正的好处。现金通常会被放在衣服的口袋里。那里有一个男子在瞌睡，后裤袋鼓鼓的，有机会下手。阿根还没来得及把钱包取出，手就被另一只不知从哪里伸过来的大手给抓住了。阿根用另一只手挠了挠后脑勺，咕哝道：“警察，倒霉。”他乖乖地跟着这位便衣往车站派出所走去。

阿根的确是车站派出所的老熟人。当他走进候车室左顾右盼时就引起了反扒便衣鲁肃山的注意。阿根专注于旅客的行李、口袋，当鲁肃山贴近他的时候他根本没察觉。“老家是贵州的吧?”鲁肃山的右手搭着阿根的右肩，边走边问。阿根侧脸瞥了鲁肃山一眼，没吭声。正说着，来到了派出所。

鲁肃山在阿根身上各处拍了拍，把他口袋里的手机、钱币、纸张掏出放在办公桌上。“身份证呢?”鲁肃山问。“没有。”阿根摆摆手，晃了晃身体。“没有是什么意思?”鲁肃山盯了阿根一眼，“没有你怎么买车票回家?”“我啊，我都好久没回家了。”阿根揶揄道。“阿根，你以为我不知道你啊，你在津市晃荡了好几年，也偷了好几年。现在我都没有要你招供，你倒和我耍起嘴皮子来了。你偷东西可是当场被我逮住的，我对你客气是因为我认为你还是个孩子。你最好识相一点儿，知道吗?”鲁肃山的口气变得严肃起来。“我，我真的没有带身份证啊!”阿根用手挠了挠脸颊。“好，其他的不说，你先坐下。我问你，你多大了，哪一年出生的?”鲁肃山用手指了指放在屋角的条凳。阿根坐下了，答：“十六岁。”“哪一年出生的?”鲁肃山问。“2001 年生的。”阿根答。“2001 年几月?”鲁肃山追问。“7 月。”阿根答。“身份证放在哪里?”鲁肃山又问。“放在我住的地方。”阿根答。鲁肃山知道，阿根对出生年月的回答不会有假。因为经常和公安打交道的年轻人都知道，年龄对警察来说不是什么秘密，隐瞒没有意义。也就是说，阿根现在未满十六周岁。鲁肃山坐到办公桌前，打开电脑：“阿根，把全名说一下。”“根留。”阿根答。“姓什么?”鲁肃山问。“姓……姓刘。”阿根回答得有点儿吞吐。“那你的全名就是刘根留了?”鲁肃山问。“是啊，是啊!”阿根显得有些不耐烦。鲁肃山在公安内网上查找，不一会儿，找到了刘根留。刘根留，别名留根，2001 年 7 月 13 日出生，贵州省铜仁地区石阡县人，全家五口，父母健在，还有一姐一弟。

对这类未成年小偷，惩罚不是主要的，鲁肃山想到的是如何利用他服务于自己的“反扒”工作。

鲁肃山盯着阿根，问：“你今天偷了几次?”

阿根想了一下，觉得反正也没偷到什么，偷几次无关紧要，于是如实回答：“四次。”

“都是什么时候下手的?”

“上午一次，下午三次。”

“都偷了些什么?”

“手机，还有钱。”

“一共偷了多少钱?”

“几十块。”

“钱呢?”

“中午吃饭了，还有十几块在那儿。”阿根用手指了指桌面。

“手机呢?”

“扔了。”

“为什么扔了?”

“太旧了，卖不出去。”阿根耸了耸肩。

“你这个星期一共偷了几次?”

“一共? 那我得数数。”阿根摊开左手，若有所思地点点头，“十几次吧。”

“偷来的东西呢?”

“处理掉了。”

“在哪儿处理的?”

“卖给……卖给……卖给认识的人了。”

“卖的钱呢?”

“都花了。”

“都花了? 剩的钱呢?”

“剩的钱? 在那桌上。”

“我是说，你总会剩一些钱吧! 剩下的钱放哪儿了?”

“剩钱? 以前有时剩一点儿，藏在住的地方。可没藏几天就不见了，后来就不藏了。”

“有没有把钱存在银行?”

“哈哈，我是老板啊! 存银行，可笑。你以为我是什么人啊，还有钱存，现在的行情花都不够! 你也是大叔警察了，这你会不知道?”

其实，鲁肃山也知道，干他们这个行当的，除几个头目外，大部分的喽啰都是不剩钱的。

“你希望我如何处理你?”鲁肃山靠近阿根。

“我还能提希望?”阿根的身体又开始摇晃起来。

“坐好，严肃点儿。”鲁肃山提高了声调。

阿根倒是很听话地坐得笔直，应道：“是。”

“我们可以关你、判你，也可以给你一条出路，你做何选择?”鲁肃山敲了敲桌子以引起阿根的注意。

阿根的脑海里刹那间出现了梦婷的影子。对啊，如果被关，又如何再去见阿婷呢？只要不被关，其他都好说。想到这儿，他便问道：“我要怎么做你才不关我啊?”

“告诉我在这一带偷东西的都是些什么人，他们都住在哪儿。”鲁肃山说道。

阿根愣了愣，觉得有些为难。把这些人是谁告诉警察不等于当叛徒吗？这要是被同行知道了，今后还如何在这道上混呢？

“这……这……这问题不好回答，其他的可以。”阿根支吾道，用左手食指搓着鼻翼。

鲁肃山知道，只要有江湖就会有规矩，这窃行也有窃行的规矩。他们平时尽量地单兵团作战，团伙之间互不往来，但因为是吃同一碗饭的，所以相互间交往也在所难免。哪儿是哪个团伙的地盘，哪儿由谁霸占着，某个团伙栽了，轻易不会供出别的团伙。在江湖上混了多年，耳濡目染，阿根多少也明白些道上的规矩。鲁肃山心里有数，这样的问题阿根轻易是不会回答的。正因为不会说，鲁肃山才有意提出这个要求。因为一旦阿根拒绝供出其他窃贼，就会对鲁肃山有所亏欠。在这样的心理支配下，阿根就有可能在其他方面为警方做事。

“好吧。既然你今天不想说就别说了，以后愿意说的时候再说吧。”鲁肃山拿出一张纸，在上面写了几行字，“来吧，你看看，没问题的话就在上面签字画押。”

阿根粗略地看了看那张纸，上面写的是：2016 年 7 月 26 日 15 时 4 分，刘根留在津市长途汽车站盗窃，被警察鲁肃山当场抓获。对这次盗窃行为暂不处罚，如果今后刘根留能有立功表现就不再追究。

就这样啊？阿根觉得，这个警察是不会如此轻易地把自己放掉的。

鲁肃山给阿根拍了照，然后把手机和十几元钱还给他，接着就让他走了。

此时，阿根反倒觉得有些不自在了。这也太便宜自己了。对了，那袋骨头的事儿警察会不会感兴趣呢？

“大叔啊，有一件事不知道该不该告诉你？”阿根学着用礼貌的语气说着。

“不管什么事儿都可以说。”鲁肃山答。

“河那边有一包东西，里面好像装的是骨头，反正怪怪的。现在应该还在那儿。”阿根用右手往西边指着。

“河那边？骨头？什么意思？你说得具体一点儿。”鲁肃山对阿根抛出的话题显然有兴趣。

“下午 2 点多的时候，我经过津淮河，看到树杈上有一袋东西，我下去拿上来一看，里面装的好像是骨头。”阿根并没有打算把梦婷扯进去。

“具体在哪个位置？那骨头现在在哪儿？”鲁肃山追问。

“在一座桥的边上。我把那袋东西又扔回去了。”阿根用手往西边指了指。

“哪座桥的边上？你会看地图吗？来，来，过来，指一下，在哪儿？”鲁肃山把手机里的“百度地图”打开。阿根搜索了一会儿，找到了那座桥的所在。

那是奈良桥，离车站派出所不太远。尽管阿根说得没头没脑的，但鲁肃山还是想到桥那边一看究竟。他骑上电动车，带上阿根直奔奈良桥。

奈良桥附近的行人多了起来。那个蛮新的袋子仍然挂在榕树的树枝上。阿根动作麻利地下河上树，很快就取到了袋子。他把袋子递给鲁肃山。鲁肃山在河岸边找了个石凳，把袋子搁在上面，轻轻地把袋子打开。外层是湖滨绿的牛津布袋，六成新。里层是绿色无纺布袋，七成新。里层的袋子里果然有骨头，一、二、三、四，一共有四根。鲁肃山搞过刑侦，对法医学还是有所了解的。眼前的四根骨头，应该是人的肱骨。四根肱骨在这里出现，意味着什么呢？

鲁肃山没有对骨头做过多的探究。他想到的是应该让真正的刑警过来处理这事儿。眼前的这位阿根还是有利用价值的，把他培养成线人应该可行。鲁肃山用电话报案后又向阿根交代了一通，意思是他对阿根已知根知底，如果阿根今后要继续在津市混的话就得听从自己的，要随传随到。阿根如果有什么困难可以去找他，自己会帮助他的。

第一章　四根肱骨

一

也就一盏茶的工夫，津市清源区公安分局刑侦大队大队长陶冶就率法医李庆达、侦查员邓宇涵赶到了现场。邓宇涵对现场进行拍照，固定证据。陶冶询问了鲁肃山、阿根一些诸如如何发现那袋骨头之类的话后，就和李庆达一起察看骨头去了。

四根骨头，其中两根长约 30 厘米，另两根长约 23 厘米。从外观上看，四根骨头都像是人骨。进一步观察细节特征，可以确定是肱骨。因为骨头表面的那些结节、桡窝、冠突窝、神经沟等是人骨所特有的。很显然，四根肱骨不是同一个人的。当然，想从骨头上获取更多的信息还需要进行科学的检验和鉴定。

陶冶、李庆达、邓宇涵商议了一下，决定让鲁肃山、阿根先离开。李庆达把装着骨头的袋子放进车里。之后，陶冶带着李庆达、邓宇涵围绕发现骨头的地点对四周进行巡视。

太阳西斜，津淮河西侧的高楼在河畔的街道上留下了长长的影子。风轻轻吹拂着河边青翠的柳枝。午后蜷缩在屋内的市民们走出了家门，或在树荫下乘凉，或到街头溜达，或到桥头眺望。

津淮河是津市众多内河中的一条。说它是河其实名不副实，称它沟更贴切。这条河的宽度不到二十米，水量不大，水流不急。不过，就内河来说，这应该是治理极佳的河流了。水不深，清澈几近见底，河底可见沙石，偶尔可见鱼虾游动。一些凸起处长出了青青的草木，一些草木还开了花、结了果。河岸由青石砌成。石缝里长出了各种各样的植物。那棵承载骨头袋子的榕树也是从河岸石缝里长出来的。它向河面蔓延，已经覆盖了近三十平方米的水域。榕树枝卧在水面上，向阳面很平，树枝错节，连成一片，不时有小鸟停靠在卧枝上鸣叫。

水缓缓地从北向南流淌。尽管河水清澈，但不时地会从河岸两侧的下水管道中冒出一股股浊水。水面上不时地有纸盒、塑料袋、黄叶等杂物漂过。河东侧的步行栈道上三三两两的行人在漫步，栈道外的津收街道车流奔涌，熙熙攘攘。河西侧是津淮有名的“浪情小道”。此小道只准行人、电动车、人力车通行。道旁是一长排一层平房或二层小楼，房屋老旧，屋顶、墙壁上爬满了青藤，长出了青草。这些平房、小楼被开辟为咖啡屋、按摩室、造型作坊、招工接待处……

陶冶一行从“浪情小道”走过，那些“姐妹们”似乎嗅到了什么异味，平时异常活跃的她们此时并没有发出“进来吧，进来看看”的轻柔呼唤。

“浪情小道”往西，靠南是连片的娱乐会所，靠北是成片而又相互独立的居民小区。奈良桥与津丰街相通，津丰街把“浪情小道”一分为二。西进津丰街，嘈杂的“吆喝声”不断，饭店、酒楼已张灯结彩，招揽顾客。

奈良桥上站着一些人，男男女女，老老少少。他们指指点点，交头接耳。他们在干什么呢？陶冶一行往奈良桥走去。

歌舞升平，一派太平盛世。除了那四根小骨头，再也没有发现什么异样。那“浪情小道”的妞儿们如此平静可不正常。尽管不是搞治安的，但陶冶对这“浪情小道”可不陌生。“浪情小道”旁的那些咖啡屋、按摩室、造型作坊、招工接待处其实就是妓女卖淫的场所。这个色情区有个特点，就是妓女们自营自销。由于没有“老鸨”的盘剥，妓女们可以低价接客，所以这里的卖肉生意特别“红火”。警察扫了一次又一次，可就像割韭菜一样，割了又长，长了又割，割了还长。这“浪情小道”的那些平房、小楼啊，都设置有暗道、后门。当警察严厉扫荡的时候，他们会有组织地安排人站岗放哨，一有风吹草动，暗娼、嫖客便悄悄地从暗道、后门溜走。有的还实行“招嫖分离”，在小店里公开招客，招到后把客人带到隐蔽处所发生性行为。

“浪情小道”上“陶然招工接待室”离发现骨头处最近。如果有人在对岸抛骨头，在这间工作室的门口可以看见。陶冶一行想找工作室里的人聊聊。“陶然招工接待室”的小牌子挂在门的正上方，牌子的左侧留有联系电话：1515978××××。当陶冶一行踏入室内时，屋内三位穿着暴露的小姐很不自然地起身问候，她们似乎看出了来者不是嫖客。那位年长一些的小姐笑了笑，抻了抻紧身上衣，小心翼翼地问道：“大哥，什么事啊?”“我们是警察，不过你们也用不着紧张。我们是查案警察，想问你们最近有没有发现周围有什么异常?”陶冶审慎地发问。“异常?我们不知道有什么异常。”那位年长的回答。“比如说，有没有看到谁往河里扔东西啊?”陶冶往后室挪动，“你们两位也想想。”三位小姐刹那间不知道该说些什么，只是不自觉地又扯了扯胸前的衣片。陶冶也知道，这样的问话是问不出什么的，他进入工作室，也只是想获得一些感性认识。

陶冶一行又走访了三间咖啡屋和一个按摩室，那些小姐们的回答大同小异。那间按摩室的小姐不够敏感，还把陶冶他们当成去享受服务的顾客了。

走访、巡视，巡视、走访，只有那孤零零的一袋骨头。离遗留骨头现场最近的那些小姐们说不出什么道道来。顺着津淮河两岸搜寻，没有再找到疑似骨头或其他的可疑物件。

河两岸、“浪情小道”、奈良桥上都架设了监控设备，陶冶安排邓宇涵前往监控存储系统中心全面调取数据。自己和李庆达带上骨头和袋子回队里琢磨去了。

清源区公安分局法医室的工作台上摆放着从津淮河取回的袋子、骨头。李庆达再次对骨头进行了测量。四根肱骨的准确长度分别是30.39厘米、30.37厘米、23.07厘米、23.03厘米；上端宽分别是4.84厘米、4.83厘米、4.01厘米、4.00厘米；头周长分别是13.54厘米、13.52厘米、12.01厘米、12.00厘米；头横径分别是4.19厘米、4.18厘米、3.71厘米、3.70厘米。在显微镜下对细节特征进行仔细观察，可以确认这四根骨头是人的肱骨。

看着那些骨头，陶冶想得最多的便是这玩意儿是从哪儿来的，真有些莫名其妙。自己从警近二十年了，当刑警也有十个年头了，可从来没碰到过这样的事儿。四根人骨，两根长些，两根短些，这显然不是一个人的。那是几个人的呢？陶冶挪了挪椅子，身体离法医桌更近，他把头探向桌面，再次瞧了瞧骨头。“庆达啊，这肱骨 23 厘米长正常吗？成年人会只有这么长吗？”陶冶盯着骨头，问坐在身旁的李庆达。“正常成年人的肱骨，男性 30.5 厘米、女性 28.7 厘米上下。这两根肱骨长只有 23 厘米，要么不是成年人，要么就是不正常的成年人。”李庆达字斟句酌，一字一顿。至于这些骨头是几个人的，要准确地回答还真不容易。从外观、细节特征等大概可以判断是两个人的，但这只是大概的判断。通过测定血型也只能确定不是同一个人的，有可能是两个、三个、四个人的。要准确地科学判断还需要进行 DNA 检测。这四根肱骨，分离端没有任何破损，肱骨体没有任何损伤，细节特征保持完好，肉筋完全分离，骨头上没有留下任何残留物。陶冶把骨头拿起来掂了掂，说：“这内部会有骨髓吗？”李庆达也拿起来掂了掂，说：“难说。根据我的经验，可能没有。”如果有骨髓，做 DNA 检测要容易些，如果没有骨髓，做起来就有些难。没事，如果这问题分局解决不了，还有市局呢。市局近来引进了一项新技术：从遗骸中分离出钙，进而得到高纯度的 DNA 样本。有这样的技术辅助，完成 DNA 检测不成问题。不过，这种检测技术各方面要求都很高，而且费用也很高。因此现在还不宜做，要等到实在需要时再说。

诸多问题不停地涌现在陶冶的脑海里。这肱骨是男的，还是女的呢？这问题同样要等需要时再测定。单单依靠这些骨头要测定性别不是很容易。肱骨新旧程度如何？也就是说这些肱骨是什么时候从尸体或活体上被分离下来的？四根肱骨被分离的时间一样吗？要回答这些问题还真有些难度。“庆达啊，你能说说这骨头死了多久吗？这几根骨头死亡的时间一样吗？”陶冶想了想又问李庆达。李庆达笑着说："陶队啊，要说推断埋在土里的白骨被埋的时间还真不难，用'碳十四测年法'还可以判断古时候埋葬的尸骨被埋的时间。可要判断这四根骨头死了多久还真不容易。这骨头可能是死后被分离的，也可能是活着被分离的。这骨头有些怎样的经历？上面的皮肉是如何消失的？这些不好判断。因为不知道这骨头的经历，所以要根据骨头来判断死亡时间可就难了。"陶冶也笑着说："你可以判断一下它们大概的经历吧。""它们没有被埋进土里过，没有被烧烤过，没有被蒸煮过，骨头上面的皮肉或许还是被处理掉的。从骨头的外观、新旧、风化程度等来判断，死亡的时间应该在三年之内二十天之前。"李庆达答道。陶冶又呵呵地笑了，这骨头案倒没有给他带来多大的压力，他只是特别好奇为什么在那津淮河会出现这样的骨头。

李庆达的粗略判断启发了陶冶。皮肉或许是被处理掉的，过去办的案件中杀人碎尸案出现过类似的情形。那是一块一块的尸块，骨头通常没有被分离。有分离的也只是粗略地分离，被分离的骨头会有这样那样的破损，骨头上会留下残皮、残肉。而现在看到的四根肱骨可不一样，它们太干净了。情形是有些类似，但实质可能是不同的。为什么骨头没有破损？为什么有人要把骨头弄得那么干净？怎么弄的呢？他们碎了尸，可此碎尸可能与以前碎尸案的碎尸不一样。碎尸案的碎尸人是为了容易抛尸而碎尸，而眼前的骨头又是如此被处理的，这是刑事案件吗？

四根肱骨从何而来？为什么落在了津淮河的树杈上？当然，如果知道了肱骨的来历，也就不必在此冥思苦想了。装有骨头的袋子是什么时间落在那树枝上的呢？是怎样落下的呢？陶冶觉得还得再问问鲁肃山，还得回到津淮河那儿再看看。

陶冶掏出手机，拨通鲁肃山的电话。鲁肃山很快就接了。

“鲁所啊，下班了吧？呃，在路上。有些问题还得问您。那个叫阿根的有没有告诉您，他是如何发现津淮河那棵榕树杈上的袋子的？”

“呃，没有啊。那你现在能不能联系到他？如果联系到的话告诉我一下。”

邓宇涵还没回队。陶冶心想，还得见见那位阿根。那两个袋子还得琢磨琢磨，应该再去一趟津淮河。陶冶让李庆达把侦查员丁则叫来。

湖滨绿的牛津布袋六成新，长 40 厘米、宽 15 厘米、高 35 厘米，布质轻巧、坚韧。绿色无纺布袋七成新，长 38 厘米、宽 13 厘米、高 33 厘米，质地同样坚韧。绿色无纺布袋放在湖滨绿的牛津布袋里。无纺布袋通过拉链拉合，牛津布袋通过提把打结锁住。四根肱骨散放在袋子里，袋子里除了骨头没有别的东西。

从袋子上提取 DNA 意义不大，因为袋子经过太多人的手，即便可以提取到 DNA 也是被污染了的。

无纺布袋的一面印有黑色大楷体“津陵连锁超市百姓的家”字样，另一面的中上部印有津陵连锁超市注册商标图案，下部印有超市地址、联系电话。牛津布袋的一面印有草体“海上丝绸之路起点”字样，另一面印有“津市刺桐文化艺术节”。这两个袋子显然都是广告袋：一种是超市广告袋，另一种是文化艺术节广告袋。

这两个袋子的来源倒也清晰，可它们是什么时候出现在榕树枝上的呢？袋子出现在榕树上的时间需要进一步核查。两种袋子的发放情况需要立即追查。陶冶让丁则立即去查袋子的来路。

鲁肃山回电说，联系到阿根了，阿根现在就有空，问陶冶要不要马上见他。陶冶一下子分不开身，就和鲁肃山商量，要他把阿根带到刑侦大队。鲁肃山同意了。

正忙着，邓宇涵回队了。陶冶问邓宇涵有没有什么发现。邓宇涵说没有什么重要发现，不过，他已经把需要拷的视频资料都拷回来了，晚上花时间再慢慢看。陶冶交代邓宇涵，要他通知李庆达，等丁则回队后一起去吃饭。陶冶交代完就赶去刑侦队会客室了。

陶冶进入会客室没多久，鲁肃山就带着阿根来了。陶冶和鲁肃山寒暄了几句就切入正题。

“阿根啊，你今天是什么时候去津淮河的？”陶冶看着阿根问道。

“中午一两点的时候去的吧。”阿根也注视着陶冶。

“你到那里干什么去了？”陶冶降低声调问道。

“我去……去，瞎逛了。”阿根回答得有点儿吞吐。

“阿根啊，你实话实说，去干什么了就说干什么了。陶队长是办大案的，他不会去计较那些鸡毛蒜皮的小事儿。你直说吧。”鲁肃山插话。

“是啊，你说就是，我只是向你了解一些情况，不会去干涉你做的事。”陶冶靠近阿根。

“也没什么啦！去那儿见一个朋友，还是我这个朋友让我去拿那个袋子的。”阿根晃了晃身子，有些不自然地笑着。

“阿根啊，这件事你得说具体一点儿。你去找你的朋友，那为什么让你去拿那个袋子呢？”陶冶边说边比画着右手。

“我到那边陪她玩儿，事情完了之后，她就把我带到那边去了。她说，刚刚看到树上有一个袋子，挺新的，不知道里面有什么东西，想看看。”阿根边说边用手搓着鼻翼。

“呃，是这么一回事儿。你都拿到了，为什么那个袋子最后还在树上?”陶冶又问。

“我一看，发现是骨头，有点儿害怕，又觉得有点儿倒霉，所以就扔了。呵呵，巧得很，那袋子又挂在树上了。”阿根笑了笑。

“你那位朋友是干什么的？可以带我们去找一下吗?”陶冶盯着阿根问。

“这个……这个，我不知道。我可不带你们去，你们自己去找吧。”阿根又用右手摸了摸额头。

“我们怎么找他？他住哪儿？是男的，女的？叫什么名字？这些你告诉我们一下。”陶冶降低声调。

“阿根，说吧，干脆一点儿。肚子很饿了，说完吃饭。”鲁肃山又插了一句。

“她就住在桥的正对面，叫梦婷，女的。”阿根晃了晃身体，吐了吐舌头。

原来这袋子还有这样的经历，看来再去一趟“浪情小道”是完全必要的。

陶冶对鲁肃山、阿根表示感谢，并为不能请他们吃晚饭致以歉意。

鲁肃山表态，有事儿尽管找他。他还在陶冶面前夸奖阿根聪明能干。

二

天快黑的时候，丁则回队了。分局食堂早已打烊。陶冶让李庆达、邓宇涵、丁则跟自己到外头去吃饭，饭后加班。

津市是一个休闲宜居的城市，饭店、酒楼、餐厅、饭庄、酒肆、食栈遍布城市的各个角落。公安分局附近就有好多馆子。陶冶他们找了家离公安局最近的馆子，点了快餐吃了起来。见周围没有什么陌生人，陶冶就边吃边将案情及吃饭后需要加班的事告诉了各位。

对搞刑侦的人来说，加班是常态。不管是年轻的邓宇涵、丁则，还是年纪稍大一些的李庆达、陶冶，他们都已习惯加班。邓宇涵新婚，所以还是给妻子打了个电话。丁则未婚，所以加班与否无所谓。尽管谈恋爱需要时间，但丁则觉得加班不会妨碍恋情。李庆达常常是忙一阵，闲一阵，命案或伤害案多发时，他就忙得屁滚尿流，平时则很悠哉。陶冶是个大忙人，可他从来都认为自己是自由人，自己把控着生命进程。忙只是表象，有的人忙，忙得迷失了自己；有的人忙，可忙得心里有谱，忙得有节奏、有韵律，始终把握着前进的方向。陶冶认为自己就是后者。

天彻底暗了下来。街道两侧的路灯都亮了起来，房前屋后广告灯箱闪烁。白天龟缩在空调房里的男男女女都涌上了街头，街道、广场上人头攒动。从各式餐馆飘出的酸甜苦辣味，弥漫在街道的上空。

在分局办案中心会议室，陶冶再次把案件情况作了说明。他强调说，“四根骨头事件”现在还不能称为案件。发现四根骨头意味着什么，现在还无法有定论。必须等到查清一系列问题后，发现确有犯罪事实存在而且应当追究刑事责任时才能立为刑事案件。因为尚未立案，所以也就无所谓专案组。他把几位招来，就是要查清一些问题以确定要不要立案。听了陶冶的说明，李庆达、邓宇涵、丁则都表示明白队长的意思。

陶冶先让丁则汇报调查包装袋的情况。丁则把袋子摆放在桌面，指着袋子说道："这个稍大一点儿的湖滨绿色牛津布袋的确是市刺桐文化艺术节的广告袋，袋子是从温州绿色包装有限公司订制的。为了这次文化艺术节，主办方订制了两万六千个一模一样的袋子。这个袋子成本一元，免费发放。发放点设在津市的东、西、南、北、中五处。东部发放点设在津宝路的东海公园，南部的发放点设在晋江北岸滨江公园，西部发放点设在西街朝天门广场，北部发放点设在清源山风景区大门口，中部发放点设在刺桐公园。中部点发放量最大，共发了一万个，余下的一万六千个平均分到东、西、南、北四个点。文化艺术节举办的时间是5月6日至9日，这种袋子3月20日就开始发放，到艺术节开幕的那天，已全部发了出去。"

听了这些，大家也都明白，袋子太多，范围太大了。

接着丁则指着另一个袋子说道："这个稍小一点儿的无纺布袋是津陵连锁超市的广告袋，前后已发放两年了，现在还在发。发放点有三个，就是津市的三家津陵超市。发放总数已达四万个。这种袋子也是从温州订制的，厂家是温州全景无纺布袋有限公司。"

量那么大，发放范围那么广的袋子的确对查骨头的来源不会有太大的帮助。如果选择查找两种袋子来源作为调查路径的话，这路子肯定不会太好走。调查的量太大了。这种泛泛的查找往往是劳民伤财，常常是无果而终。这两个袋子对调查的意义不是很大，但它们的来历多少也蕴藏着这样的信息：用在津市发放的袋子装骨头，这件事多少会与津市有某种关联。当然，装骨头的人为什么要选择这样的袋子来装，是有意还是无意的，现在还不知道。

陶冶让各位一起查阅监控视频。

"根据骨头遗留的位置及周围环境，重点调取了三处监控资料。一是‘浪情小道’与津丰街交叉处，二是奈良桥及四周，三是留有骨头的榕树及对应的河岸。这三处监控是相互关联的。如果有人把东西扔到河面的榕树上，通过这三处的监控视频一定是能够看到的。当然，监控资料只保存了十五天，之前的就看不到了。”邓宇涵边说，边把移动硬盘连接到电脑上，“好在这些资料是模拟机拍摄的，要是高清机拍的，这个移动硬盘肯定装不下。”

听了邓宇涵的介绍，陶冶略微沉吟了一下，缓慢说道：“这些资料有好几百个 G，全面审阅得好几天。所以，我们得有重点地去看。什么是重点呢？重点就是那棵榕树及四周。如果在这里发现有人把这袋子扔到树枝上，那调查就可能大大地往前推进。如果在这里没有什么发现，那就只能另作打算了。宇涵，把这些资料分一下，我们四个人分头看。每人大概看四天录下的视频资料。”

邓宇涵把已经连接电脑的移动硬盘取下，拿到靠角落的那台高性能电脑上去分割。留有骨头的榕树及对应的河岸文件136G，分成四份，每人观看 34G，工作量不小。好在目标明确，大伙观看视频也观出了门道。有时工作量实在太大，就只能交给那几位“女工”了。那几位女性临时工，都是很有耐性的人，在侦破某些案件时她们要连续观看监控视频十多天。

大家开始观看，视频没有声音，室内静静的。邓宇涵看最新的，接着是丁则、李庆达，陶冶看最旧的。陶冶很快就发现，监控视频里并不能看到河面的榕树，也就是说这个区域的摄像头只对准河岸及周围，并没有覆盖河面。陶冶心想，可惜了，如果对准河面，袋子是哪一天落在树枝上的就很容易搞清楚了。邓宇涵不一会儿就让大伙观看他的发现：26 日 15：21，一个小伙子下河，上岸后将一个袋子递给一位四十多岁的男人，那个男人把袋子搁在石凳上翻看；26 日 14：07，又有一个小伙子下河，不一会儿袋子被抛上了岸。河岸边有一个穿着暴露的年轻女子，打开袋子，嘴里还嚷着什么。陶冶一看便知，前后出现的小伙子是同一个人，就是那个鲁肃山带到刑侦队来的阿根，那个四十多岁的男子是鲁肃山。这一发现尽管对调查没有直接的帮助，但它证明了这一区域监控视频的可靠性。只要有人在这一带活动就会被录下来。丁则、李庆达也有发现，发现有人向河里抛东西，但这些人抛的不是袋子，是小石子或树枝什么的。陶冶也发现，傍晚时分，不时地有人站在岸边，或观赏风景，或任江风吹拂。他们还发现，夜幕降临后，坐在岸边石凳上相互抚慰、相拥的年轻男女就多了起来。李庆达发现，16 日 19：28，一对男女坐在石凳上吃着盒饭，吃完后把饭盒扔到了河里。

除那位阿根 26 日下午下河外，再也没有看到其他人从榕树附近下河。在 26 日之前，那个袋子是如何落到榕树枝上的呢？陶冶、李庆达、邓宇涵、丁则都没有什么发现。

陶冶问了各位观看的过程，大家都说尽管有快看，但不会把重要的情节遗漏。

观看视频资料无果，让有些人觉得做了无用功。但陶冶认为这是极为正常的。侦查中经常是这样的，做了大量看似无用的工作，但其实这些工作是有用的。所谓无用的工作中也蕴含着价值。就以刚刚的观看视频为例，如果发现了，可能就有结果了；没有发现，也至少揭示着那个装有四根肱骨的袋子留在那棵榕树上的时间可能是在十五天前，也预示着明天还得为调查骨头继续忙碌。

夜已深。陶冶扼要地安排了第二天的工作。李庆达要继续研究骨头，四根肱骨的许多问题还需要搞清。如果单靠分局的仪器解决不了的话，还得求助市局。那棵悬卧在津淮河面上的榕树也得再去看看。“浪情小道”还得去，那位在视频里出现的叫梦婷的女子还得再问问。访问梦婷得找合适的时间，派合适的人。那些从事性服务的女子，最好不要在上午去打扰她们，最合适的访问时间是午后。她们通常整夜工作，上午要睡觉，中午醒了，吃完午饭就有时间了。等到夜幕降临，她们又得忙碌起来。时间合适，才能让她们充分回答。访问的方式也得合适，或隐匿身份，或公开身份。要问她们看到了什么之类的问题，可以通过公开的身份进行。但鉴于被问的女子是从事性服务工作的，所以最好让女侦查人员前往。陶冶当即给大队侦查员吴哲晗打了电话，调派她加入行动。

第二天，李庆达留在分局法医实验室摆弄骨头。吴哲晗和丁则前往“浪情小道”访问梦婷。陶冶带上邓宇涵再次勘查榕树区域。

昨夜下了一场雨，今天津淮河的水位有些上涨，河水有些浑浊。在反差加大的情况下，水流显得比平时急促。早晨的太阳光还被河外围的刺桐树挡着，河面树影婆娑，偶有小鸟低飞嬉戏。榕树的向阳面的确很平，就像被修剪过一样，正面上承载了不少杂物。陶冶和邓宇涵顺着河岸凸出处下到河岸底。快抵河面时，弯腰即可看到榕树的背面。榕须下垂，直没水中。尽管水位上涨，但榕枝背面离水面还有四十多厘米。

陶冶和邓宇涵试了几次，只要力度合适，向河中抛的物件很容易挂在榕树的正面上。而挂在榕树正面上的物件，轻易不会落入水中。他们把袋子放在树上，合力摇了摇榕树，袋子仍牢牢地停留在树上。

真是不错的风景啊！偶有从这里经过，可从来不知这河里还有这样的景致。陶冶慨叹着大自然的神奇造化。只可惜这美景无名无分，不被人知。

袋子挂在树上，从东侧的栈道并不容易看到。跨上奈良桥，必须眼力好，才会看到树上的袋子。由于榕树边枝上翘，在河的西岸也难看到袋子的影子。

陶冶想，袋子在这样的树枝上留十五天以上才被人发现取走，可能吗？可能性是有的。能够比较清晰地看到树枝面上的袋子的地点，其实只有奈良桥。在奈良桥上还得站一会儿，往北细细观望，才会看到那个袋子。而且那个人必须眼力好，要对颜色敏感，因为湖滨绿色的袋子留在树枝上并不显眼。那处景色尽管不错，但并不为人所知。大概是因为行人大都以为那榕树和千千万万的盆栽一样，是人为修剪的，并不稀奇，也就不会驻足细看了。而且监控视频也从另一个角度证明了那个袋子已经在这根树上遗留了十五天以上。

陶冶给吴哲晗发了条信息，要她在问梦婷话时顺便测试一下梦婷对颜色的辨别力。

下午一上班，临时专案组的人都回队了。

李庆达说，他做了骨骼扫描，把四根肱骨所有者的年龄大概测出来了。两根长肱骨极有可能是同一个人的，年龄约二十岁，两根短肱骨也可能是同一个人的，可能是未成年人，年龄约十三岁。李庆达还诉苦说，骨头里的骨髓被分离得实在太干净了，想通过提取骨髓进行 DNA 检测几乎不可能，看来只好求助市局从骨骼中分离钙再进行 DNA 检测了。李庆达还说，把四根肱骨确定为是两个人的，这也只是概率性判断，不是肯定性判断。至于两个人的性别，现在也无法作出肯定性判断。要确认骨头拥有者的性别，同样要经过 DNA 测定。总之，李庆达觉得仅依靠这么几根骨头要确定那么多的问题很难，的确需要上级给予技术和设备上的支持。

吴哲晗汇报说，那位叫梦婷的女子找到了，也访问了她。她姓徐，名梦婷。徐梦婷说，她昨天中午闲得无聊便到桥上走走，偶然间看到树上的袋子，后来就告诉了阿根，让他去取来看看。她让阿根拿袋子，完全是出于好奇。打开袋子她还没来得及细看，袋子就被阿根扔回去了。在昨天下午之前，徐梦婷不知道树上有袋子。她不知道是谁扔的，也没有看到什么可疑的人和事。吴哲晗还说，她特意测了徐梦婷的辨色力，发现她的辨色力的确高于一般人。

在监控里没有发现抛扔袋子的人，而袋子却在榕树上出现了。这是为什么呢？合理的解释只能是：在 7 月 11 日之前有人就把装有四根肱骨的袋子抛在榕树枝上了。从视频资料、现场环境等情况分析，这一结论应该是能够成立的。

调查案件的确存在运气成分。运气好，查案的效率可能就高，反之则低。查这起还不能称之为案件的“骨头案”，运气就不太好。视频似乎“过期”，河东岸的摄像头只对准河岸、栈道、街道，没对准河面，骨头内的骨髓被抽取得异常干净，这些都给调查带来了很大的难度。如果视频没有“过期”，如果骨髓没有被抽取得那么干净，如果“浪情小道”边的人看到了些什么，这个事件的调查就不会那么困难了。

陶冶让李庆达、邓宇涵、丁则、吴哲晗一起把这个案子议一议。丁则说，就算通过肱骨把人数、性别、年龄搞清楚了，又能怎样？除非取到了 DNA，如果能取到 DNA 并成功制作图谱，就可以在 DNA 数据库里检索了，那样或许能查出什么名堂来。李庆达强调通过单纯的骨骼是可以取到 DNA 并进行检测的，但需要市局提供仪器、技术支持。邓宇涵说，在河面的树枝上发现了几根人骨，到底是怎么回事儿，一下子的确理不出头绪。但既然出现了骨头，这里就一定存在特殊的行为。如果是一起刑事案件，还需要查很多很多的问题。如果不是刑事案件，这里面一定也存在许多有趣的故事。吴哲晗则认为，应该发动人力再找找，或许在某处还能找到类似的骨头，骨头多了，可以利用的线索也就多了。

听了各位的议论，陶冶用手捋了捋已略显稀疏的头发，说："这样的事儿我也是第一次碰到。四根人的肱骨留在河面的树杈上，意味着什么？包装袋来源于发放范围广、发放数量大的广告袋，视频里没有发现抛弃者的行踪，弃骨处周围没有发现可疑的人和事，骨头极有可能是十多天前丢在发现地的，这些又意味着什么？为什么人骨会出现在河面的树杈上呢？是故意扔的，还是不小心丢的？为什么要故意扔？不管是故意扔的还是不小心丢的，那丢的人或扔的人就一定经过了河的东岸。河东栈道是双向道，栈道外的津收街是北向单行机动车道。丢的人或扔的人如果步行或使用非机动车，这人就可能来自南向，也可能来自北向；如果丢的人或扔的人使用机动车，这人来自南向的可能性就大。当然了，各位，这只是可能性大小的问题，谁知道丢的人或扔的人是不是就丢在这或扔在这，或许还被第三者捡到过，这第三者再把这东西扔到榕树杈上。我好像扯远了，其实没有，你们想想，单单昨天这袋子都有怎样的经历？对了，我们都忘记问那位最初打开袋子的人初碰袋子时的情景了。现在知道的第一个打开袋子的人应该是那位徐梦婷。"

关于这起骨头案，陶冶好像有许许多多的思考。他边说边摆动着右手，好像在发表演讲。听到队长问起第一个触碰袋子的人，吴哲晗插话："对啊，这样的细节我真的没想到，没有问啊！"

"没问不奇怪。那天我问阿根时也没问这个问题。案件千差万别，案情各不相同，调查访问时哪些细节该问不是那么容易把握的，只能在不断吃透案情的过程中不断补充。"陶冶看看围在自己身旁的几位队员，站起身来。

邓宇涵紧跟陶冶的思路，感觉他的思考是发散的，但分析却是有理的。邓宇涵还是十分佩服陶冶的。这位队长虽然是警察院校毕业的，但身上却没有一点儿警院生的影子。他也就一米七出头的个子，四十刚出头的年龄，可两鬓已经斑白。都说当刑警的双目会炯炯有神，可看陶冶的眼睛，怎么看也看不出神在哪儿。他的身材匀称，五官端正，可脸色蜡黄，额头布满了皱纹，也看不出英气在哪儿。他总是不断地加班，不停地工作，可精神却总是那么饱满。他的话有些多，但细细想来，很多话都是在理的。

正想着，陶冶又说开了："如果初碰袋子的人，也就是那位徐梦婷，触碰袋子时，袋子的口子是打结或拉链是拉上的，那么，榕树杈处可能就是第一现场。当然，如果袋子没有打结，拉链没有拉上，也并不等于榕树杈就不是第一现场。也就是说，袋子本来就是不打结或不拉上拉链的。我想，这些细节那位徐梦婷不一定记得。等下哲晗再去问问，只问触碰袋子时袋子是否打结，拉链是否拉上。回到袋子留在榕树杈上的时间，我有这样的看法。在监控视频里没有找到扔袋子或丢弃袋子的人，据此判断，袋子是在监控视频调取日的十五天前留在榕树杈上的，也就是7月10日之前留下的。具体会是7月10日之前的多少天，现在还无法确定。但我可以断定，袋子留在树杈上的时间不会太久。为什么呢？因为外袋还比较新，有六七成新。如果留在树上的时间很久，这夏季日晒雨淋的，袋子就应该旧了。为了确定遗留时间，必要时可以搞个试验。”

丁则见陶冶胸有成竹的样子，就问道：“陶队啊，您就说说这到底是怎么一回事儿吧。”

“说实话，就凭这四根肱骨便要下定论，很难。何况肱骨的进一步检测还没有进行。如果能从骨骼里取到 DNA，很多问题就比较好回答了。现在问我是怎么回事儿，我也回答不了。这起案件急不得，也没必要急。大伙儿可以一边关注这起骨头案，一边忙自己手头的活儿。如果哪一天把事件的性质定下来了，确认是刑事案件，就可以成立正式的专案组，到时再全力以赴侦查。这事儿下一步如何推进，我还得请示一下支队，问一问辛支队长，让他作个指示。辛支队长一定会给我们指点迷津的。他让我们干，我们就继续干，他让我们停，我们就停。”

傍晚时分，吴哲晗又去问了徐梦婷。徐梦婷说，她还记得打开袋子时的情景，外层袋子没有打结，里层袋子拉链没有全拉上。

第二章　追随道义

一

陈道义在东京混得越来越好。现在很多学校停课，学生不用上课，上街游行去了。陈道魁走在回家的路上想着不禁苦闷起来。陈道魁是个好学青年，可最近有些烦，7 月就要高考了，可听说现在大学闹学潮，所以他心中犹豫，要不要参加高考。在陈道魁的脑海里，常常出现两个人的影子：一个是堂兄陈道义，另一个是村里的第一位大学生陈永明。陈道义吊儿郎当，不读书，瞎混，最后偷渡去了东京，没过几年就回家探亲，有模有样的，回村时小汽车接送，还在村里盖起了三层楼。听说他最近在东京办了公司，当了老板，钱多得不得了。那位陈永明，是最会读书的。十年前就考上了大学，陈道魁也认识他。陈永明的故事一大堆，初中的时候就不停地听人说陈永明如何聪明、如何用功、如何考上大学的。以前陈永明是陈道魁的偶像，可后来慢慢地变了，偶像变成了陈道义。村里提陈永明的人也少了。陈永明也没有发达，在省城里做什么大家也不太提起，也没见他在村里盖楼什么的。

陈道魁认为自己是聪明的，要考上大学很容易。在班级里，自己只要稍稍用功，成绩就比别人好。他看不上别的同学，甚至看不上老师。他懒得和其他同学打交道，也不巴结老师。他不太爱说话，常常一人独来独往。

他也看不起父母，觉得他们没本事。读书的费用是他自己想办法弄到的。他给陈道义写了一封信，夸了对方几句，陈道义就给他寄来了好几百元。除了陈道义以外，谁都不知道他有这笔钱。这钱一时半会儿还不容易花掉。父母一天到晚只知道在田里干活儿，晒得黑乎乎的，也就只盖了一层的小瓦房。人家年轻人都去日本、美国了，自己的哥哥只知道待在村里，在田里干活儿，还学杀猪，杀猪能赚几个钱，猪肉给谁吃啊！哥哥没本事，还叫自己要读书、考大学，谁听他的。

陈道魁在心中纠结，考上大学对他来说毛毛雨，可没有前途。他想去追随陈道义，并超越他。陈道义没有自己聪明，不会读书，连初中都没毕业。可自己呢？高中都快毕业了。关键是自己能做陈道义做不到的事。陈道魁并不想偷渡，他想光明正大地去东京留学。他想学医，听那些在东京待过的村里人说，学医当外科医生最容易赚钱了。哥哥陈道钟也拿着刀“切切切”，可他都在切什么呢？他一年到头能挣几个钱？自己可是要通过动手术赚很多很多钱的！

去东京读书要多少钱呢？陈道魁不清楚。村里的那些人都是偷渡去的。一定需要很多钱，不然为什么他们要偷渡？他不能偷渡，这样就和他们没有什么区别了。对了，陈道义那么有本事，有那么多钱，夸夸他，让他再帮帮自己。他应该会答应的。去东京，学医，当动手术的医生，赚很多很多的钱，让那些臭老师、臭同学羡慕去吧！

前面就是水姨桥了，再往前走十几分钟就到家了。陈道魁不想回家，家里太无聊，于是，他向右拐往木兰溪走去。

春夏之交的木兰溪生机盎然。水流因前几天的那场暴雨而增大了不少，许多在冬天里暴露在外的石头、沙土、水草没入了水中。岸边不知名的各种植物茁壮生长，冬日里被人砍过的陈旧草木也抽出了嫩芽，花儿竞相怒放散发出阵阵花香。形形色色的鸟围着树木、花草、溪水欢腾、鸣叫。麻雀穿梭于灌木丛中，燕子一会儿上天一会儿入水，八哥停留在岸边龙眼树的枝头，乌鸦在“哑，哑，哑”地制造噪声……

陈道魁正沿着熟悉的小道往溪岸走着，水姨桥方向传来了嘻嘻哈哈的笑声。他知道，这是同村同班的同学，同姓的志泽、楷瑞、修杰，异姓的吴伟泽、林立辉。他头也不抬一下，看都懒得看他们一眼。他在芦苇丛中用石头搭成的炉灶还在，放在沙石上的柴火也在。前几天下雨，可这两天太阳一晒，柴火又变得干干爽爽了。他笑了笑，从书包里掏出自制的罾，挽起袖子，卷起裤腿，下水了。没多久，网到了一尾小鲤鱼、几只虾。他在炉灶边的沙土处挖了小坑，加了点儿水，把鱼、虾放了进去。

陈道魁还要捕鸟。他从书包里取出弹弓，熟练地把石子射向正停在树枝上的八哥。一弹命中，八哥“啾”了一声落到了地上。他知道不能天天在同一个地方射杀鸟，否则鸟就不会再来了，应该十几、二十天射一次，这样鸟会忘记在此地会遭射杀，便会正常来去。

陈道魁把藏在草丛中的陶罐、瓦片取出，生火，用陶罐烧水，用瓦片烤鱼。水开时，他把已去好毛、取出内脏的八哥放入陶罐中煮，几分钟后加盐。瓦片上的烤鱼还没有全熟，但他迫不及待地就着八哥汤吃喝起来。他知道，村里人是不吃八哥的，都说八哥是益鸟，通人性，会说话。可他不管这些，不管是什么鸟、什么动物，到手的都吃。

陈道魁擦了擦嘴，把炊具又藏了起来。太阳当空照，身子暖洋洋，他把外套脱下，搭在肩头，用手擦了擦额头的汗珠，快步往桥头奔去。桥栏上黑色的“水姨”二字又出现在他的眼前。水姨是什么意思？依稀听别人说过，这名字是为了纪念一位抢救落水小孩儿的阿姨而取的。对此，陈道魁没有什么兴趣。他拾了根木棒，刺了刺“水姨”二字，嘴里喃喃道：“你一定是个女的，刺你好痛快。”

下午自修课，陈道魁就待在家里。他不想复习功课，又想给陈道义写信要钱。这次他不知道需要多少钱，也不知道陈道义会不会帮自己。他在家里待了一会儿，心神不定的，就起身到村子里转转，走到了设在村部的“日语培训部”。这是个秘密培训部，专门培训那些准备偷渡的人。培训部里只有三个人在接受培训，老师在叽里呱啦地教着日语。陈道魁来过这里几次。近几年，好像每天都有人在这里接受培训。现在偷渡的生意应该是蛮好的。

陈道魁在教室外转了转。他想问一问教日语的老师去日本留学要多少钱。转了一圈又一圈，终于等到下课了。他问老师留学的事，老师却问他为什么不和别人一样去偷渡。他无法告诉老师自己的真实想法，只说因为好奇所以问问。那老师到底知道一些留学日本的事，就告诉了陈道魁。老师说，需要的费用有好多种，什么报名费、学费、伙食费、住宿费等。要去留学，最少要有四万元人民币。那老师还告诉陈道魁，去留学的关键是要参加留学考试，日语能力及基础学力考试通过了才可以去，考不过就免谈。日语考试要通过，还得培训，这也需要费用。听了老师的介绍，他倒有些高兴，就四万元，比偷渡便宜多了。四万元陈道义应该是会给的，起码是会借的。到了日本，伙食费、住宿费还有什么好担心的，自己挣，自己养活自己呗。学日本话更不是难事，去参加培训，学学就会。那种基础学力考试是什么狗屁事，陈道魁不知道。他问这个老师，老师好像也说不清楚。不过，只要是考试的事，他就不担心。问自己所在中学的老师估计是问不出什么名堂的，还好有一个小学同学在青木一中念书，到那里去问问应该是可以问清楚的。

当夜，他就给陈道义写了封信，谈了自己的想法。信上说，陈道义是这世上唯一可以给自己希望的人，如果自己能够到东京留学，一定把他当作再生父母、救命恩人，在今后的岁月里自己的命就是他的。

陈道魁不准备参加高考，对此父母、哥哥也没有过问。父母知道，他们管不了这个儿子。哥哥也知道，自己没有弟弟聪明，他从来都是把自己的话当耳旁风。自己的日子过得浑浑噩噩，哪还顾得了弟弟。至于那两个姐姐，出嫁了，现在见一面都难，还会商讨是否参加高考的事吗？

尽管陈道魁作出了决定，但他还是纠结得很。尽管他相信陈道义的能力和义气，但还是担心对方不帮自己。无论如何，既然作出了决定就要行动起来。陈道魁不去上学了。他想先去挣一些钱，有钱才能参加培训。上次陈道义给的三百元还剩二百多，但这点儿钱用于培训是不够的。

他从青木县城乘班车去省城。尽管省城去了好多次，但对陈道魁来说，这次非同寻常。以往都是跟着别人进城的，以前都是去闲逛的，不一样。这次是自己独自一人进城，是进城挣钱的。

车里挤满了人，车子颠簸得厉害。有人“呃呃呃”地呕着，呕向窗外，呕到身边人的衣服上。陈道魁漠然地注视着身旁的人和事，他不怕挤，不怕颠，不怕那种怪怪的酸臭味。他担忧的是不知到哪里去挣钱。

从青木到省城也就七十多公里，可这班车爬行快两个小时了还没到。车里已经那么挤了，可司机还一路停车，那卖票的还一路吆喝拉客。车窗都开着，车子行驶时倒还有一些风，可车一停，车内立刻闷热难当。陈道魁始终占据着后排的位置，可这么拥挤，这么走走停停，也把他折腾得浑身冒汗。他开始有些厌烦，在心中骂道：什么鬼路，什么鬼车，什么鬼人，烦透了。对，去日本，去东京。听陈道义说，那里的火车时速二百多公里呢！

最终班车还是安全抵达了，车站人山人海。陈道魁摸了摸裤子口袋，那两百多元还在。他记得有一个表叔住在钟楼区，以前跟父亲一起到过他家。到底要不要去找那位表叔，他有些犹豫。他怕这位表叔不记得甚至不理睬自己，还有这位表叔又能帮自己什么呢？如果他不帮自己那也太没面子了。自己不久就要去日本了，是来挣钱的，身上还有二百多块钱，对啊，为什么要去找表叔呢？

也不用登记，服务员就给了房间钥匙。一人一间，每晚八元。房间很小，很旧，但陈道魁不在乎这些。他不知道单间每晚八元是贵还是便宜，他只知道留学日本的培训费要两三千元，偷渡到日本要二十来万元。

陈道魁中午在一家小饮食店吃了拌面、扁肉，拌面吃了三碗，扁肉吃了两碗，花了一元五角。吃完午饭，他开始找工作。他去商店问、去市场问，没有需要劳力的，需要的是商品。他去银行问、去学校问，他们回答没有招人。他实在是看不上饭店的工作，但也去打探了一下。几家小饮食店倒是要招工，但工资每月也就六十元上下。陈道魁一算，每月六十元，连住宿费都不够，挣到什么时候才能挣到三千元啊！陈道魁有些沮丧。他连找了三天，都没有找到合适的活儿。

眼看身上二百多元只剩下一百多元了，陈道魁着急起来。那天下午他应聘了一家饮食店的工作。在他眼里，那些帮厨打杂的活儿不在话下，做菜的事看几眼也就会了。空闲时和饮食店老板聊天，老板夸他能干，还问他为什么不念书，说不念书是没有什么前途的，在小店打工挣不了几个钱，现在的人挣钱靠的是当"倒爷"。"倒爷"引起了陈道魁的兴趣。他请教老板如何当"倒爷"。老板说，那得有关系、有靠山、有后台。弄一些紧俏商品一倒卖，一下子可以赚几千几万的。老板还举例说，他认识的一个人通过关系到工厂弄了十几台彩色电视机，一倒手赚了好几千。

当夜，陈道魁迟迟无法入睡，满脑子都是"倒爷"的事儿。他在想自己的关系、后台、靠山在哪里呢？怎样才能找到呢？第二天，他没有再去饮食店。他去了百货店，去问售货员，那些电视机都是从哪里来的。他还去市场，问那些卖东西的，东西都是从哪儿进的。问了半天，最后觉得还得有资金。没有资金如何周转，如何"倒"啊？

陈道魁觉得还得有陈道义的帮助，自己的靠山就是陈道义。他返回青木，跨过水姨桥，回到后塘村家中，问老爹是否有陈道义的来信。老爹说，没有信件和汇款。

陈道魁很失望，到溪谷处射杀了好多鸟，煮着、烤着吃。吃不完的，就抛进溪中，让溪水把它们带去东海。

陈道魁无心再回省城。他到青木一中转了转、瞧了瞧。高考在即，校园里静悄悄的，没有人注意他。

他到邮局去问关于日本汇款的情况。邮局工作人员回话说，在日本不同的城市汇，时间不一样，一般都要十几天。汇回国内的钱是美元，美元还要按照汇率转成人民币。陈道魁想，上次陈道义汇钱为什么那么容易啊？他想打电话直接问陈道义，但想了想还是放弃了。电话费那么贵，该说的在信里都说了，电话里能说什么呢？还是再等等吧，邮局的人都说了，一般要十几天。

青木留日培训学校离邮局不远，闲着没事，陈道魁又到培训学校看了看，学校里参加培训的人不是很多。他心想，要是有钱，现在就可以去培训了。

一天傍晚，当他在外游逛回家时，老爹给了他一张汇款单。天哪，陈道义居然真的寄来了相当于两千元人民币的美金。他激动得一夜未眠。次日，他直奔邮局取了钱，又到一中请教日语教师。在老师的帮助下，他弄明白了留学日本的种种问题。他到县城的留日培训学校报了名，第二天就开始接受专门培训。陈道魁刻苦用功，留日工作进展顺利。

好多高中同学上大学去了，陈道魁缩在县城留日培训学校参加培训。他苦读了二十个月，参加了 1991 年年初的留学日本的日语考试，顺利过关。他又给陈道义去信。陈道义真是讲道义，又给他汇了四千美元。陈道魁打心眼里感恩陈道义，觉得他比亲生父母还要亲，比亲生父母对自己还要好。他下定决心，一辈子追随陈道义，誓做他的马前卒。

二

坐在北京飞往东京的飞机上，陈道魁心潮澎湃。他打心眼里佩服自己，认为自己敢想敢做，聪明绝顶，在没有父母任何帮助的情况下，就实现了日本留学梦。东京慈惠会医科大学录取了自己，念的专业也是自己选定的医学。他现在就坐上北京飞往东京的飞机了，能不热血沸腾吗?

陈道魁想，到东京后一定要好好读书，学习真本事，毕业后当个动手术的医生，赚很多很多的钱，将来回后塘村盖座大楼，让老师、同学、乡亲们羡慕。

飞机在东京羽田机场降落。在飞机上、出关时听日本人说话，陈道魁似乎没有听得太明白。几位培训老师说的日语他可是全听得懂的，考试的成绩也是很好的，可真的听日本人说话却不太明白了。培训老师也说过，真正的日语发音和老师的发音会有区别。对这些他倒是一点儿都不在乎，先能大概听懂，应付得了就可以了。

他知道陈道义会派车来接自己。那天，有个住在青木县城的有钱人特地送信告知他：陈道义打电话到他家，到时会派人到机场接机，还说接的人也是青木人。为这事儿，陈道魁又激动了一回。

陈道魁的确是聪明人，尽管他是第一次坐飞机，但在乘飞机之前已经把机场的结构搞得有些清楚了。他平时懒得和人打交道，可为了实现一些目标，他可是会不耻下问的。他问了好几个坐过飞机的人，向他们探听机场的内部结构。

到了出口，陈道魁左顾右盼，的确有个长得像青木人的就站在出口处的中部，手里举着个小牌子，上面写着五个黑字——接你，陈道魁。他又有了激动的感觉。

好气派的车！这就是自己要坐进去的吗？陈道魁像在梦里。他小心地迈步，小心地听从这位叫张德元的大哥的指引。车奔跑起来，路好平，车跑得好快好快！张德元主动用青木话和他搭讪。张德元告诉陈道魁，自己是陈道义的手下，陈道义曾经在自己面前提到过陈道魁，说他是个很聪明的人。

车在一条并不宽阔的街道前停下，张德元把他带进一座两层小楼。这楼与旁边的楼连在一起。陈道义就住在这里？陈道魁觉得这路、这楼可一点儿也不气派。这路还不如老家东瀚中学门口的路宽畅，这楼还不如老家后塘村那些偷渡客回村盖的楼高大。路面还是很干净的，街道的另一头还有人用青木话和张德元打招呼。

陈道义迎了上来，“哈，哈，哈”地笑着，用青木话说道：“臭小子，来了！”

陈道魁很激动，想去拥抱陈道义，有很多感恩戴德的话要对他说。可是，面对陈道义，他什么话也说不出来，连拥抱的动作也做不出来。他只是靠近陈道义，拉了拉他的手，挠了挠头发，怔怔地笑了笑，说：“来了，道义哥。”

陈道魁的眼眶有些湿润。一年多不见，道义哥好像憔悴了许多。一头固定不变的短发，红彤彤的脸蛋，胖乎乎的身材，乐呵呵的表情。看着陈道义，陈道魁就觉得心情舒畅，浑身有劲儿。

晚上，陈道义在住处招待陈道魁，张德元陪着，还来了一个女的，陈道义介绍说叫蔡甜儿。菜摆了一大桌，陈道义介绍哪些是中国菜、哪些是日本菜。对陈道魁而言，面前的菜他都没吃过，他都不认得。菜挺好吃的，尤其是那道生鱼片，加入芥末，味道真重，呛得半死。至于那寿司和烤鳗鱼也就一般般。

寿司还比不上老娘煮的芥菜饭好吃，烤鳗鱼还不如自己在溪边烤的鱼好吃。那些什么青酒啊，够没味的，还不如在学校时偷偷喝的啤酒。

陈道义说明了支持陈道魁来东京学医的原因。他说，陈道魁脑子好用，只花了短短半年多时间就考上了日本的医科大学，这样的事没有几个人能做到。既然陈道魁考上了，那哥一定是要支持的。还说，他在东京几年，体会最深的是看病难。陈道魁学了医，今后这一带青木人看病就不愁了。

那位甜姐也敬陈道魁酒，夸他长得英俊，还说今后有什么困难一定要告诉姐，姐当鼎力相助。

张德元说，东京他很熟，陈道义住的这个地方叫东桥。那所叫慈惠会的医科大学在西新桥，其实离东桥很近。

陈道魁只是一直不停地点头称是。蔡甜儿开玩笑说，陈道魁一到日本就学会日本人的点头礼了。

过几天才开学。陈道义安排张德元带陈道魁熟悉东京，熟悉学校。

东京的交通很发达。从东桥到慈惠会医科大学所在的西新桥，可以坐地铁，也可以坐电车。不管是地铁还是电车，陈道魁都是第一次坐。张德元教陈道魁如何购票，如何乘坐。乘车的人真多，可车里真干净。陈道魁不禁想起那青木到省城的班车，心想中国和日本为什么差距就那么大呢?

东桥到西新桥就三站地。陈道魁想试着走走，结果走路到大学也就三十五分钟左右。路上有不少车辆穿行，可一点儿也不嘈杂。人行道被浓密的树荫遮蔽，即使是这炎热的夏末，在树荫下行走也一点儿不觉得热。

慈惠会医科大学校园面积出乎意料地小，也就青木一中那么大。校园里可清净了，听说也有三四千学生，可平日里不知道他们都躲到了哪里去了。树那么多，比东瀚中学校园里的树多多了。有些树在木兰溪畔、东瀚中学里见过，好多树又从未见过。那些是樱树，路旁、校园里都有，陈道魁认得这种树，在中学课本里见过插图。

陈道义让陈道魁先住在东桥。他还说，适应一段后，如果觉得单独住更合适就去租房，由陈道魁自己决定。陈道魁从心里觉得再也不能给陈道义增添麻烦了，可面对现实，他也只有听从陈道义的安排，先在东桥住下再说。

慈惠会医科大学开学时间和东京其他高校的开学时间有些不同，却与中国大学的开学时间较为接近。9 月底，陈道魁入学了。

陈道魁从来都是自信满满的，可一接触日本大学里的课程就有些慌张了。老师说的很多内容他听不懂，专业书里的很多词汇也不认识。老师说了，整所大学外国留学生就一百人上下，来自中国的留学生也就十个左右，这些陈道魁听懂了。班级里会讲中国话的就陈道魁一人，听不懂时无处可问。

整个上午，陈道魁的脑袋都在拼命地转着。他在想该怎么办。他来日本是要学本领的，这课都听不懂还怎么学？必须尽快解决啊。请陈道义帮忙是行不通的，尽管他来东京六七年了，可陈道魁知道的，他初中都没学完，怎么会认识这些医学专业词汇呢。那个张德元如何？那位甜姐怎样？陈道义不是说了，他们都不是学医的，只要不是学医的，这个忙就帮不上。老师不是说了嘛，这慈惠会有十位左右的中国留学生，如果能找到高年级的，应该是能帮上自己的。这事儿还得靠自己，只要能找到，求求他人，应该会帮忙的。

下午没课，陈道魁马上开始寻找。他到事务局、学生部去打探，了解到中国学生的大体情况。来自中国的留学生其实远不止十人，日本人把来自中国台湾地区的留学生都不当作中国留学生，加上台湾地区留学生，来自中国的留学生应该有近三十人。

陈道魁想，最好找个南夷的、学医的，还必须是日语好的。这近三十人里来自南夷的有三人，两男一女，他们都是学医的高年级学生。根据年级、专业分布，陈道魁先去找三年级的女生苏梅。非常幸运的是，对陈道魁提出的请求，苏梅二话没说就同意了。

苏梅自我介绍说她是南夷津市人，也是因为亲戚的帮助才到东京留学的。她到日本已经四年了，在语言学校学了一年多的日语才参加考试，现在是慈惠会医科大学三年级的学生。她还给陈道魁传经送宝：只要把人体解剖学、神经生物学、医学微生物学、医学免疫学、病理学、药理学、人体形态学实验、诊断学、内科学、外科学、医学生物学实验等课程里的主要词汇听懂记住，听课就不会有问题了。她还说，即使她在语言学校里学了一年多的日语，一开始听医学课程也还是不太明白。她就是通过死听、死记课程里的关键词汇去适应的。

对苏梅的热情帮助陈道魁心生感激，他觉得这世上尽是好人。同时，陈道魁又一次觉得自己聪明能干。能找到苏梅是因为自己脑子灵光，如果不动脑子的话，怎么可能那么快就找到这么好的老师呢。

苏梅就租住在学校附近。说着，苏梅就把陈道魁带到她的住处。她把那些旧的医学书借给陈道魁，还当场教他关键医学词汇的发音。

在苏梅的帮助下，陈道魁进步神速。他不停地听、读、记，大概也就三个月，听课已不成问题，慢慢地学习也步入了正轨。陈道魁开始关注陈道义，留心苏梅，有心观赏路边的树木、花草了。

陈道义都在做些什么？陈道魁关心这事儿，但一直没有问。有时在夜深人静时会从陈道义房间里传来一些人在议事的声音，好像人还挺多。有一天，陈道魁问陈道义在东京都干些什么，如果可能的话他可以帮帮陈道义。对陈道魁的问话，陈道义笑而不语。陈道魁也问了张德元，可他说最好去问陈道义。陈道义、张德元神神道道的回话让陈道魁好奇心顿生。有一天夜里，又有一些人在陈道义的房间里议论、交谈。陈道魁靠近陈道义的房间，竖起耳朵细听，听到了什么时间下手、哪里好下手、哪里不好下手、哪里加强防范之类的话。陈道魁听得似懂非懂，但感觉陈道义他们是有组织地在做一些事。

和那些日本女生站在一起，苏梅的个头算是高的。和大多数医科女生一样，苏梅剪了个短发。她的皮肤很白，眼睛很大、很亮。看见陈道魁时，苏梅的脸上总是堆着笑容。陈道魁觉得苏梅长得很漂亮。她的年龄和自己的大姐相当，长相与自己的二姐相似，可她看起来那么年轻、那么有气质。嫁到东瀚镇、县城的姐姐，皮肤都那么粗糙，显得那样苍老。

突然间，陈道魁觉得还是要快些挣钱。哥哥需要帮助，两位姐姐也需要帮助。他想去打工，不能总依赖陈道义。

陈道魁没有告诉陈道义就自个儿应聘去了。由于外表俊朗、语言没有障碍，陈道魁很快就在离学校很近的长崎屋超市找到了营业员的工作。每小时收入四百至六百日元。陈道魁习惯把日元换算成人民币，每小时能挣人民币三十五至四十八元。干了一阵子，陈道魁应付自如。有一天，他又去看望苏梅，想请她吃饭，可发觉她和别的男人在一起。苏梅还把那个男人介绍给陈道魁。那位和苏梅待在一起的男人也是慈惠会医科大学的学生，三年级，姓刘名天佑，来自台湾地区，和苏梅一样会讲闽南语。

陈道魁微微有点儿心痛，可他还是请刘天佑和苏梅吃了拉面。

后来，陈道魁还到一家房地产公司当售楼先生，收入成倍增加，可那家房地产公司很快就把楼房卖完了，公司后来也没楼可卖了。陈道魁又去一家漫画社当翻译，收入与房地产公司不相上下。

在那期间，陈道魁和来自中国大陆的其他留学生也熟了起来，大家偶尔在一起吃吃饭，外出玩玩。陈道魁也知道了，苏梅和那位刘天佑是男女朋友关系。一位来自南夷乐平的四年级学生还和大家谈起了青木帮的事，说青木帮是黑社会组织，势力很大，日本人都怕。青木帮专盗日本人的东西。从那位同学嘴里，陈道魁第一次听到了青木帮。突然间，陈道魁明白了夜深人静时陈道义房间里的那些人都在议些什么。

陈道魁搬出东桥，在西新桥离慈惠会医科大学很近的地方租了一处房子住了下来。这住处离苏梅的住处很近。

陈道魁边读书边挣钱，挣的钱用于开销外还有剩余。年终时，他给父母、哥姐各寄去了一点儿。空闲时，他会去看看陈道义和蔡甜儿，也会带些小礼物。陈道义和蔡甜儿差不多成了夫妻，只是还没有举办婚礼而已。

熟悉了自己所学的医学专业以后，陈道魁知道了他所学的医学并不是真正的临床医学，日本对外国人在日本学临床医学是有限制的。对此，陈道魁有些失望，但有什么办法呢，所有外国人的待遇都是一样的。不过，两个学年过后，陈道魁还是学到了不少知识，种种的医疗仪器设备他都见识了，种种的手术工具他也都用了一遍。二年级三学期的时候，陈道魁进了实验室，见到了真正的人体，还在人体上切、剪、刺、挖。

1993年夏天，陈道义与蔡甜儿成婚。那天大家都喝了酒。酒过三巡，陈道义向陈道魁道出了他参加青木帮的经过。他告诉陈道魁，是青木帮成就了自己。他现在是青木帮的一个小头目。尽管青木帮被称作黑社会组织，干一些偷鸡摸狗的事儿，但他们专偷日本人，不偷其他人的。他们靠的是技术，不是实施暴力。他们不嗜血，不在迫不得已的情况下绝不开枪、持刀伤人。他们守着规矩，懂得进退。

在这次婚宴上，经蔡甜儿引见，陈道魁还认识了大块头龙缪。这位青木帮小人物与陈道魁年纪相仿、情趣相投，两人一拍即合。那天苏梅也出席了婚宴，但刘天佑没到场。

陈道魁很喜欢到苏梅那儿坐坐，看看她。苏梅似乎对陈道魁也有好感。苏梅的住处成了陈道魁最爱去的地方。那位刘天佑放假回台湾地区时，陈道魁会带上苏梅下神户、上北海道转转。

冬季的一天，苏梅接到母亲病重的电话，她办了请假手续回了趟津市。十多天后，苏梅就返回东京了。原来，当苏梅赶回津市时，她的母亲已经离世了。尽管苏梅悲痛万分，但也无可奈何。

苏梅的亲戚已不再资助她，也得靠打工交学费、支付房租。苏梅常说，东京的工作越来越不好找了，与三四年前相比挣的工钱也少了。

陈道魁每天读书、打工，偶尔想想青木老家的父母亲人。陈道义有了孩子。苏梅即将毕业。树木黄了又绿，树叶落了又长。树木、花草陈道魁见得多了，到东京的头两年，陈道魁对身旁的景致熟视无睹。可现在，当陈道魁静静地漫步在校园，行走在林荫小道上的时候，他会觉得校园的布局、建筑物的结构、树木的点缀确实别有韵味。尤其是那些樱花树，粗壮的底座，撑起庞大的树枝，大枝横生，小枝直立或下垂，花虽谢了，但还是那么美。

雨丝飘落在枝头，雨滴落到树下的石板上。树杈上的小鸟在鸣叫，陈道魁拾了块石子抛向它。小鸟“叽”的一声落地。陈道魁得意地笑笑，捡起小鸟，想起木兰溪畔香喷喷的烤鸟肉。

陈道魁偷偷地做了个弹弓。住处的四周都是鸟，见四下无人，他拿起弹弓，拾了块石子，把石子弹向小鸟。虽然很久没用弹弓，可动作一点儿也没生疏。石子准确地击中了，小鸟“哇”的一声落地。陈道魁往屋后走去。那里的鸟更多，树上有，水塘边有，水里也有。那些木兰溪畔有的鸟这里好像都有，它们正叽叽喳喳地叫着。陈道魁瞄准了一只喜鹊，将石子弹了过去，又中了。真是弹无虚发，陈道魁甚是得意。他一口气射杀了十几只，有喜鹊、画眉、鹩哥、乌鸦、柳莺、杜鹃。他在屋后的树下把鸟毛扒了，从口袋里掏出小刀，把鸟一只只解剖，掏出内脏扔了。他在小屋里偷偷地把鸟肉煮着吃了。他没有告诉苏梅，也没有和她分而食之。东京的鸟比木兰溪畔的鸟傻，射杀更容易。后来，陈道魁又射杀了几次。他想把鸟拿去卖，卖给那些开饭馆的，可又觉得不太妥，最终还是放弃了。做这些事的时候，陈道魁有种特别快乐的感觉。当然，杀鸟纯属好玩。鸟肉好吃，但陈道魁并不迷恋。

第三章　辛可加决定立案

一

李庆达上穿靛蓝色短袖衫衣，下穿深灰色裤子，手里拎着个袋子紧跟在同样身着便装的陶冶身后，快步往津市刑侦支队办案中心走去。刑侦支队的办公场所与办案区离得很近，那位辛可加支队长的办公室也就离办案区五十多米。昨天，陶冶已经和辛支队长约好了，上午他们要一起议一议那几根骨头。

辛可加在办公室里候着，陶冶他们前脚刚进，支队法医倪男祥也来了。他们匆匆地喝了几口茶就移到里间去了。

李庆达把袋子搁在桌上。那个装有骨头的袋子外面又套上了一个浅色塑料袋。李庆达把袋子一层层打开，取出骨头放在铺有白纸的桌面上。

“就是这四根骨头。一个叫阿根的小鬼在津淮河奈良桥那段一棵匍匐在河面的榕树的树杈上发现的。外包装就是这两个袋子，套了两层。”陶冶起身，用手指了指外层湖滨绿牛津布袋和内层绿色无纺布袋说，“这两个袋子我们查了，都是广告袋。这种牛津布袋是市刺桐文化艺术节的广告袋，发了两万多个；无纺布袋是津陵连锁超市的广告袋，两年前就开始赠送，发了四万个了。附近的视频查了，过期，被覆盖了，没能发现丢这袋子的人。河畔视频的覆盖很讲究，只拍河岸两侧，不拍河里，所以这骨头是什么时间出现在树杈上的，从视频里发现不了。我们问了河道两侧的人，没有人看见有什么人往河里扔这玩意儿。发现的小鬼说是‘浪情小道’的小姐告诉他，才去拿的。‘浪情小道’的那位小姐说她是站在奈良桥上看到这袋子的。我们目测了一下，站在奈良桥上，要很关注，辨色力要很强，才能注意到这个袋子。我们测试了一下那位叫徐梦婷的小姐，她的辨色力的确超强。”

“看来你们做了不少工作，而且做得还蛮细致的。”辛可加站起身，仔细地端详着骨头，还弯下腰靠近骨头闻了闻，“这骨头都查了些什么？”

“我做了骨骼扫描，把年龄测了一下。这两根长的极可能是同一个人的，年龄大约二十岁；两根短的也可能是同一个人的，这人可能是未成年人，约十三岁。这骨头里的骨髓被分离得实在太干净了，我想通过提取骨髓进行 DNA 检测没成功。所以，还得请倪法医帮帮忙。我认为这四根骨头是两个人的。当然，这种认识只是一个概率性判断，不是肯定性判断。两人的性别，我无法作出判断。判断性别也需要 DNA 测定，这也得请支队帮忙。还有，我作了一个大胆的推测，这些骨头没有被埋进土里或者烧过、烤过。”李庆达翻看着本子，边看边说。

“如果要立案的话，骨头还得检验，分离出DNA，准确认定骨头拥有者的性别、年龄等肯定是必要的。现在的关键是，要不要立案，这个我把握不了。这四根骨头意味着什么，我没有什么头绪。这里面是否隐藏着犯罪，我一下子还无法作出判断。是立案后再查，还是先查再立案，这件事我想请教辛支队长。”陶冶说得很慢，说话时注视着辛可加。

“陶队长，这个问题我暂不回答。我先问你几个问题：这种情况你以前有没有碰到过？骨头为什么会出现在河道的树杈上？骨头可能来自什么地方？为什么某个地方会有这样的骨头？某个地方是否就只有这几根骨头？这几个问题我们先回答一下再说别的。”辛可加说得也比较慢，这些问题似乎是他刚刚理出来的。

陶冶正要回答，辛可加让他先等一等。辛可加要倪男祥出门，把支队的尹颖叫来。没多久，倪男祥和一个小个子年轻女子一起走了进来。陶冶知道她是支队情报数据大队的，外号“小眼镜”，以前和她打过交道。不过，李庆达不认识她。

辛可加简单地介绍各位相互认识，还说叫尹颖来，一是为了做记录，二是为了让她先介入。如果这件事成为骨头案的话，有可能会让尹颖一起参与。

辛可加示意陶冶可以回答自己提出的问题了。陶冶翻了翻笔记本，说：“我对庆达他们都说过了，这情景我以前没有碰到过。以前碰到的是尸块啊，被烤焦的骨头啊，或者一堆白骨，从没在城区或什么地方发现过这么奇怪的骨头。我说奇怪，指的是，骨头很干净，还放在袋子里，完全不像以前命案白骨化的骨头。这几根骨头为什么会出现在那棵榕树上？这个问题我想过。它应该是被人扔到上面的。根据现场环境判断，不会是不小心掉到上面的。对了，这袋骨头在被发现的那天经过了好几手。先是那个阿根下河拿到袋子并把袋子扔到岸上，那个徐梦婷把袋子打开，发现是骨头。这时阿根也回到岸上了，他见是骨头就又把袋子扔回了树上。阿根是个小偷，那天下午在车站偷东西，被鲁肃山，就是那位车站派出所副所长、反扒队的，给逮住了。阿根为了立功就告诉鲁肃山捡到骨头的事。鲁肃山挺负责任的，就带阿根回到津淮河。阿根又一次下河拿到了这个袋子。后来，鲁肃山就报案了。我说骨头是被扔到树杈上的，这可一点儿都没错。”陶冶看了看在场的各位，继续说，“这些骨头来自什么地方呢？这几天我一直在想，还没有理出什么头绪。对了，我们问过那个徐梦婷，她很肯定地说了，她看到袋子的时候，这两层袋子，外层袋子没有打结，里层袋子拉链没有全拉上。发现袋子的那一天，徐梦婷是第一个打开袋子的人。我说这话的意思是，这袋子在落到河道的榕树杈之前可能还有其他的经历。也有可能是这东西掉在某个地方，有人捡到了，打开一看，发现是骨头又把它们扔了。”

“陶队长啊，想得很细，很好。这袋骨头来自什么地方，这个问题特别重要。如果能判断这袋骨头的来源，事件的性质可能也就知道了，调查的范围也就变小了。如果要立案的话，要破案也就不难了。不过，骨头来自什么地方，有很多种可能性，如果能将可能性穷尽，再根据骨头的条件进行排除，或许能勾勒出骨头的来龙去脉。当然，如果这个问题能有个倾向性的结论，后面的两个问题也就不难回答了。所以，我们重点来突破一下骨头可能来自什么地方这一问题。这是主要矛盾，一旦得到解决，其他问题也会迎刃而解。”辛可加不时地环视在场的各位，语速仍旧缓慢，“当然，要回答这些问题很难，而且会有多种可能性。而要有好的答案，还需要有技术支持。所以，这四根骨头还得查验。庆达提出的问题，支队必须全力解决。男祥，这应该没什么问题吧?”

倪男祥双手都戴着白色医用手套，用右手不时地翻动骨头，从不同的角度进行观察。听到辛可加的提问，倪男祥抬起头，说：“李法医说得没错，这骨头过于干净了，要从这骨头的骨髓提取 DNA 几乎是不可能的。看来，必须从骨骼中分离钙再进行 DNA 检测了。这是一项新技术，还好咱们支队有。这项技术我还没有用过几次，但估计问题不太大，不过要等。”

“倪博士啊，如果你都不能解决，恐怕全国也没人能解决了。我知道你这位法医博士水平高得很，咱们支队的法医设备也是全国一流的。”李庆达口气轻松地说。

李庆达和倪男祥都是法医，两人的年纪也就相差四五岁。可是，两人看上去却是大大的不同。李庆达显老，尽管头发还是黑的，可已经掉得差不多了。额头上尽是皱纹，皮肤暗淡，两眼无光。个子偏矮，腹部微微凸起。尽管他认真地穿上了衬衣、便裤，可衣服总显得有些皱、有些旧，黑色凉鞋的表面还粘上了一些灰尘。从外观上看，他就像个农民。听他说话，如果不听内容只辨口音的话，会使听者更认为他是农民。李庆达的津市口音很重，尽管他也到外地上过大学，可乡音却是一点儿都没改。那位倪男祥却不一样，尽管他不比同龄人显得年轻，可他的头发依旧浓密乌黑，脸上没有一点儿皱纹。皮肤光洁，两眼炯炯有神。个子不高不矮，身体不胖不瘦。同样是着衬衣、便裤、便鞋，可这些衣物穿在倪男祥身上却显得十分得体。尤其是那气质，给人的印象就是学者，显得有知识、有文化，值得信赖。

李庆达奉承倪男祥看似是给倪男祥施加压力，其实也不全是。李庆达是打心眼里敬重倪男祥的。的确，在整个南夷省，有博士学位的法医就倪男祥一个。倪男祥不光学历高，更重要的是水平也的确高。李庆达深知倪男祥的水平。倪男祥在法医界的名望、地位是李庆达望尘莫及的。

辛可加接着说：“对骨头来自什么地方这个问题，现在我们不要急于回答。倪法医快些把骨头弄清楚，各位把我提出的这些问题当作思考题进行思考，改天咱们再议。我也会思考这些问题的。”

对辛可加作出的决定，陶冶总是无条件地信任、服从。陶冶知道，这位支队长的智力水准、见识远在自己之上。多年前，还在政法大学时，陶冶就认识了这位辛老师。后来这位辛老师改行当了律师，律师干得风生水起，再后来又竞聘当上了津市公安局领导，专门分管津市刑事案件侦查。有辛支队长这种经历的人很少。他是东南政法大学刑事司法专业的研究生，先当教师、律师，后当警察，知识很渊博，思维很敏捷，思路很开阔，尽管有些岁数了，但依旧英俊潇洒、风度翩翩。岁月与操劳并没有使他过早衰老，反而使他本来带有书生气的脸庞变得更具沧桑感，给人以刚毅、稳重的感觉。他身材保养得很好，一点儿也没有啤酒肚。留着一头短发，浓眉下有一双深邃的大眼。他经常是严肃的，但在很多场合，他会面带微笑，笑的时候会露出一排洁白的牙齿。陶冶对辛可加放弃律师职业有些不理解，曾经问过老师。辛可加是这样回答的：“千万不要把我想得很高尚。人啊，大多是理性经济人，具有自利性。我放弃律师职业改行当刑警最主要的原因是，对律师职业的表演化感到厌烦。没错，律师的收入要比刑警多得多，但在中国当律师不具有挑战性。中国式的诉讼结构决定了审判只能是走过场，律师的辩护起不了多大作用。经常是辛辛苦苦去辩护可最后一点儿效果也没有，律师通常只是在表演。无聊的表演让我对律师这一职业感到失望。干刑警所面对的是实打实的活儿，千奇百怪的案件摆在你的面前，能不能破就看你的能耐了。我选择当刑警就是因为这种职业具有挑战性，这也是我实现自我的需要。”对辛可加的回答陶冶并没有完全明白。不过，关于庭审的形式化、空洞化陶冶是了解的。陶冶今天来支队，纯粹是来请教的。辛可加支队长这样安排，肯定是对的。现在就去分析骨头的来路的确急了些，先让大家集思广益，这才完全符合侦查思维的发散性。

当大家要离开的时候，辛可加特意交代：“骨头事件暂时不宜公开。哪怕真立案侦查，也不要大张旗鼓地公布案情。不注意保密，会惊动犯罪嫌疑人，可能导致作案人毁证灭迹，不利于寻找第一现场。”

尽管辛支队长没有明确说要不要立案，但大家都听出来了，他是倾向于立案的。

那四根骨头不时地在辛可加的脑海里浮现。分离端没有任何破损，肱骨体没有任何损伤，肉、筋完全分离，骨头上没有留下任何残留物。这些骨头像是艺术品。这些艺术品还放在袋子里，而且是发放很广的广告袋。处于如此状态下的骨头，辛可加搞案件十年了，也是第一次碰到。发现这样的四根骨头就决定立案侦查，的确会有些唐突。可不立案，又该作何处理呢？

辛可加的脑子不停地转着。他先在脑海里检索，在看过的诸多书里寻找关联点。侦探类小说里没有这种情景的描写。《洗冤集录》《棠阴比事》《折狱龟鉴》《疑狱集》等古代书籍里也没有如此的发案经历。国内外，发生过的“骨头案”不少，或是掘墓、挖尸、碎尸、抛尸，是野狗把埋藏不深的土葬尸体抛出后把骨头叼到了城区，或是风水大师、法医在工作过程中不慎丢失的。那些骨头要么脏，要么还粘连着筋骨，要么在土里埋过，这四根骨头却不是。

辛可加继续在脑海里搜索着发生过的骨头案。近几年，国内各大城市没有类似的发现，也缺少有启发性的案例。要是在津市或者别的什么城市也发现了类似的骨头，那就会受到启发。

辛可加还让尹颖到内外数据库里检索，查查有无类似情形，有无可并的案件，在省内的某处有没有发现类似的骨头，在其他城市有无类似的情形。检索的结果是，数据库里的记录和辛可加脑海里的记录差不了多少。

午饭后，辛可加带上尹颖、李知林来到了津淮河的奈良桥。稍稍西斜的阳光越过树枝照射到河岸上。“浪情小道”上行人稀少，津收街道上的车辆默默地向北行驶。“浪情小道”旁的那些小屋房门敞开，厅堂的沙发上坐着一排女了，见有行人走过，这些穿着暴露的女子便絮叨道：“大哥，进来吧，进来看看吧！”辛可加也知道津淮河畔有此一景，可他没有认真地思考过该如何对付她们。市公安局把这一景象当作津市的丑恶现象来对待，也曾多次组织治安、派出所联合打击过。可这些人通常和警察玩猫捉老鼠的游戏，警察抓，她们就躲，警察撤，她们又回来了。野火烧不尽，春风吹又生。警察抓走一些人，又会来一些新人。这些新人可能就是在其他城市被处罚过的老人，而津市被抓过的人可能又成为其他城市的新人。

辛可加的确不爱管这些人和事。此刻，他脑海里想的是那些骨头。是什么人、出于怎样的动机、在什么时间把这些骨头留在了树上？他站在奈良桥，往北望去，那棵俯卧在津淮河面的榕树清晰可见。应该就是那棵树，特征很明显。辛可加指了指，尹颖、李知林也往北望去。辛可加叫情报数据大队的尹颖和有组织犯罪侦查大队的李知林一同前来，当然是有用意的。他心里想的是，如果下一步立案的话，让他们俩都加入专案组。

辛可加一行登上津淮河畔的南益大厦，它是这一带最高的楼。站在楼顶，四周景色尽收眼底。津淮河蜿蜒曲折，贯穿津市南北。远处西北角，开元白塔在日光的照射下泛着光芒。东北方向，东湖湿地与刺桐公园交相辉映，把位于湿地边沿的刺桐大楼衬托得无比雄伟。南边，宽大的涂津大道向东西延伸，大道上闪闪影子流动。津淮河东，津收街道的东侧是成片成片的居民小区，在小区与小区之间矗立着高高的酒店、写字楼、银行、商场。河西，津丰街把“浪情小道”拦腰截断，靠南是外观装饰辉煌的娱乐场所、酒店、宾馆、剧院、展览馆，靠北是成片或相互独立的居民小区、楼房，小区与楼房之间有几处闲置的空地，有一些旧厂房、庙宇混杂其中。靠北小区的西边还有一家规模不小的医院。奈良桥向南，田安酒店跨河而建，顾客把酒临风，看窗外波光桥影，尽管河面狭窄，却也别有一番滋味。

二

倪男祥通过三天的努力，对骨头的检验有了结论。傍晚时分，倪男祥向辛可加报告骨头检验情况以及 DNA 检索结果。听完报告，辛可加思考片刻后便将尹颖叫进办公室，交代她通知陶冶，让他带上已参加过骨头案调查的侦查人员明天上午 8 点 30 分到刑侦支队办案中心案情分析室开会。

第二天上午 8 点 20 分，陶冶、李庆达、邓宇涵、丁则、吴哲晗就都赶到了支队办案中心案情分析室。支队参会的人有辛可加、倪男祥、李知林、尹颖。会议由辛可加主持，他见人已到齐，便大着声音说道：“各位估计已经知道上午会议的议题了。不错，咱们要议一议这几根骨头到底是怎么回事儿，要不要立案，如果立案该怎样侦查。先由倪法医给大家说说骨头的检验情况。”

“我得出的结论和庆达的结论大部分是一样的。四根骨头是两个人的，”倪男祥开始播放 PPT，操着标准的男中音说道，“长的这两根是女的，年龄二十岁左右。短的这两根是男的，年龄十三岁左右。大家好好看一看这些骨头，分离端没有任何破损，看看正面，小结节、肱骨小头、冠突窝清晰可见，再看看背面，大结节、桡神经沟、肱骨滑车都在，肱骨体没有任何损伤，细节特征保持完好，骨头上几乎没有留下任何残留物。这些骨头处理的手法是一样的，应该是利用药物进行处理的。当然，用药物处理只是我的一个判断，用的是什么药物我也无法确定。骨头没有被埋进土里过，没有被烧烤过，没有被蒸煮过。这些骨头从人体上被分离的时间不好确定，只能给个时间段，在八个月至二十四个月之间。庆达给的时间段是三年之内、二十天之前，我进行了一些压缩。除观察骨头的新旧、风化程度外，还结合了处理骨头的手法。判断骨头死亡的时间的确不容易，原因在于骨头死亡之后存放环境、处理方法对骨头老化有很大的影响。”

“博士啊，知识点会后再交流，重点谈结论。”辛可加提醒道。

“这些骨头没有损伤、畸形，至于有没有病变无法作出判断。结论大概就这些。对了，我还用‘钙分离法’提取到了 DNA，可惜，在三级 DNA 数据库里检索都没有发现目标。”倪男祥边说边把那袋骨头拎起放到桌面上。

对倪男祥的陈述李庆达没有什么异议。接下来，是陶冶介绍前期调查情况。

当各位了解了基本情况后，辛可加说："前期调查和骨头的情况就这些。下面各位围绕骨头从何而来这一主题进行讨论。为了提高效率，我把我想到的可能先摆出来，各位听了之后再补充。骨头有可能是被狗叼到城区的；骨头有可能是某作案人掘墓、挖尸、碎尸抛弃的；骨头可能是风水师遗落的；骨头可能是法医遗失的；骨头可能是碎尸案的涉案尸块；骨头可能来自殡仪馆；骨头可能来自寺庙或尼姑庵；骨头可能是医学院或医院的教具或标本；骨头可能是宗教组织、邪教分子供奉的神器；骨头可能来自人肉加工厂；骨头还可能与人体器官交易有关。我这里列举了十一种可能。有的可能我已结合骨头情况进行了排除，有的还不能排除。我排除了前面七种，留下后面四种。各位在我列举的基础上，再摆一摆可能性。注意在排除可能时要结合肱骨的具体情况。这四根肱骨，装在袋子里，都很干净，没有受损。现在还可以确定它们是两个人的，一女一男，女大男小。"

见辛可加停了下来，丁则问道："那四根骨头会不会是人造的？是假骨头。"

对丁则的冷不丁提问，倪男祥不语。李庆达盯了丁则一眼说道："你以为倪博士和我都是吃干饭的？"

丁则看了一眼李庆达没言语，把笔夹在手指间转着。

倪男祥和丁则不熟。来自清源分局的几位和丁则都很熟，李庆达和陶冶都知道丁则爱开玩笑。他从本省的警察学院毕业，是一位"90后"。

见丁则没吭声，陶冶接了话茬儿："我知道小丁是在开玩笑。"

辛可加笑了笑说："小丁提这样的问题可以活跃一下气氛。从这样的问题入手其实是符合逻辑的。就像分析案情，先要分析事件性质，判断是不是犯罪，然后再作下一步的分析。有些人不太注意这种分析顺序，想当然地从其他问题入手，结果不但做了很多无用功，还可能陷入先入为主的错误。就本事件来说，如果我们没有把是不是人骨、是不是真人骨这个问题弄明白就去分析别的问题，那的确该下课了。”

“按照辛支队长的分类法，我觉得还缺少一种可能，美术或艺术学校的遗失标本。”邓宇涵不紧不慢地说，“还有，看到这几根骨头我想到了几起案子。近几年，有些地方发生过加工出售人体案。作案人潜入医院太平间盗走年轻漂亮的女性的新鲜尸体，再对尸体进行防腐、整形、美化处理，把处理过的‘美尸’出售。现实中居然有不少人出高价抢购，买回去当玩具或者性伴侣。这种事在咱们津市没有发生过。我提这类案件的意思是，当今社会，有些人的需求越来越怪异，把骨头加工得这么干净，会不会与一种新需求有关？记得在书里看过，也听说过，一些信教的人崇拜人体，会对死尸顶礼膜拜，会把尸体当神供奉，有的还会让死者与自己同床共枕。还有，西亚一些国家，会把人骨当玩物。膜拜尸体、把玩人骨，是不是一种新风尚？对此我不懂。在我的印象里，咱们中国，需要人骨的只有医疗、艺术部门。”

“宇涵啊，你的意思是这些骨头是特殊爱好者的供品或者玩具，在使用的过程中遗失的，是吗？”李知林问。

“我有这个意思，但不全是这个意思。我认为，在咱们中国，玩人骨还不成气候，更不是一种时尚，我还没有遇到一起玩人骨的案例，在座的有谁听到或碰到过？如果没有人在玩人骨，那么，这种在玩人骨过程中遗失的可能性就不存在了。”邓宇涵答。

“社会真的发生那么大的变化了？”陶冶看了看在座的各位，面对邓宇涵说，“按理咱们是最先感受社会变化的人，对社会变化的认识也是最透彻的。要说近年来中国人有了如此大的变化，我可不知道。如果咱们都不知道，那恐怕就不是一种新现象。”

“新现象肯定谈不上，但也许有人已经这样做了。”丁则接话。

“好吧。有什么想法都可以说。先把这当作另一种可能吧。至于可能性大小待会儿再议。”辛可加说。

吴哲晗挠了挠头，喃喃自语：“截肢医院丢的？不对，医院为什么要这样做？”

“哲晗，你的意思是？”陶冶问道。

“医院做手术，把没用的手啊、脚啊截下来。这截下来的手啊脚啊一加工不就变成这样子了。可我再一想，那些搞截肢的医院没必要这样做啊！”吴哲晗应道。

“对啊，那些搞截肢的医院都是如何处理截下来的废肢的？如果有人需要人骨，这截肢医院一加工不就可以卖钱了？”丁则快速接话。

“这个问题我知道一些。截下来的废肢有的医院是按流程销毁掉，有的医院是让患者家属带回。通常患者家属对这些玩意儿不感兴趣，不愿带回。我也有听说，有的医院把残肢加工成了标本。”李庆达表情肃穆。

“庆达说得没错。有的医院对这些残肢还是很感兴趣的，认为是极为重要的标本来源。有的残肢会被去掉皮肉专取骨头，制作成骨头标本。这一情况我有比较确切的把握。”倪男祥口气坚定。

“好的。这可以说又是一种可能。尽管可以把这种可能归类到医院或医学院标本遗失，但这种标本材料的来源具有独特性，可以单列。好的，还有什么可能？继续发散。先发散，再根据具体情况排除。只有圈进来了才不会遗漏，如果没有圈进来，无论再细致再谨慎的排除都是没用的。”辛可加要大家继续分析可能性。

沉默了一会儿。陶冶喝了口水，看了看各位，说道：“我绞尽脑汁，也想不出再有别的可能了。诸位还能摆出别的可能吗？估计也摆不出了吧。如果再也摆不出别的可能，那么辛支队长的十一种，加上宇涵的两种、哲晗的一种共十四种可能性。辛支队长的十一种可能，排除了前七种，我同意。剩下的四种不好排除。宇涵的‘美术或艺术学校的标本遗失、特殊爱好者的供品、玩具遗失’也不好排除。同样，哲晗的‘残肢加工标本遗失’也是不能排除的。这无法排除的七种可能中，骨头是医学院或医院的教具、标本与骨头是美术或艺术学校的标本是相似的，可以合并。骨头是宗教组织、邪教分了供奉的神器与骨头是特殊爱好者的供品、玩具也是相似的，可以合并。至于骨头是‘残肢加工标本’当然可以并入标本遗失这一种。所以，摆来摆去，可能性还是只有四种：教具或标本遗失、神器或玩物遗失、来自人肉加工厂、与人体器官交易有关。在这四种可能性里，前两种可能不涉及犯罪，只有后两种可能是犯罪。因此，如果是后两种可能才要立案，如果是前两种可能就不用立案。”

辛可加见没人接话，便说：“陶队长这一梳理，脉络就清晰许多了。有很多很多的可能，但最大的可能的确就这四种，而且其中有两种可能是不容易构成犯罪的。这样分析下来，思路就有了。如果是教具、标本、神器、玩物遗失因为取得途径是合法的、正当的，那么丢失了自然也不是犯罪，所以用不着立案。我们再看看另外两种可能。来自人肉加工厂，可能性有多大？人肉加工厂，顾名思义，就是生产加工人肉的场所。生产加工人肉自然而然地就要杀人，杀了人供应人肉，自然也就有骨头供应。只是，人肉加工厂供应的骨头，通常是没必要弄得那么干净的。只有那些有特殊需要的客户才会提出特殊的需求。如果这些客户有特殊的需要，那就又回到他们把人骨当标本、神器、玩物类了。或许是客户自己买过去再加工的。这里我们要考虑这样的问题，人肉加工厂存在吗？在哪里？这正是我们要查的。那么，与人体器官交易有关又是什么意思呢？人体器官交易必须要有供体。可以在人肉加工厂对供体进行处理，也可以在别的地方对供体进行处理。如果是在人肉加工厂处理的，那两回事就变成了一回事。如果摘取器官的地点不是人肉加工厂，那就是另外一回事了。这样又有了关键性问题，摘取人体器官的场所在哪儿？”

“大概意思我了解了，但我还是没有完全明白。”丁则说。

邓宇涵说：“我是听明白了。就是那么多的可能合并成了四种可能。前两种可能不构成犯罪，后两种可能才会构成犯罪。后两种构成犯罪的可能，还会关联交叉。如果要立案，就必须认定是后两种可能。不然就没必要立案。但是，前两种可能不能完全排除，所以立案侦查的结果可能是前两种可能。也就是说，侦查的结果，发现这骨头的确是标本、神器、玩物不小心遗落的。这样，我们就只是查了这骨头的来源，却不是在破案了。最终，案件可能还得销去。”

“各位，宇涵分析得没错，所以我们要讨论到底要不要立案。我考虑再三，认为还是要立案的。宇涵说得没错，四种可能都有，但要立案就要认为是后两种可能。我综合各种要素分析，后两种的可能性的确要比前两种大得多。我看到这么特别的四根肱骨，就想到了一本叫《人体交易》的书。书中的情节让我相信，这四根骨头与人体器官交易有关联。所以，大家对立案侦查还是要有信心的。”辛可加站起来说。

“辛支队长不会错的，我有信心。”陶冶赤裸裸地拍马屁。其实也不是拍马屁，他确实信任辛可加，觉得辛可加的直觉比谁都灵。

辛可加宣布休息一会儿。歇息期间，丁则、尹颖等向辛可加询问《人体交易》一书的情况，辛可加把这本书向各位介绍了一下。

分析会继续。大家各就各位。丁则在卫生间抽了一根烟，找回了一些感觉。他觉得，搞案件，开这种案情分析会的确需要抽烟提提神。和辛支队长、陶队长一起开案情分析会，那是容不得半点儿偷懒的。每次案情分析会都是一场头脑风暴和智力角逐。听老侦查人员说，以前在会议室里是可以抽烟的，但现在大家很自觉地不在公共场所抽烟了。听说辛支队长、陶队长以前都是抽烟的，现在也都不抽了，抽烟真是没市场了。丁则也想戒烟，但又觉得还不到时候。自己才刚刚学会抽烟，才有一些好的感觉，就这样戒了，不划算。他脑子里忽然有一个问题，便说：“刚才几位多次提到骨头是遗落或遗失的，言下之意就是这骨头是不小心掉落的。凭什么这么说呢？为什么不可以是因为某种原因而有意抛弃的呢？”

静了片刻，陶冶说道：“说遗落或遗失可能只是笼统用词，并不特指骨头就是不小心掉落的。辛支队长您说呢？”

“小丁又提出了一个很好的问题。请各位注意，就像陶队说的，用这些词只是笼统地表达，并不指明骨头就是丢失的。不管河面榕树是不是骨头遗落的第一现场，骨头都不能排除是因为某种原因而故意被抛弃的。”辛可加解释道。

“嗯，明白。”丁则点头。

坐在屋角的尹颖不停地记着，一直没有吭声，此时也提出了问题：“骨头是一女一男的，两人之间是怎样的关系？两人都是什么人？还活着吗？”

又安静了片刻。

李庆达回应：“从骨头的DNA检测，我们认定两人没有血亲关系。至于具体是怎样的关系，我们无法给出答案。他们是什么人？一个是二十岁左右的女性，一个是十三岁左右的男性。其他的还有什么我就不知道了，至于是活着还是死了更无从知晓。倪博士您说呢？”

“当然了，从基因图谱观测，女的和男的都属于黄种人。通过基因检测，还知道他俩的基因都有些异常。从分子水平上看，基因在结构上发生了碱基对组成或排列顺序的改变。也就是说，这两个人的身体可能有病。”倪男祥说得很慢，生怕其他人听不明白。

辛可加站起来，往尹颖所在的角落迈了几步，轻声说道：“还是小尹脑子好使。小尹的提问让倪博士、李法医道出了一些不问就不会回答的问题。这些信息对于侦查是很有帮助的。还有什么问题吗？”

又安静了一会儿。

吴哲晗说：“辛支队长啊，提不出什么问题了，进行下一步吧。”

“好吧。这件骨头案就算是立案了。下面我们来议一议可供选择的侦查路径以及拟采取的侦查行动。”辛可加的声音清脆又爽朗。

第四章　医道难行

一

可能是气候温暖的缘故，1995 年东京的樱花开得特别早，3 月中旬刚过，树枝上便钻出了粉嫩的花蕊。苏梅一点儿也没有观赏花儿的兴致。越临近毕业季，她的心中就越发忧虑。她和刘天佑都获取了在日本从事医疗的资格，可因为是外国人，要真正从医还得好几年。刘天佑要苏梅和他一起到台湾地区就业，可她并没有那样的想法。这几年和刘天佑相处，苏梅并没有觉得特别地快乐。刘天佑是个缺乏激情，更谈不上浪漫的人，他心里想的都是实实在在的事。他到日本学医是因为觉得日本的医学水平高于中国台湾地区，他本来就准备学完回家的。刘天佑的务实无可厚非，和他一起去台湾地区工作也是不错的选择。可是，一想到要离开已经熟悉的东京到陌生的台湾地区去工作和生活，苏梅心里就有一种说不出的滋味。刘天佑或许是个可以依靠的人，但真的那么可靠吗？苏梅感觉刘天佑在和自己相处的过程中其实并没有那么全身心投入。当自己失去亲友支援、生活有些拮据时，靠的是自己打工赚钱。尽管他有过资助苏梅的意思，但当她婉言谢绝时，他并没有过多的坚持就放弃了。刘天佑的家境是不错的，苏梅去打工时他并没有去。按理说台湾地区人和津市人的文化传统是大同小异的，女人去打工男人不可能无动于衷，但刘天佑却如此。苏梅觉得他可能并不真的爱自己，也许他和大多数人一样，和女性相处只是为了摆脱寂寞。

苏梅脸上没有了过去那么多的笑容。家人的离去让苏梅陷入悲伤；一边读书一边打工让她觉得疲惫；工作的没着落让她对未来感到迷茫；刘天佑对自己不关心让她心生怨念。与其说苏梅不愿意去台湾地区，不如说她不满意刘天佑。

苏梅约了陈道魁，在一家小咖啡店见面。能见到苏梅并和她谈心，陈道魁是高兴的。他们隔着小咖啡桌相向而坐。苏梅的皮肤还是那样白皙，眼睛还是那样明亮，她对陈道魁笑了笑，可这笑容却没有了三年前的爽朗。苏梅和陈道魁谈起了刘天佑。就刘天佑这个人，陈道魁也谈不出什么。陈道魁觉得他很稳重、很现实，但缺乏情趣。他把自己的感觉对苏梅说了，至于刘天佑是不是爱苏梅，陈道魁是说不到点的。苏梅告诉陈道魁，她经过慎重考虑，决定和刘天佑分手，不和他去台湾地区。对苏梅作出的决定，陈道魁没有发表什么看法。他心里掠过一阵欢喜，嘴里喃喃道：“不离开最好，不离开最好，今后咱俩还要互相照应。”

苏梅和陈道魁肩并肩地往住处走去，微风吹过，粉嫩的樱花瓣飘落到苏梅的头上。陈道魁靠近苏梅，用手轻轻地把苏梅头发上的花瓣取下。陈道魁发觉，苏梅已留起了披肩长发。他轻轻地触了触苏梅的肩头，一股夹带着樱花香味的体香飘过，陈道魁不禁陶醉。

当陈道魁转身离去时，苏梅静静地站在那儿，目送他远去。看着不断远去的挺拔身姿，苏梅心中一阵躁动，这位同乡、师弟已经完全长大成人了。

刘天佑无声无息地回台湾地区去了。苏梅暂时不能到医院当医生或者护士，就到西新桥去应聘，在浅草社区谋到一个护理工作。苏梅护理的全是老年人，工作不好干，收入也不高。可在这浅草社区工作有一个好处，就是这个社区离慈惠会医科大学特别近，苏梅可以继续住在学生时代的租住处，还可以经常见到陈道魁。

由于经济持续低迷，失业率不断攀升，老百姓收入降低，民众也变得特别注意防盗、防抢。钱多时被盗一些不觉得，收入减少却又被盗那是不能忍受的。在经济危机的背景下，青木帮的生存也变得困难起来。帮主下了口谕，要求青木帮成员提高技术水平，下手时要更加小心谨慎。

陈道义所带的青野分舵也面临困难。近一年来，盗窃收入急剧减少，不时有成员被抓进警察局。上周陈道义到总部接受盗窃新手法的培训，现在正将新手法传授给成员。鉴于居家加大了防范力度，陈道义也把盗窃的范围扩大到了公共场所。

房价跌了，房租降了，收入也变少了。陈道魁也不断地变化着打工地点。

有一天，夜已深了，苏梅来到陈道魁的住处，向他诉说了一段她的遭遇。她在浅草社区打工，照顾一帮老年人。因为自己是学医的，又没有语言上的障碍，所以照顾老年人也不会遇到什么困难。可是，上周末，浅草社区福利所来了一个四十多岁的自称堀部的人，这人是来探望隆一老人的。这隆一恰好是苏梅护理的。于是，堀部会见了隆一，同时也见到了苏梅。见了苏梅后，堀部便缠住她不放。堀部说他和苏梅一见如故，说自己至今单身一人，还说他爱上了苏梅，要娶她为妻。苏梅以为这个堀部也就是说说罢了，可没想到当她下班准备返回西新桥的住处时，躲在路旁的堀部突然出现在她的面前，拦住了她，要带她去共进晚餐。说着，还要非礼她。苏梅极力反抗，那变态鬼却笑嘻嘻地躲闪，没有继续对她实施暴力。苏梅以为这事儿就这么算了，可没想到，第三天，当她下班要返回西新桥的时候，堀部又出现了。这次堀部的手里还捧着一束花，再一次缠着她不放。苏梅很愤怒地痛骂堀部，可他就是死皮赖脸地满不在乎。这次他又缠了苏梅二十多分钟。尽管这两次纠缠都没有给苏梅造成直接的伤害，但她感到害怕。还有同事告诉苏梅，那个堀部是很难缠的人。他曾经在福利所干过同样的事。对另一个女子纠缠不休，有时还使用暴力。如果现在报警，警察拿他也没什么办法，因为他到现在并没有做什么过头的事。同事建议说，最好的办法就是躲开他，晚上不回去，或者让别人来接苏梅。第四天，堀部没出现。第五天，也就是今天晚上堀部又出现了。这次堀部还抓苏梅的手，摸她的胸，还要亲吻她。苏梅极力反抗，才得以挣脱。

听了苏梅的诉说，陈道魁显得十分愤怒。他对苏梅说，应该把这事早些告诉他。至于如何应对，陈道魁一时也想不出道道来。可他对苏梅说，一定会把这事摆平。陈道魁不想报警。就像苏梅的同事说的那样，报警用处不大。警察抓不了这种变态鬼，即使抓了也关不了几天，出来后可能还会变本加厉。陈道魁想去讨教龙缪，和他商量一下该怎么办。听完陈道魁的诉说，龙缪气得咬牙切齿，大骂连这种没屁眼的也敢欺负到咱们头上来。他说，这件事就不用报告陈道义了，让他来搞定就是了。还说，最近郁闷得很，盗窃不顺利，办事还得小心谨慎，连这种二流子也到咱们头上撒尿来了。青木帮轻易是不会动刀放血的，可也不能太客气了，太隐忍就会受人欺负！

后来，那变态鬼再也没有出现，警察也没有找上门来。陈道魁问龙缪是如何做到的，龙缪揶揄道："老哥啊，青木帮要是连这点儿能耐都没有还如何在日本混啊！"

那天夜里，苏梅没有回自己的住处，她和陈道魁住在了一起。从那天夜里开始，苏梅和陈道魁同居了。

苏梅就在浅草社区待着，尽管工作与自己的愿望有很大的出入，但有陈道魁陪着，日子也就那样子过着。尽管前途迷茫，但陈道魁还是不忘努力学习，当六年的学医生涯即将结束时，陈道魁觉得自己已经学到了真本领。内科外科、生理病理、人体形态、人体解剖、护理麻醉、诊病动刀，对陈道魁而言，这些都不成问题。可是，毕业后，他和苏梅面临同样的问题，要等上好多年才能到日本的医院从医。

陈道魁觉得很失望，本领用不上，也只能继续打工挣钱。什么时候才能回后塘村盖楼？老爸、哥姐都需要自己的帮助，苏梅的那些亲戚也等着钱用。这几年，陈道义混得并不好，追随的人没有增加，收入也在减少，在日本警方的"关注"下，行动的方便性大不如前。陈道义年纪不大，身体状况却不太好。高血压，常常胃口不好，有时乏力，脸色黄黄的。陈道魁给他看了几次，可因为没有用上仪器设备，所以也没看出个结果来。不用说报答陈道义的恩情，就连这样的忙都没能帮上，陈道魁觉得太没面子了。

毕业后，根据陈道义的建议，陈道魁回到东桥给青木帮的兄弟姐妹们看病，这完全不是陈道魁所期盼的。不但没有什么收入，经常还要陈道义支出一些钱购买器械和药品。而且，这种行为是不合法的，是偷偷摸摸的。没有固定的场所，没有好的设备，就像以前中国农村的赤脚医生，哪里有病号就往哪里去。在这样的环境下，完全无法发挥陈道魁的医学水平。陈道义也想过办秘密医院，但这种医院在日本东京是很难生存下去的。如果被发现后捣毁，不但损失惨重，而且还要承担刑事责任。对青木帮的人来说，承担刑事责任算不了什么，但这样却会真正毁了陈道魁的前程。

干了近半年，陈道魁感到实在没有成就感，开始有些倦怠。他觉得与其这样耗着，不如去做些别的事，过几年再从医。陈道魁把自己的想法告诉了陈道义，他表示理解，并给予支持。

陈道魁和苏梅商量后，他们一起在东京各地勘查，准备找一处合适的地点开家餐馆。在西新桥与浅草社区之间，有一处比较合适，陈道魁把这里租了下来。陈道魁让陈道义给饭馆取个名。陈道义想了想，给饭馆取名“青瀚塘”，说既然他们是青木市东瀚镇后塘村出来的，就各挑了一个字作为名字，这样取名简单。陈道魁觉得这名字不错。

青瀚塘开张了，苏梅从浅草社区福利所辞职，和陈道魁一起经营。这家馆子既经营日本菜，也卖中国菜。

和行医比，青瀚塘的生意还算不错。顾客大多是华人，华人既吃中国菜，也吃日本菜。偶尔也有日本人光顾，日本人也是一样的，两种菜都吃。

在东京的这几年，陈道魁不知不觉地学会了做日本菜。开了饭馆，陈道魁便当起了大厨。开始几天，有些不适应，可陈道魁人聪明，学什么都快，没多久，就什么菜都会做了。当别人问他："你怎么连日本菜都会做啊？"陈道魁便自豪地回答："手术都会做，这做菜又有什么难的？"

陈道魁不但上手快还会创新。他想到了木兰溪畔的烤肉，想到了住处屋后的小鸟，瞧见了附近公园里的小鹿、广场上的鸽子，看见了东边小山坡上奔跑的动物、飞翔的小鸟，听到了西边湿地传来的蛙声。陈道魁到公园、广场、山坡、湿地看了看，那里的动物、鸟类一点儿都不怕生，要把它们弄到手是很容易的。

陈道魁制作了几个大小不一的网。一天傍晚，他携网驾车去了六本木广场。在一个偏僻的角落，他在地上撒了一些玉米，不一会儿一大群鸽子就围过来了，陈道魁用网一兜，鸽子就到手了。这次他逮了二十三只鸽子，前后花了不到一小时，神不知鬼不觉的，而且他确信避开了监控。

青瀚塘添了一道新菜，烤鸽子。这道菜只供华人吃。

一个星期过去了，无声无息。陈道魁想，那么多的鸽子，逮它几只谁会发现？这东京到底有多少只鸽子又有谁搞得清楚？那么多的鸽子只会糟蹋粮食，带来粪便，能有什么好处？抓一些，增加菜的品种应该是在做好事。

他会不定期地去抓一些鸽子。他每次都不会抓太多。他还会变换地点，有时去六本木，有时去花田，有时去左左本……他认为自己是在做好事，但他还是害怕被人发现。他每次都是自己一个人去。当苏梅问鸽子是从哪来的时候，陈道魁会说是买的。

陈道魁还要增加新菜品。他带上新做的罾去了等等力溪谷。这溪谷就在世田谷区的正中间，离青瀚塘也就不到十分钟的车程，四周是喧嚣的闹市，可这里却静谧得出奇。置身溪谷，你根本无法想象这里就在东京的市区。山涧水塘里有不少鱼，陈道魁取罾下塘捕鱼，这里的鱼游得慢，比木兰溪里的鱼好捕多了。没多久就网到了十几尾大小不一的草鱼、鲤鱼、鲇鱼。陈道魁发现，在这里捕鱼的人只有他。鱼很多，很傻，很好捕，陈道魁见好就收，一次还是不宜捕太多，多了容易被发现。他把放在水桶里的鱼提到车的后备厢里，回青瀚塘去了。

青瀚塘生意越来越不错，陈道魁的厨艺越来越好。陈道义、蔡甜儿、张德元、龙缪都来吃过，他们也盛赞菜好吃。好生意让青瀚塘利润颇丰，而那些无本的鸽子和淡水鱼虾也给陈道魁增加了不少额外收入。当大厨、捕鸽、抓鱼，让陈道魁忙忙碌碌的。还好，苏梅挺能干，进货、出货、管理都由她负责，她把青瀚塘管理得井井有条。

陈道魁还想增加菜品。西部水元湿地那些活蹦乱跳的蛙常常出现在他的脑海。那天去考察的时候，陈道魁徒手就逮到了两只。和那些鱼一样，水元湿地的蛙也不慌不忙的，有人逮就让人逮，也许它们知道逮的人还会把它们放了。可这次逮的人不同，陈道魁逮到后没有放，他把它们带回青瀚塘炖着吃了。

现在的陈道魁已经很忙了，如果还要对水元的蛙下手，就得请帮手。这帮手一定要可靠、能干，可以让他去对付等等力溪谷的鱼虾、水元湿地的蛙，自己再去对付别的。谁合适当帮手呢？此时陈道魁想到了龙缪。龙缪聪明能干，行事果断，随机应变能力强，最重要的是可靠。龙缪当然是最佳的人选。如果龙缪愿意帮忙的话，陈道魁是最放心的。龙缪现在是陈道义最得力的助手，尽管很忙，但让他来帮忙，应该还是行得通的。到等等力溪谷、水元湿地去捕鱼、虾和蛙，用不着天天去，一星期去个两三次，龙缪应该是抽得出时间的。

陈道魁找龙缪商量，把事情的缘由对他说了。听罢，龙缪表示愿意帮忙。陈道魁动手又做了些罾、渔网，和龙缪交流抓捕技术，龙缪一学就会。这位来自南夷的偷渡青年高兴地说：“我小时候捕过，有意思。”

果然，龙缪很顺利地捕到了蛙、鱼和虾。有一次，龙缪捕得过多了，对此陈道魁交代说，一次不宜捕太多，否则容易被发现。龙缪表示赞同。后来，他就不滥捕了。

蔡甜儿又怀孕了。陈道魁想给陈道义钱，可他不收。于是，陈道魁就时常买一些食物去看望陈道义、甜姐和两个侄儿。

也就经营了半年，青瀚塘就有了近千万日元的收入。陈道魁分一些给苏梅，分一些给龙缪，寄一些给父亲。陈道魁有些得意，觉得自己特别聪明。那些没人动的鸽、鱼、虾、蛙，他就懂得去捕。这可增加了不少的利润！

开放的代代木公园到处都是蹦蹦跳跳的鹿。你站在那儿，鹿就过来了。鹿会靠近你，亲吻你的手，向你讨要吃的。公园很大，好多地方只看到鹿看不到人。陈道魁又觉得这里有机会。一天，他开了辆购物车来到了代代木，到了一处没有人只有鹿的地方。陈道魁下车，站在那儿，鹿果然过来了。陈道魁在鹿的脖颈处扎了一针，自配的麻痹剂真厉害，也就十五秒，鹿便无声无息地往他身上靠。陈道魁把它抱住，挪进车里。这是一只梅花鹿，有百来斤重。金色的皮毛上点点白斑，两只大耳朵在头的两侧高高竖立，黑色的小鼻子微微冒气。梅花鹿很可爱。这次道魁只抓了一只，就回去了。

当天夜里，陈道魁又加了道烤鹿肉。这道菜也只供给华人。

过了三天，没人到青瀚塘寻鹿。第四天，陈道魁又去了趟代代木，没多久，又抱回一只梅花鹿。

在捕鹿这件事上，陈道魁异常地谨慎。他一段时间在代代木行动，一段时间就移到井之头，不久又去新宿御苑，有时也去小石川或上野恩赐。他做到十几天只在一个地方行动一次，行动一次就捕一只。他在五六个有鹿的公园循环下手，自觉无人能够发现。

可是，有一天，警察还是找上门了。警察查了一段时间了。青瀚塘盗鹿、杀鹿、食鹿事件被揭露了。陈道魁、龙缪盗鸽、抓鱼、捉蛙的事也被发现了。警察说，你很狡猾，可是你忽视监控了。发现鹿丢失后，警察追查了好久，才查清是青瀚塘干的。

最后，陈道魁、龙缪因盗杀五十六头鹿、偷捕近千只鸽子、盗窃数千条鱼和数千只蛙而分别获刑。陈道魁因是首犯，偷害次数多，被判处一年半有期徒刑。龙缪作为陈道魁的帮手被判处有期徒刑七个月。另外，因偷害量大，陈道魁同时被处一千五百万日元罚款。

对青木帮来说，获刑是家常便饭。可是，陈道魁、龙缪获刑却是陈道义不愿意看到的。他们的罪名是盗害动物，对这样的获刑，青木帮也无能为力。陈道义无可奈何地表示痛心，同时安慰苏梅："没什么了不起的，在监狱里待几年也是一种磨炼。只是罚款的数额有些大。"陈道魁、苏梅辛苦了一年多，赚到的钱全都还给了日本人。

尽管苏梅没有和陈道魁举行婚礼，但他们已是事实上的夫妻。陈道魁获刑、青瀚塘破产对苏梅打击很大。不过，对这种打击苏梅是有心理准备的。自从大学毕业工作不能如愿开始，苏梅已经知道在这异国他乡，很多事是不会那么顺利的。她离开了青瀚塘，回到了学生时代租住的房子。为了养活自己，她又到浅草社区打工去了。

苏梅偶尔去看看陈道魁。陈道魁很消沉，似乎很为未来的日子担忧。他想对苏梅说些什么，可又欲言又止。苏梅瘦了许多。她想对陈道魁笑，可笑不出来。那个总是笑容满面的苏梅不见了。

二

陈道义胃口一直不好，近来更是乏力异常。陈道魁进了监狱，要不然他会让这小子过来给自己把把脉。龙缪刚出狱没多久，陈道义不想去烦他。老婆蔡甜儿在照看两个孩子，而且又怀上老三。陈道义突然觉得有些无助。他很不喜欢看病，对于不适总是习惯性地熬着，以前对病痛也是这样处理的，熬一熬就过去了。可这次很不一样，胃口不好，乏力，人相当难受。陈道义实在受不了了，喊来了张德元。张德元和蔡甜儿一起陪他去了医院。他们就近去了慈惠会医科大学附属医院。这家医院对陈道义进行了全面的检查。两天后，检查报告出来了，陈道义得的是双肾衰竭病，糟糕的是这病已经是晚期了。医生直截了当地告诉他："要保命就得换肾。"

陈道义根本不相信。他从来都认为自己的身体棒得很，觉得一定是医生瞎说。可张德元、蔡甜儿都听明白了，这双肾衰竭晚期就是常说的尿毒症，得这病得换肾，不换就活不了。陈道义怎么一下子就肾病晚期了呢？张德元和蔡甜儿都没有了主意。怎么办呢？按理这事要请教陈道魁的，可他还在监狱里。

青木帮看似人多，但真正懂医的却极少。由于日本对外国人从医的限制，青木帮无法培养能真正为本帮服务的医生。看张德元、蔡甜儿慌里慌张的，陈道义提醒他们，可以去请教一下苏梅。

苏梅来了，认真看了看检查报告，认为陈道义的确得了急性双肾衰竭病，而且是晚期，必须换肾，否则性命难保。他们又一次去了慈惠会医科大学附属医院。院方告诉他们，换肾可以，但医院缺可以用来移植的肾，要换肾只能等，要等到什么时候不好说。医院缺可以用来移植的供体，这苏梅是知道的。可到底要等多久才会有，苏梅是不知道的。苏梅好好地请教了院方，院方也根本无法给个明确的答复。

陈道义的病已经十分严重了，不管有没有肾源，都得先住院治疗。陈道义住院了，医生给他服了一些药，还给他做了血液透析和腹膜透析，病情得到了一定程度的控制。不过，医生不时地提醒病人家属，他的肾病很严重，透析只能暂缓病情恶化，要救命必须换肾，而且要快，如果时机错过，换肾也不行了。

苏梅也懂得这个道理，可去哪儿弄肾呢？按理要换的肾应该由医院提供，可院方已经明说了，他们提供不了。等院方提供，那是遥遥无期的事。等医院的肾，就等于让陈道义等死。苏梅根本无法解决这样的问题，她把自己的忧虑告诉了张德元、蔡甜儿。恰好龙缪来了，张德元把这件难事告诉了他。聪明人一听就明白了，要救陈道义就得自己去弄肾。到哪里去弄呢？龙缪想到了帮主老大。

青木帮帮主陈旺树是很看重陈道义的。陈道义由于能力强、讲义气、踏实肯干，偷渡到日本后没几年，就担任了青木帮旗下的青野分舵的舵主，成了帮主的得力干将。陈道义和帮主之间还有亲戚关系。前几年，青木帮景气时，陈道义经常会到帮主家串门，一起喝酒、吃饭、聊天。尽管由于这几年青木帮屡遭重挫，与主舵之间没有了相聚的闲情，但帮主还是记挂陈道义的。听说他病情严重，陈旺树亲自过问。陈旺树招来青木帮医术最好的林元模医生，让他想出营救陈道义的方案。林元模说，只好用土法。弄一个人在“秘密据点”做了，在青木帮的“石竹医院”里移植。不过，这样有风险。因为青木帮的“石竹医院”条件简陋，要完成肾脏移植会有难度。还有，林元模做肾脏移植的经验不是很丰富。他以前在中国做了几例，到东京后就没做过了，担心到时候力不从心。

听了林元模介绍的方案，帮主问：“除了这样的方案还有没有别的更好的方案?”林元模想了想，摇了摇头说：“想不出别的办法了。”帮主是个办事十分果断的人，最好的医生都想不出更好的办法那这法子就是最好的了。他下令：按林元模医生提供的方案救治陈道义。由林元模主刀，其他帮手由林元模选定。

陈道义从慈惠会医科大学附属医院出院住进了“石竹医院”。龙缪很快弄到了一个合适的人，在秘密据点做了，肾有了。他把两颗肾放入人体组织低温保存箱里，快速运到“石竹医院”，由林元模执刀移植。手术很顺利，最难的缝合都快结束了，可是两颗移植来的肾脏突然变软、变紫，林元模知道不妙，超急性排斥发生了。林元模来不及抢救，陈道义就死在手术台上了。

陈道义离世，对陈旺树是个不小的打击。连自己的得力干将都救不活，这帮主是怎么当的？陈旺树第一次深刻体会到提高青木帮医疗水准的重要性。他没有训斥林元模，也没有教训其他人。他给林元模一个任务，要他好好考虑提高青木帮的医疗水准一事。他为陈道义办了一个隆重的葬礼，亲自慰问了陈道义的妻儿。

龙缪还是把陈道义离世的消息告诉了陈道魁。噩耗传至，陈道魁几乎昏厥，他还没能给陈道义一丁点儿的报答，陈道义居然就离自己而去了。在陈道义生病需要帮助的时候，自己居然待在监狱里。陈道魁内疚、自责，无比痛苦。不过，理性的陈道魁知道，光哭、光悲是没有用的，在监狱里哭不但没有人同情，还会被人嘲笑。陈道魁必须化悲痛为力量，承担起照看陈道义妻儿老小的任务。陈道魁想到的是快些出狱，快些赚钱。现在的陈道魁比任何时候都需要钱。开青瀚塘赚到的钱都还给日本人了，现在的他依旧一贫如洗。可陈道义的妻儿需要钱；自己的爹娘、哥姐需要钱；苏梅的家人也需要钱。苏梅跟了自己，却还要租房住，还要到处打工，自己能这样无能吗？陈道魁真的很着急，恨不得立刻出狱。还好，离出狱的时间已不到半年，熬吧！可是，当陈道魁想到出狱后该如何去赚钱的时候却迷茫了。从医，此路不通，再开饭店，恐怕也不可以。服刑后，未来的出路更加狭窄了。怎么办呢？瞬间，陈道魁缩在房间的角落，无奈地摇头。算了，还是不出去吧！

无论陈道魁愿不愿意，他还是出狱了。他没有把出狱的具体时间告诉任何人，所以那天也没有人去接他。他回到了西新桥。那天苏梅照常去浅草社区上班，很晚才回去。陈道魁就在苏梅住处附近等着，他知道她还住在那儿。那晚苏梅给他煮了乌冬面，两人默默地吃了。

新世纪的东京，经济在慢慢复苏，犯了事的陈道魁要找份工作还是容易的。但是，陈道魁是不能满足于打工的。不要说那么多的人需要钱，就是没有那样的负担，他也不会只为打工而待在东京。他依旧认为自己是聪明绝顶的。

可是，创业谈何容易，陈道魁的历史污点的确给他带来了不小的麻烦。不说创业，就是找一份薪酬高一些的工作都比入狱前困难。陈道魁低不肯就，高就不着。因此，在一年多的时间里他到处碰壁。陈道魁有了离开东京回到中国的打算。

有一天，龙缪和陈道魁闲聊，谈到他的婚事。龙缪问他为什么迟迟不和苏梅成婚，是不是另有打算。陈道魁苦笑道："我也想啊，可是你看看我现在这状况结婚合适吗？大家都说先立业后成家。我现在什么业也没有，如何成家啊？"陈道魁还向龙缪诉苦，说自己一年多来面临的苦处。他还说，自己都有回国的念头了。

此时的龙缪已接了陈道义的班成为青野分舵舵主。听陈道魁诉苦，龙缪就乘机问他愿不愿加入青木帮。要是在以前，陈道魁是万万不会答应的。他从来都认为自己与众不同，青木人偷渡去日本，他却要留学到日本，他要走正道，不走黑道，他要靠自己的本事正正当当地赚钱。可是从医理想破灭又到处碰壁后，陈道魁此时的想法已经大变。他没作太多的考虑就答应了龙缪。

龙缪报告了陈旺树。对陈道魁这样的人物加入青木帮，陈旺树当然是求之不得。选了一个黄道吉日，开香堂，陈道魁就成了帮中之人。青木帮的帮规是很宽松的，加入帮会要审批，要举行仪式，但仪式很简单，退帮却是自由的。这规矩在陈道魁入帮前，陈旺树已经对陈道魁说了。

陈道魁被安排在"石竹医院"当林元模的助手。对于这样的安排，陈道魁还是满意的。毕竟能够从医，实现了自己的一半梦想。为什么说只实现了一半的梦想呢？因为陈道魁认为，这"石竹医院"与正规医院相比，差距实在是太大了。医疗器械倒是有一些，可医生、护士就那么几个，特别是病人太少。这医院是个没有注册的地下秘密医院，只为青木帮的一些头目看病。陈道魁觉得，这不过瘾。尽管陈旺树在陈道义手术失败后开始关注青木帮的医疗水准问题，但这种病人如此少的医院，医疗水准又能提高到怎样的程度呢？

陈旺树指示要重视提高青木帮的医疗水准，看来这指示也只是他一时的心血来潮。那天，陈道义命丧手术台，给陈旺树不小的刺激和打击，于是对林元模下了命令。可是，在那之后，便没有了声音，更没有增加新的投入。除了陈道魁外，“石竹医院”也没有招纳其他的医生、护士。林元模也没有采取任何具体的行动。陈旺树四十多岁，身体棒棒的，正处于不太需要医生的时期。那天作了指示后，他可能也就忘了。

在“石竹医院”干了一阵子后，陈道魁甚觉无趣。在这里当医生真是清闲，而且收入不高。现在的陈道魁很需要钱，这种收入不高的工作无法满足他。陈道魁有些碌碌无为的感觉，他很纠结又很矛盾。在东京，除了干这份工作，还能找到怎样的好工作呢？干这份工作无趣，不干这份工作又能干什么呢？

无聊时，他也只能和苏梅说说。苏梅是理解他的，她自己何尝不是也处于那样的状态。学了六年的医学，最终只是在社区照顾老人。这工作有意思吗？按照日本国的规定，她离可以当医生的期限还有一年。再过一年，自己还能当医生吗？到时又有哪家医院会接纳自己呢？那位在台湾地区当医生的刘天佑多次邀请她去台湾地区，可她觉得自己不能那样做。她现在已经是陈道魁的人了，不能轻易抛弃他。与刘天佑相比，苏梅还是更喜欢陈道魁一些，哪怕他现在一无所有。

帮里那些被纳入“石竹医院”医治的人物似乎少有生病。林元模在做自己的事。蔡甜儿早把第三个娃生出来了，陈道义已经有了三个儿子。陈道魁偶尔会带上一些食品、玩具去看望他们。陈道义还是留下了一些钱的，现在蔡甜儿一家人生活无忧。陈道魁也会去打工，帮会也不太管这种事。陈道魁和苏梅在纠结中过着日子，两个人一直都没有结婚。他们还住在西新桥租来的房屋里。

一天傍晚，龙缪通知陈道魁去参加一个集会，说是陈旺树特地请他去的。

一个不大的礼堂里，挤进了不少人。舞台上方挂着一条红色横幅，上面写有“热烈欢迎詹荣国先生来东京看望兄弟”的大字。台下摆了近二十张圆桌，桌上放有碗碟勺筷。看那架势，是要在这礼堂里举办一场筵席。

挤进礼堂的人越来越多，有两名年轻男子开始引导大家入席。陈道魁和龙缪在东南角落座。陈道魁不知道这詹荣国是何许人，于是问龙缪。龙缪说，他也只是知道个大概。这詹荣国是宁津系领头人。宁津系陈道魁倒是隐隐约约地听人说过。可宁津系到底是干啥的，他却不知道。龙缪说，宁津系是在中国大陆搞医疗的，搞得很大，主要是搞民营医疗。因为这些搞民营医疗的人主要来自宁津一带，而且抱团对外，势力大，所以被称为“宁津系”。他们最早在公立医院承包科室，后来收购公立医院，近几年开始创办民营医院。他们以家族为纽带，一个家族就是一个庞大的医疗集团。听罢，陈道魁突然来了兴趣。如何赚大钱正是陈道魁朝思暮想的，这宁津系确有值得自己借鉴之处。

主席台上摆了讲台、座椅。没多久，一位年轻小伙引着两位中年男子到主席台就座。其中一位陈道魁认得，他是帮主陈旺树。另一位陈道魁从未见过，他猜测，那应该就是詹荣国。他们两人年龄相当，体态相同，都留着一头短发，都有一张倒梯形脸。所不同的是陈旺树内着 T 恤外搭夹克，而詹荣国是标准的西装革履。

小伙子拿起讲台上的麦克风讲话，要大家保持肃静，还说帮主今晚和大家见面有话要说。

陈旺树站起来，向台下的人挥挥手又坐下，对着麦克风说："兄弟们，我今天很高兴在东京见到了我的荣国兄。我在这里备了一些酒菜，请兄弟们一起来欢迎荣国兄。荣国兄是咱们青木人的邻居，和你们的帮主我有莫逆之交。这次荣国兄来东京和我有要事相商，这事对咱们青木帮的发展至关重要。咱们一起欢迎荣国兄！欢迎他的到来！干杯！痛快地干杯！"

陈道魁发现陈旺树的青木口音还是很重的。不过，他听着觉得很是亲切。陈旺树只说兄弟们，在场的难道就没有女的？陈道魁环视了一下礼堂，果然除几个女服务员外，全都是男的。

那年轻人拿起麦克风要詹荣国说几句。詹荣国没有推辞，站起来向大家挥挥手，握着麦克风开始演讲："女士们、先生们、朋友们、兄弟们，大家晚上好。非常感谢旺树兄的热情款待，我詹荣国受宠若惊。哪日有机会，旺树兄，还有在座的各位一定来宁津做客，让荣国尽地主之谊。正如旺树兄所言，我和他是莫逆之交，我们穿开裆裤的时候就一起共事。那时一起干的事至今还历历在目。现在旺树兄和我即将再一次合作，共同铸就新的辉煌。可以自豪地告诉各位，我现在拥有庞大的医疗产业，中国百分之八十以上的民营医院都掌控在我们宁津系手里。国家给予我们宽松的政策，对我们的事业给予大力的支持。我们有无限的发展空间。这次我来东京是和旺树商谈合作的，一起共展宏图、光大事业。我相信，兄弟间的合作将是亲密无间、大有可为的。让我们一起发财，一起快乐，一起繁荣！谢谢！"

詹荣国说得唾沫四溅，不知不觉间手舞足蹈起来。陈道魁发现陈旺树口音重，这位詹荣国口音更重。还好青木与宁津本来就是邻居，尽管语言不通，但毕竟语系相同，詹荣国那带有浓重口音的普通话陈道魁还是都听懂了。

夜幕降临，礼堂里的灯都亮了起来。舞台上来了一群衣着花花绿绿的男男女女，她们在那位年轻小伙子的引领下唱啊、跳啊，里面有两个年轻女子还用青木方言吟唱。

现场气氛挺热烈的。陈旺树携詹荣国挨桌敬酒，当着詹荣国的面夸奖当晚参加宴会的人都是青木帮的骨干和栋梁。

第二天，陈道魁再一次被邀请去总部。总部的会议室摆出谈判的架势。一边是帮主、帮副、业务经理、秘书，另一边是董事局主席、总经理、项目经理、秘书。詹荣国今天以宁津詹氏医疗集团董事局主席的身份参加谈判。双方的身后都还坐有旁听者，陈道魁属于旁听者之一。

双方分析各自的长处与短处，谈论各自的需求，讨论可以合作的项目。陈旺树表示，不管是怎么样的合作都是可以考虑的，青木帮没有办不成的事。詹荣国说，他们宁津系不缺资金，不缺一般性的人才，和青木帮合作主要是考虑兄弟情分，还有青木帮的良好声誉。如果青木帮能长期为宁津系提供医疗器械、先进药物，那将是宁津系的荣幸。如果青木帮能安排几位懂医的人才到中国帮助宁津系，那将使宁津系如虎添翼。詹荣国又说："无论怎样，当今世界，日本的医疗水平是数一数二的。与青木帮合作就是中外合作，就是与世界上医疗水平最高的日本合作。这种合作将大大提升宁津系的地位，也将十分有利于宁津系拓展医疗市场。"

陈旺树听明白了。原先陈旺树对詹荣国讲青木帮没有办不成的事的时候还有些心虚，他知道青木帮在医疗方面很弱，担忧在这方面拿不出手。听了詹荣国主席的话，他自信了起来。要青木帮在日本弄一些医疗器械、药品运到中国那是易如反掌的事，他们虽然没有高水平的医学人才，但还是可以搜罗出一些的。陈旺树明白，这詹兄弟是要无条件地和自己合作，真是够意思。当然，青木帮也不是一钱不值，只要狠起来没有办不成的事。

陈旺树已物色好了可以和宁津系合作的懂医术的人才。当然，他是不会让林元模院长回中国的，但是现在林院长的那位帮手却可以放手。所以，他让人通知陈道魁参加宴席参与谈判。

对现在的陈道魁而言，回国也正是他所期盼的。如果他能与如此有实力的宁津系合作，当然求之不得。

第二年春天，陈道魁被送回了中国。当然，他也把苏梅带回了中国。

第五章　津淮河畔

一

哪怕面对的是这种少见的怪案，侦查员们也有很多应对的思路。没多久，这些思维敏捷的家伙们就提出了一大堆侦查思路。辛可加必须把这些无序的设想变成具体的行动。

辛可加觉得，津淮河骨头案并不是一起必然有肯定性结论的案件，中途撤案、侦查无果都有可能，所以现在不宜投入太多的警力，也不宜大张旗鼓地行动。专案组成员只能是现在这些人，从清源刑侦大队抽人还得和分局张局长说一声。自己只能投入一半人力，一边关注骨头案，一边还得应对其他案件和市局事务。所以，循序渐进很重要。还好，这起案件也不用太着急，时机对其他刑事案件可能特别重要，可对这起案件就有些不同，慢慢推进无损大局。当然了，慢推是建立在监视视频已经过期的基础上的。

认真地梳理一下思路，不外乎两条：一是从查找处理涉案骨头的现场入手。此路径可能派生出供体来源的次路径。就是要查从哪里弄到人，人是如何进入现场的。这条路径现在不能投入警力，要等找不到处理涉案骨头的现场时再走这条路。二是从查找骨头或器官的去向入手。既然确认本案可能与器官交易有关，就存在骨头、器官的去向问题，它们会被运到哪里？什么地方需要骨头或者器官？这第二条路也得等下一步再走。

不大张旗鼓地查案就不会惊动作案人，骨头现场还会在那里，作案人不会轻易迁移，也不会对现场进行清理。他们该怎样行动，还会怎样行动？从某处弄来供体，在现场摘取，把器官运到某处，这些行动可能不会停止。这种态势为查找处理涉案骨头现场提供了条件。

邓宇涵提请大家注意两个包装袋的思路是很对的。两个袋子都是广告袋，可发放的范围是津市，用在津市发放的袋子来装骨头，说明处理涉案骨头现场多少会与津市相关。而且，市刺桐文化艺术节的广告袋是 3 月 20 日才开始发放的，这意味着骨头被装进袋子的时间必须是 3 月 20 日之后。当然，装进袋子的时间不等于骨头被分离的时间。这一明确的时间段为查找现场提供了依据。

为了进一步压缩抛弃或遗弃骨头的时间范围，对袋子遗留在树杈的时间还要做个试验。尽管这个试验可能不太可靠，但通过试验毕竟还是可以确定袋子遗留在树杈上的大概时间。

技术侦查暂时是用不上的，处理涉案骨头现场没有什么是可以定位的，获取此地点的基站数据对发现线索也没有多大意义。

耳目是要用上的。这些办案人员的耳目都要用上，自己的耳目也要用上。可以让耳目协助寻找发现具备人体处理、摘取器官的场所。

当查找处理涉案骨头现场有眉目时，到时可以进行守候与跟踪，必要时可以进行贴靠、卧底。这是后话。

还有，根据徐梦婷的陈述，河道里的榕树杈可能并不是最初遗落骨头处。根据河东岸人行道、机动车道结构情况可以判断，遗失或抛弃骨头的人来自河西岸的可能性更大。因为，如果他来自东岸就可能不会把骨头抛弃于该榕树上。这一点也在一定程度上缩小了范围。不过，具体行动时，暂时还不能把东岸放弃。还得查找，大面上的查找东西岸都要做。

围绕次路径该采取什么措施、如何行动，辛可加暂时不想想太多。如果主路径行不通，到时再动次路径，从津市失踪人档案入手是在所难免的。

围绕查骨头或器官动向这一路径可采取的措施、手段很多，对以津市为中心的器官移植医院进行排查是最重要的措施，进入相关的医院进行调查也是必要的，通过打入内部掌握情况也是应该的。

辛可加把各位提出的方案理了理。由于本案的特殊性，由于投入的人力有限，把思路厘清是很重要的。

辛可加还交代，由于各位都没有办理器官交易案件的经历，所以有必要对人体器官交易基础知识进行学习。对人体器官交易市场、行情等进行调查也是侦查本案的任务组成。

随后，辛可加开始布置侦查任务。他看了看在场的各位，说："专案组成员共九人，下一步男祥、庆达要回归本位，所以下一阶段查案的人只剩七人。这个专案组由我负责，剩下六人分成三组。知林、尹颖一组，丁则、哲晗一组，陶冶、宇涵一组。眼下最急迫要做的事有这些：第一项任务是围绕发现骨头现场向周边搜索，目的是找可疑的用于处理涉案骨头的现场。这就像侦破移尸、碎尸案一样，如果找到了第一现场，也就离揭露真相不远了。这类场所估计不会太好找。各位都有经验，茫茫城区，可疑现场在哪里？难，但我们不能放弃寻找。骨头在那个地方被发现，用的包装袋是3月之后在津市发放的，这些信息预示着处理涉案骨头的现场应该在津市，而从犯罪的规律看遗落骨头地与处理涉案骨头地不会太远。所以，找的时候要圈定范围。以发现骨头点为中心，以三公里左右为半径，在这一范围里找。当然，三公里只是参考。半径多大，找的人自定。我考虑，把这个圈分成两半，以津淮河为界，东岸由丁则、哲晗搜索，西岸由知林、尹颖搜索。第二项任务是对袋子遗留在树杈上的时间做个试验，这试验也许不会那么精准，但对判断袋子是哪一天掉落在树上是会有帮助的。第三项任务是对人体器官交易市场、交易行情等进行专项调查。暂时就这三项任务。这后两项任务都交给陶冶、宇涵小组。这些事先做，下一步根据进展再作安排。如果我有更紧急的事务脱不开身，就由陶队长总负责。”

大伙对辛可加的安排通常都没有什么异议。尽管此案的侦查可以慢推，但各位领到任务后还是习惯性地立即行动起来。

吴哲晗想和李知林小组讨论一下搜索的方案，可丁则不以为然，他觉得要独立思考。他拍拍自己的脑门，说：“如果用同样的方法，他们找不到，我们也找不到，岂不误事？”吴哲晗说至少咱们两人要好好商量商量，对此，丁则表示同意。“磨刀不误砍柴工，这道理我懂。制定一个好方案可以大大提高工作效率。”说着，丁则领着吴哲晗往津淮方向前进。

吴哲晗比丁则大三岁，可他俩是同一年参加工作的。要说工作经验吧，都不丰富。参加工作三年，参与的案件不少，可在这么大范围里去找一处场所的事还真是干得不多。这几年办案，好多案件都是快速破获。只有一起碎尸案的侦查方案里提到要找第一现场，可后来还是利用视频破获的。还别说，在一个不明确的地域范围里找一处并不明确的场所，还真没什么头绪。

他们来到了津淮河奈良桥，坐在河东岸的石凳上。丁则面对着吴哲晗，说："哲晗啊，说说你的想法。你可比我有学问啊！"

可以这么说，在清源刑侦大队，吴哲晗和丁则之间的搭档次数是最多的，过去的多次搭档都是自然顺畅的，相互间知根知底。这回丁则突然讲这种恭维的话，吴哲晗还真有点儿不习惯。她瞪了丁则一眼，说道："咱谁跟谁啊，还用得着说这样的恭维话？学问比你多也是事实，你不要不服。"

"哈哈，我的姐，我没有不服。我从来都是这样认为的啊，只不过以前没有说出口而已。"丁则站起来又坐下，说道，"我真的想听听你的想法。"

"知道啦。辛支队长布置任务时我就在想该怎么办。做这件事啊，如果方法不当会很辛苦的。累个半死，还没有效果。不管是读本科还是念研究生的时候，老师都说过寻找第一现场的方法。小丁同志，你还记不记得老师讲过的方法？"吴哲晗一脸的严谨。

"你念过研究生，你记性好。老师上课时讲的我可不记得了。大姐，你就说老师是怎么说的吧。"丁则讨好着，见吴哲晗额头上沁出了汗珠，连忙拿出一个本子当扇子往她的身上扇着。

"其实将老师上课时讲的内容与实际情况一结合，方案就有了。以前办案找第一现场，我也是这样做的。这次找处理涉案骨头的现场，也得考虑这些要素。首先是目的要素。为什么我们要找现场？原因是如果我们能够找到这样的现场，案件可能就破了。其次是条件要素。我们要找的是怎样的现场？好好理过了吗？其实，刚才辛支队长理过了。这个现场应该有些器械、储柜，应该有进出通道，还有空间不会特别小。我们要找的是这样的场所。是不是有点儿像老师在上课啊？我在公安干校上课都没上得这么认真。再次是范围要素。这范围辛支队长其实给我们划好了。以这里为中心，三公里为半径。”吴哲晗用手指了指面前的津淮河，转头往身后看了看，接着说，“这三公里半径差不多，合适。不过不能那么死板，有的地方可能要突破三公里，有的地方范围可能小一些。复次就是工具要素。在这样的地方找现场，最好的交通工具是电动车，就是我这种小电动车。小汽车不好使，用共享单车也可以，但速度慢了些。明天你要换一辆车。对，鞋子就穿今天这种运动鞋。最后一个要素是方法。先在电子地图上做功课，确定重点再寻求突破。”

“吴小姐啊，我真的蛮崇拜你的。这么快就把方案想出来了，我可做不到，特别是这方案还相当不错。好，听姐的，就按照这个方案去行动。”丁则不停地点头。

两人起身，骑上电动车往刑侦大队驶去。

眼前的这位姐，的确可爱得紧。除值班、规定要穿警服的场合穿制服外，其他时间都是穿牛仔长裤、T恤衫，着平底板鞋。她开朗、活泼，说话直来直去。近一米七的个头，就是穿着板鞋也显得很高挑。她不化妆，不刻意打扮，可细看她那张脸，皮肤光洁，五官清秀。她应该算是一位很耐看的美女。这耐看美女快三十岁了，可还没有恋爱对象。听说，她以前恋爱过，可现在连恋爱都不谈了。丁则挺喜欢吴哲晗的，可丁则从来不敢与吴哲晗往谈对象方面去想。吴哲晗永远只能是自己的姐。想到这些，丁则突然间有些害羞。他挠了挠脸颊，笑了笑，不敢再窥视吴哲晗。

“姐啊，咱们还是用电脑来做功课吧。”丁则把连接互联网电脑的百度地图快捷方式打开。

吴哲晗挪动椅子，靠近丁则。他们一起注视着屏幕，边看边记些什么。

“晗姐呀，这不查不知道，一查吓一跳。以这棵榕树为中心点，以三公里为半径画的半个圆内的街道、坊巷、小小巷就有两百多条啊！这片区域里除有居民小区、商店、休闲娱乐场所、银行、酒店、饭馆外，你看，还有写字楼、学校、幼儿园、文化宫、研究所、医院、诊所、电影院、剧院、酒吧、体育场、健身房、汽车站、邮电局、小公园、陵园、寺庙、饲料加工站、废弃的厂房、修车铺等。单单这些休闲娱乐场所就有夜总会、歌舞厅、迪吧、音乐餐吧、洗浴中心、足浴城、养生会所、卡拉OK厅等这么多名堂。”丁则盯着记录本念叨着。

“是啊，突然间我觉得有压力了。以前都是头布置任务让咱们查，这次咱们自己给自己任务，这样反而压力大了。我觉得这范围有点儿大啊。就咱俩，走马观花，每个地方看一眼，恐怕得好几年啊。”吴哲晗若有所思地盯着记录本，“必须得想个法子。我刚刚想了想，前头说的那些找可疑场所的条件其实不好使。你说人家会把器械、储柜摆在明显的位置让你看吗？进出通道很多场所都有的，空间不会特别小，这也是一个无用条件。丁则啊，你刚才应该批驳我的，批我信口开河。”

“姐啊，向你学习。我的确是慢热，这不刚刚进入状态嘛。咱们是得想个法子。否则，将一无所获。定位？不具备条件。对了，请津坂所的段警罗洗河帮个忙，你说好不好？”丁则掏出手机。

“好，你打电话吧。”吴哲晗果断地说。

丁则给罗洗河打电话。罗洗河回答说，李知林已经把他叫去了，干的也是找现场的活儿，还说津淮河东西片都是他管的。

“咱们慢了一步，老罗被老李给请走了。看来咱们得自力更生了。”丁则笑着说。

“好吧，还是自己想办法吧。范围这么大，目标这么多，必须先排除。先将一些明显不是的目标排除掉，然后在剩下的目标里找。”吴哲晗用笔在笔记本上画了又画。

“晗姐啊，你说什么目标可以排除掉？”丁则盯着地图问。

“我看学校、幼儿园、宾馆、电影院、剧院、邮电局、小公园、陵园、汽车站可以先排除。”吴哲晗答。

“凭什么说这处理涉案骨头的场所就不会在幼儿园或者宾馆？”丁则像在喃喃自语。

“要讲绝对排除那是没有的。这里讲的是概率。这也是没有办法的办法。”吴哲晗回应。

“这排除后的目标还是很多啊，有没有什么办法再突出一下重点？”丁则自问。

“你也一起想想。这个办法书上看不到，老师也没教，得靠自己动脑子。”吴哲晗靠着椅子闭着眼睛想。

“用耳目，不妥。请别人帮忙，不可以。这样的场所一定有刀具，有手术刀，可以用金属探测器。”丁则在自问自答。

“用个鬼啊，如果发现了刀具、手术刀，还用得着探测器？天真话。”吴哲晗笑着说道。

“看来只有结合现场环境再作判断了。”丁则摆了摆手。

“我想啊，这场所一定具备一个条件。这个条件就是主人、房东、业主、管理人员不会轻易让闲杂人等、陌生人员入内。如果轻易就能进入的就不会是。这一点啊，其实使找场所的难度变大。我刚才也在想应对的办法，没能想出来。看来只能用笨办法了!”说着,吴哲晗撇了撇嘴。

“要找的地方不让进,不让看,那我们不就是白忙乎了吗?”丁则耸了耸肩。

午后,他们各骑一辆电动车往津淮河东岸进发。天空乌云密布,没多久,雨就来了。吴哲晗和丁则都穿上了雨衣。

津收街隔着津淮河与“浪情小道”相望。河岸边围着一米多高的木塑护栏,紧挨护栏的是一米多宽的木栈道,栈道里侧分别是非机动车道和机动车道,这机动车道就是津收街。津收街南北走向,单向往北行驶。街道东侧各式店铺林立。一眼望去,映入眼帘的有新丝路造型、核心鲜花店、天然美发吧、阿树电动车维修、远记面线糊、溪香铁观音艺术家、义德堂参茸连锁、零度画室、血压干预门诊、禅山茗茶、喇嘛开锁、纯粹散装酒……这些互不相干的店铺就活生生地连在了一起。如何处置这些目标呢?每家都进去吗?有没有可以排除的?丁则看着吴哲晗,吴哲晗望着丁则,似乎都拿不定主意。现实里的目标物比电子地图上的目标物更加多样。图上作业似乎是轻松的,可一来到实地,真有些不知从何下手。如果挨家查访,这津收街被划入范围的店铺恐怕都得查两三天。吴哲晗和丁则商量了一下,决定只查那些可能具备条件的店铺,就是查那些面积较大,一二层相通,容得下器械、储柜的店铺。他们说查就查,一轮下来,花了三个多小时,在津收街道沿街商铺里没有发现什么可疑的场所。

查找可疑场所的感觉不太好。当天晚上,他们又商议了一番,可还是没有想出好招儿。第二天,遇到很多饭馆、夜总会、歌舞厅、迪吧、音乐餐吧、洗浴中心、养生会所、卡拉 OK 厅、酒吧,这些场所上午大都大门紧闭。所以,他们只好转移阵地,先查医院、诊所、健身房、寺庙、饲料加工站、废弃的厂房、修车铺等。几家医院、几个诊所似乎都不适合用来处理涉案骨头，健身房、寺庙、饲料加工站、废弃的厂房、修车铺似乎也不太像可疑场所。一天半过去了，吴哲晗和丁则越找越没信心。那天夜间，他们去找陶冶，向他诉说心里的不安。听完吴哲晗他们的诉说，陶冶应道："我也在想只有两个人，那么大的地盘，怎么找？出现这种情景和我预想的差不多。我想啊，辛支队长也会预料到的。东片西片他都只安排两个人去找，这与以往的办案有些不同。办案查第一现场通常都是投入重兵，速战速决。这次他只安排两个人，意思大概是先找找，找不到也没关系。辛支队长有可能觉得所谓的处理涉案骨头现场并不一定就在这个划定的区域内。还有，很关键的一点是这个案件不宜大张旗鼓。他也说过，这个案子最后可能出现销案、查不出结果的情形。虽然立案了，但大家，包括辛支队长对破案并不是信心十足。当然，这只是我的猜测，改天我再问问他内心的真实想法。找不到也没关系，只要尽力就行了。即便找不到，也可以对周围环境有个比较详细的把握。从侦查的套路看，在发现骨头的现场四周找可疑场所是必要的。"

吴哲晗、丁则继续找。下午4时许，饭馆、夜总会、歌舞厅、迪吧、音乐餐吧、洗浴中心、养生会所、卡拉OK厅、酒吧陆续开门。那家在复园路上的瑶池洗浴城，有三十多间浴室。站在洗浴室的过道上，吴哲晗、丁则觉得有些茫然。如果作案人以洗浴作掩护，把二三个洗浴室开辟为处理骨头的场所，不是很有欺骗性吗？此时宾客不多，丁则让老板把洗浴室的门挨个打开。一间一间查下来，花了一个多小时。那些夜总会、歌舞厅、养生会所、卡拉OK厅是同样的情景，他们不再一间一间查，而是有选择地抽查，结果也没有什么发现。饭馆、音乐餐吧、酒吧似乎与处理骨头现场相去较远，可把现场隐藏在某处也不是不可以。公园路上的那家中国梦酒吧，大小房间有四十多间，有的房间光线昏暗，有的房间摆放着各种各样的玩意儿，这种场所也是不能忽视的。查吧，一遍下来，天也黑了。

他们来到风采推拿店，室内北墙上挂有写着“妙手回春”“高手在民间”等字样的锦旗。上下两层，有推拿房十多间。查吧，有一间“医师”用房里还摆放有各式医疗器材。这是可疑现场吗？他们追问了医师好多问题，对楼上楼下都进行了仔细的检查，最后还是排除了嫌疑。

居民区星罗棋布，小区里的楼房密密麻麻，可疑场所会在哪一栋楼？会在哪一套房里呢？巡查一栋就花了两三个小时，还有那么多的房间，如何继续下手呢？你能说哪一栋、哪一房就可以排除吗？吴哲晗、丁则越查心里越没底。不管是去哪一种场所，当亮明身份要求入内时均未受到拒绝，吴哲晗确认的那个受拒条件始终没有出现。

找了三天，吴哲晗、丁则接到陶冶的指令，“搜索可以暂停”。陶冶还告诉吴哲晗他们，辛支队长的想法与他推测的相符。

二

雨没下多久，沟里的水就漫上了路面，津淮河的水也变得混浊了。“浪情小道”凹凸不平，低洼处积满了水，车辆驶过，水花四溅。

罗洗河往路旁的小店瞄了一眼，那些小妞儿们居然在厅堂玩起了扑克，其中有一人抬头往车子这边瞄了一眼。雨天无事就自娱自乐，真会消遣时间。今天，罗洗河不想去正面接触她们。这些人罗洗河很熟，她们中的好多人也认得他。罗洗河知道这些人一天到晚都在干些什么。你可以看到她们不停地招客，可她们与嫖客发生性行为的场景却是不容易见到的。要抓她们，要处罚她们，不是很容易。罗洗河通常是按照所长的意思来治理这些人。而所长又是根据上级的意思来管理卖淫嫖娼。风声紧了，追一追，抓一抓。风声过了，这些店就又开张了。罗洗河觉得，不抓不打是不行的，不抓不打就会泛滥，就会导致这些人没有节制地为所欲为。罗洗河每星期都要在这片区域巡查三四次，这些风情小店他进去过无数次。罗洗河觉得“浪情小道”旁的这些小店不应该是处理涉案骨头的场所，所以，他让李知林把车直接开进津丰街。

车子在街边的停车位停了下来。雨天，上街的车略少，前前后后还有不少空位。津丰街比“浪情小道”略显宽大，路旁高大的香樟枝繁叶茂，遮天蔽日。樟香弥漫着整个街区。一阵风吹过，树上的水珠噼噼啪啪地落下。罗洗河带领李知林、尹颖往津丰街的西向行进。他们将根据罗洗河的安排对西半径区域进行搜索。

尹颖边走边打开小平板，她要在地图上确认现在的位置。与吴哲晗、丁则小组一样，李知林、尹颖在来实地之前也在罗洗河的参谋下在地图上做足了功课。为了确认可疑场所的条件，李知林给尹颖、罗洗河谈了他所知道的一起贩卖人体器官案的现场情况。他说：“那起贩卖人体器官案件的主犯叫郑元益。郑元益的摘肾基地位于城郊接合部。基地的面积可不小，在一栋四层楼里。一层是医生宿舍和药房，二层是配药室、病房和护士宿舍，三层是手术室和观察室，四层是餐厅和生活区。现在我们要找的场所叫作处理涉案骨头场所。这样的场所可能会与摘取人体器官的场所有些相似。尽管可能不是四层楼，但场地不会太小，工具也不会太少。我们要找的应该是类似于这样的场所。”尹颖回应说：“李队长啊，我们要找的场所一定是一个有一定空间的场所。可要说范围很大那也不一定。郑元益的摘肾基地在城郊接合部，可我们要找的场所是在市区，这可不一样啊。如果把要找的现场想象得太大，可能就会有遗漏。”李知林想了想说：“你说的有道理。可是如果不确定查找的条件，范围那么大，那可得花很长时间啊。”尹颖看了一眼罗洗河，说：“我们把洗河请来，不就是为了给我们领路的嘛。洗河对辖区内的情况很熟，他认为哪里具备条件，我们就到哪里查找。”罗洗河连忙插话：“你们也别把我想象得那么有能耐。实话实说，辖区里的好多地方我也没有去过。居家就去过百来家，商店也就进去过几十个，夜总会、歌舞厅、足浴城、养生所、卡拉 OK 厅、酒吧倒是大多去过，可也就是走马观花而已，内部情况其实并不很清楚。至于银行、酒店、饭馆、写字楼、学校、幼儿园、文化宫、研究所、医院、诊所、电影院、剧院、体育场、健身房，我和你们熟悉的程度可能差不了多少。知林啊，我可以给你们指定一些可疑点，但是不是我可不敢保证。至于其他的可疑点还得由你们自个儿去定啊！”李知林点点头说：“知道的，知道的。”

研读地图数据是尹颖的本行，在学生时代研读数字地图是一门必修课。近几年办案大都只是局部研读，这次才是比较大范围的研读。借助高德地图搜索查看，总体而言，津市作为一座三线休闲城市，涉及国家秘密的安全区域不太多。奈良桥一带几乎没有“安全区域”，所有的建筑都出现在地图上。这西半区是个复杂区域，区内街道、大小坊巷有三百多条，各类功能区齐全，津丰街以南酒店、休闲娱乐场所居多，津丰街以北以居民小区为主。西北方向还有几处古建筑保护区。

来到现实街区，情况顿时变得复杂起来。许多小店铺在地图上并没有显示，这街道的繁华与萧条，还有那樟香更是在地图上无法体验的。尹颖跟着罗洗河、李知林往前走，他们并没有理会津丰街两侧的商铺，而是左拐径直进入了津陵街。津陵街里里外外尽是酒店和娱乐休闲场所。首先映入眼帘的是皇族夜总会，往南是新乐城娱乐会所，接下来是光明顶大酒店、普乐迪 KTV、海之梦盐浴会所、御乐会、澜湖世纪温泉会所、舒馨养生馆。街道两侧是这类场所，街区内也是这类场所。前方左侧的居民小楼也挂上“大拇指保健家园”的招牌。罗洗河说，他已经和几位老板约好了，先查看这些休闲娱乐场所。现在还不是娱乐场所的营业时间，查看起来方便些。他还说，他对老板说的查看理由是检查夜总会的设施是否存在安全隐患。

当他们抵达皇族夜总会时，一男子已在门外候着。罗洗河介绍说，这男子是老板周白杨。周白杨客气地把罗洗河他们引到院内。这眼前的三层别墅就是皇族夜总会。夜总会外观金碧辉煌，“皇族夜总会”金色招牌悬挂在楼前。一层前部是大堂，后部是大歌厅。两三层设有各式各样、大小不等的酒吧、餐吧、果吧、迪吧、歌厅、网吧。周老板问罗洗河要看什么地方，罗回答说，到处都看看，钥匙都带上。一层大歌厅类似于小礼堂，罗洗河领着各位往舞台区方向走，舞台区两侧光线昏暗，罗洗河让老板把灯打开，老板摸索了半天就是不知开关在哪。他赶紧打电话让服务员来，过了五分钟左右，一个小姑娘来了，一下子就把灯打开了。罗洗河见状，对老板说：“把这小姑娘留下就可以了，你忙你的事去吧。”周老板表示抱歉，尴尬地笑了笑，交代小姑娘几句话后就离开了。李知林、尹颖往四处看了看，这大歌厅似乎不是处理骨头的合适场所。舞台的两侧摆放着各种道具、衣物，却没有发现器械、储柜等物。小姑娘要领各位坐电梯到二楼，尹颖说不用坐电梯，走楼梯上楼就可以了。

于是，小姑娘把他们带到了东侧。在爬楼梯的时候，罗洗河问小姑娘姓什么，哪里人。小姑娘回答说，她姓廖，西安人。二楼有大大小小房间三十多间，主要是迪吧和歌厅。大多数房间都没有上锁，他们抽查了几个房间，感觉这种房间也不是他们要找的。罗洗河让小廖把几间上锁的房间打开，这些上锁的房间面积都较小，里面放有音响设备、卫生洁具等物件。他们继续上了三楼。小廖说，三楼主要是酒吧、餐吧、果吧、网吧。房间装饰和二楼大同小异，上锁的房间里放置有电脑、音响设备、餐具等物。

当离开夜总会的时候，离进门时间已过了五十二分钟。巡查的过程是很粗略的，就这样还花了那么长时间，这可不是办法。走到院子的时候，尹颖把李知林、罗洗河叫住，说道："李队啊，方法可能得调整调整。这样查，一个下午大概只能查三家，要把这西半区都查一遍，还不得花一年半载啊！老罗啊，你选定的目标有多少啊?"罗洗河回答说："这时间过得可也真快。我本来的意思是下午把这一片娱乐区的重点部位过一遍，明天就可以到别的区域了，这进度的确不行。歌厅、夜总会就这个样，我觉得不太像。要不，我们就直接去养生会所、水族馆看看?"李知林想了想，说："各类型的都看一下，老罗你觉得是重点的就多花一些时间，不是重点的就快点儿过。我也想不出其他的好办法。小尹，你说还有什么好办法吗?"在津市刑侦支队，尹颖早已被归入睿智人之列。尹颖大学念的是理论物理学，研究生念的是信息技术学，当上警察是因为被当作人才给选中了。六年前，津市公安机关招募特殊岗位技术人才，面向全国各类大学招收。尹颖怀着好奇心报名应试，结果就被选中了。她身高只有一米五八，左右裸眼视力不足四点五，她以为公安局不会招她，可还是被录取了。面试的时候，她问过面试考官，招考条件上写着身高要一米六，裸眼视力要四点八，为什么自己身高、视力都不够却被招了。考官回话说，你是特殊人才嘛。尹颖到公安局工作后，仍然戴眼镜。公安局里戴眼镜的人不多，所以，其他人就称她眼镜，由于个子小，就被叫成“小眼镜”，叫着叫着，“小眼镜”就成了尹颖的外号。在专案侦查中，尹颖常常会想出一些好点子。所以，当李知林想不出好办法时，他自然会问“小眼镜”有没有好办法。尹颖用左手正了正眼镜，说：“范围这么大，办事的人这么少，要说有什么好办法，的确也说不上。我们把老罗请来了，这就是最好的办法。我们要相信老罗。我的意思是，目标物的选择是对的，但具体的找法恐怕有些不妥。我想，如果是处理涉案骨头的现场，相关人会轻易让我们进去吗？如果能够轻易进去的场所，恐怕就不是要找的场所，麻烦就在这里。”

李知林叹了一口气，说道：“找一只警犬配合，如何？”罗洗河、尹颖同时应道：“不妥。”李知林连忙说：“知道啦，说说而已。带警犬搜索，一下子就会传遍津市。这对店主不好解释，也不利于保密。走吧，我们边走边说。”

他们往下一站进发。尹颖觉得还是再看几处，然后再商议具体对策。李知林和罗洗河都表示赞同。下一站罗洗河选定的是澜湖世纪温泉会所。这家会所已经开始营业，但下午的宾客不是太多。所谓温泉会所，就是宾客可以在里面接受水浴、按摩、养生服务。澜湖世纪是个大型的会所，上下两层。水疗、洗浴、按摩房共有五十多间。他们没有选择挨间查看，而是有重点地抽查，结果没有什么重要发现。那家大拇指保健家园他们也去探了一下。这家按摩保健家园规模很小，楼下一个总台，楼上三个房间，就两个保健技师。舒馨养生馆、东方人、水立方、梦之湾休闲公馆、手牵手足浴城与澜湖世纪大同小异，他们选择了避开。

津陵街北段主体是居民住宅楼。小区里的住宅大同小异。罗洗河没有把此地段的楼房作为巡查的重点。

第二天，他们开始巡查马厂街道。按照罗洗河的见解，马厂街附近的居民区是比较复杂的。通常是区里有街，街上有店，而且店的花样十分庞杂。他们停好车，往北走去。突然位于街道右侧的一家咖啡屋引起了尹颖的关注。店前挂着长方形牌子，牌子白底，上有两个图案，上图黑骷髅头，下图黑骨头搭成的X架。店名是：Death Cafe。尹颖认得这英文字。天哪，书中看到过的死亡咖啡屋居然在这里出现。尹颖知道这类死亡咖啡屋，这是一种想讨论死亡的人的聚会场所。一些人聚在一块儿，一边谈论死亡，一边喝茶吃蛋糕；或者，一边灌着烈酒，让灵魂缥缈游荡，一边胡扯着让死亡快些来临。这类咖啡屋刚流行不久，这偏僻的马厂街居然也有了这样的场所。联想到前两天见过的休闲娱乐场所，尹颖突然意识到，让侦查人员远离夜总会、休闲场所实在很是不妥，离开了这类场所侦查人员也就失去了侦查的根基。面对这类咖啡屋，李知林、罗洗河都觉得陌生。罗洗河嘟囔道："这是啥店铺啊？什么时候开张的？我怎么都不知道。"李知林大概知道这是一家咖啡屋，可不知死亡咖啡屋是什么意思。于是，尹颖作了解释。

牌子上的骷髅、骨头引起了李知林的注意。他要罗洗河、尹颖一起进屋瞧瞧。

整个咖啡屋里就一个人，一个穿着白色工作服、女学生模样的人在搞卫生。李知林对那名女生说，自己对这店很好奇，想到里面看看。那女生说，咖啡屋要到11点多才开始营业，店铺就这么一点儿大，要看就看吧。这死亡咖啡屋不算小，前面一小间，后面一大间，一共可容纳二十多位客人。对着房门的柜台上也挂着骷髅牌子。死亡咖啡屋里的桌椅和其他咖啡屋里的桌椅没有太大的差别。只是这屋里很多地方都涂成了黑色。墙壁大部分被涂成黑色，地板是黑绿相间的。里屋东侧有一个小小的陈列室，陈列柜里摆放有各种玩意儿，柜子的中层有三个骷髅头，上层也有一些骨头，肋骨、胸骨、肱骨、股骨、胫骨、指骨、掌骨、趾骨，各类骨头都有。这些骨头很显然是人骨啊。见到此景，罗洗河的确吓了一跳。这么多的人骨，什么地方弄到的，我怎么都不知道啊？他把女生叫来，问这些骨头是怎么回事儿。女生哈哈一笑说："我以为是什么事呢，这些骨头，玩具，玩具。"尹颖听出来了，这女生是说这些骨头是假的，摆着玩的。尹颖让女生把陈列柜上的灯打开，仔细一瞧，这些骨头还真是假的人骨。"哈哈，吓了一跳，以为碰到鬼了。是假人骨，那就没有什么稀奇的了。我知道这人造人骨淘宝店上都可以买到。"看到罗洗河对假人骨不屑一顾，那位女生不满地说："这可是我家老板自己做的啊。"

离死亡咖啡屋不到二百米就是香草天空小区的南大门。南门十分宽大，四部大客车同时进出都不成问题。罗洗河叹道："这香草天空规模大，所以开的门也大。这是南门，东西南北四个门都很大。这小区有个特点，虽然有四个大门，可这些门似乎都没用过，门一直敞开着。自从我管这个地段以来，就没有看到这门是关着的。"

从南门入内，前行一百多米右转，见到的 6 号、9 号、13 号、16 号楼房。这些楼房以商场模式建造。底层、二层设有饭馆、小吃店、酒吧等。6 号楼那家饭馆规模较大。正门开在底楼的南侧，门上方搭了个大牌子，牌子被涂成黄色，黄牌上写着"酒乐遥"三个黑色大字。大门紧闭，门旁有营业时间提示：星期一至星期五17时到24时。罗洗河说，这酒乐遥他进去过，还在里面用过餐，日本味挺浓的。罗洗河问李知林要不要进去看看，李知林想了想，说："这个小区里的饭馆不少，选几家看看还是必要的。你说呢?""这小区里，大小饭馆最少有十家。要不要查，我心里也没底。饭馆成天客人进进出出的，似乎不便成为处理骨头的场所。要查关键是查贮藏室、阁楼什么的。"罗洗河说着掏出手机。

在等酒乐遥的管理员到场的间歇，他们来到了6号楼的背部。背部有一片空地，空地南侧置有一大型垃圾桶。一拾荒者正从垃圾桶里挑拣些什么。空地西边一堵破旧的围墙挡住了去路。围墙中部立着一木质小门，小门无门板。通过小门，出现在眼前的是一片空旷的荒地，荒地的西北角有一小庙，庙门敞开，但似乎无香客光临迹象。小庙四周杂草丛生，偶有爬虫蠕动。唯有荒地的东北角，放着一个小小的香炉。在活生生的城市里居然存在这么一片蛮荒、古怪之地，几位都甚感诧异。在尹颖的记忆里，这里没有这样的荒地，她又看了看地图，电子地图上的确没有标出这片空地，地图把这片荒地都划给香草天空小区了。

尹颖问罗洗河这是为什么，罗洗河显得有些尴尬，挠了挠头说："不瞒两位，我来这儿当片警之前这小区就存在了，大概是2008年开盘出售的。这地方我也是第一次来。出现这荒地的原因，大概有这么一说，就是这地方是津市某一有势力的家族的祖坟地，还是他们家族的祖庙地。当年与开发商斗，不许开发，拒绝拆迁。后来有一个什么谈判，房地产商支付了赔偿金，坟迁了，但祖庙留下了，而且要在规定年限内不能动，等期限到了再拆。""这一折腾对地产商倒是有利得很。过几年再盖楼，那房价可要比当年翻好几番啊。"李知林不禁感慨。"当年这荒地附近的楼房卖不掉，老百姓不敢买，怕闹鬼，有人乘机低价购置。我还听说，这酒乐遥的铺面可不是租的，是老板当年自己买下的。”

正说着，罗洗河的手机响了，原来是酒乐遥的管理员到了。罗洗河问管理员姓名，管理员回答姓苏，名小波。这个中年妇女，个子小，皮肤黝黑，说话带有较重的津市口音。罗洗河知道这酒乐遥的老板也姓苏，于是用津市话问道：“您和苏老板是什么关系？”苏管理员回答说：“亲戚。”罗洗河还问苏管理员在这干多久了，苏管理员回话说，干八年了。罗洗河让苏小波把大门打开。苏小波拿出钥匙熟练地把门打开了。

门口设有环形换鞋区。苏小波让罗洗河他们换上日式木屐。苏小波问罗洗河他们要看什么，罗洗河回答说到处参观参观。苏小波领着他们往前走。地面被蔺草席全覆盖，左侧有一半圆形结账台，台前画有“酒”字图案。过道的两侧是客人用餐的包房，共有十四间。包房是纯粹的日式榻榻米设计。推拉门、高门阶，长条形房间内装饰着线条简洁的壁画，角落搁有绿色盆栽，左边一盆棕竹，右边一盆绿萝。下沉式整条餐桌，两边安置有无腿椅。每个包间都有窗户。苏小波把窗帘拉开，室内顿时亮堂起来。总的来说，这日式餐馆给人较好的印象。按尹颖的话说，别有韵味。罗洗河问苏小波厨房、仓库都在哪，苏小波拉开北侧的窗帘，隔着玻璃，厨房出现在眼前。苏小波说要从西门才能到厨房。

罗洗河提出要看看厨房、仓库，于是，苏小波把他们带出了用餐区，重回楼的背部。在 6 号楼背部靠西处有一钢质小门，苏小波用钥匙把小门打开，他们走了进去。东侧是长条状厨房，西侧是仓库、办公室。苏小波把仓库门打开。一间是冷冻库，一间是厨具、餐具、器具库。罗洗河问苏小波二楼是干什么用的，苏小波回答说，是厨师和服务员的宿舍，现在他们可能还在休息。罗洗河问苏小波从哪里上二楼，苏小波说，楼的东边有楼梯可以上去。罗洗河问李知林要不要看看二楼，李知林摇了摇头，意思是没有什么可疑的，就算了吧。他们又转到6号楼的北侧看了看。北侧安有一扇大大的卷门，紧闭着。苏小波说："这里面是车库，用车的时候这门才会开。"

参观酒乐遥花了近一个小时。花了这么长时间，没有什么特别的发现，那位神秘的女老板也没有出现。关于酒乐遥的老板，有不少传说。老板姓苏，听说有留学日本背景，近五十岁了，仍韵味十足。很冷，很傲，很美，不太爱说话，不太容易接触。罗洗河没有见过苏老板。

离开酒乐遥后，他们又巡查了小区里的其他饭馆和商店。饭馆大同小异，商店也没隐藏什么秘密。

第二天，他们去了西北向的老宅保护区。这些保护区在电子地图上有标出。在管理人员的协助下，他们进了爱庐、梦园、可园、以园、拓庐、忠庐、硕园、鼎庐、永安里、亦庐、宜园等宅子。这些老宅大都是徽派建筑与津派建筑的结合体。青砖黛瓦，红砖铺成的庭院，四水归堂式的天井院落，全木建筑的阁楼和天井，中堂、贮藏室、鱼池、马头墙、老木床、老家具。看完这些老宅，尹颖概括了一句话："我们是在参观名胜，不是在办案。"

重点目标探寻得差不多了，可是没有什么重要发现。三位心里都明白，他们巡查的只是一部分所谓的重点目标。也许要找的场所不在重点目标里，也许他们对重点目标的认识还不够，查得不够全面、不够细致、不够深入，要找的场所就在重点区域却没能找到。他们向辛可加作了汇报。辛可加说："两组都没有发现要找的处理涉案骨头场所，这并没有出乎我的意料。范围那么大，目标那么不明确，就四个人去找，真有点儿像在大海里捞针，捞不着是正常的，捞得到是运气好。我之所以不动用更多的警力去找，有我的考虑。一是此案有无存在犯罪行为，的确还无法十分确定；二是不宜过于惊动各方；三是哪怕有犯罪行为存在，但涉案现场是否就在奈良桥段津淮河两岸还难说。所以，投入太多的警力可能得不偿失。当然，我让你们四位去找，也不是浪费时间。你们找了一圈，对周围环境有了更加深入的认识。下一步，随着侦查工作的推进，这些查找经历会有用的。”

那天夜里，尹颖在丈夫的陪同下再一次去了死亡咖啡屋。夜间，咖啡屋里集聚了不少人。他们的确在讨论死亡。这些人似乎背景不同，有些人从事临终关怀工作，而有些人则刚刚经历了家庭成员的死亡，有些正面临与心爱人的最后诀别。尹颖听着听着似乎有些感动，她摘下眼镜，擦了擦那双明亮的眼睛，心里想着，这死亡咖啡屋还是有存在价值的。

第六章　供职宁津系

一

陈道魁和苏梅在宁津詹氏医疗集团总部住三天了。三天里，陈道魁和苏梅的主要任务就是在总部大楼会客室里接见来宾。詹荣国主席不停地把陈道魁和苏梅介绍给集团里的头面人物，还在来宾面前大夸他们是在日本受过正规训练的医术精湛的大医师。

面对詹荣国的夸赞，陈道魁和苏梅内心忐忑。他们的确在东京受过正规的医学训练，可至今仍未正儿八经地当过医生。他们对看病是陌生的，更谈不上是医术精湛的医师。詹荣国要那样说，有什么办法呢？能堵住他的嘴吗？能不让他说吗？不行，不也能否认。他们可是帮主推荐给詹荣国的，轻易地承认什么也不会，岂不丢了帮主的脸？今后要多加努力啊！

詹荣国并不急着让陈道魁和苏梅去工作。他对陈道魁说，过几天还要让陈道魁回一趟青木，接着还要带陈道魁夫妇到詹氏集团所属的各地医院走走看看。

对詹荣国主席的安排，陈道魁心里颇觉不安。陈道魁想尽快去工作，想尽快上手。苏梅也是同样的心情。她和陈道魁一起住在总部气派的酒店里，可她不敢去享受。她一旦得空就拿起医书，认真地去阅读。

詹荣国说，这儿只是詹氏集团总部。单这总部就有相当的规模。占地面积近五十亩，东部是生活办公区，十八层办公大楼装饰得富丽堂皇，与办公大楼同高的荣国大酒店按照五星标准装修。酒店与办公大楼之间及四周尽是草地、花圃，酒店后部设有网球场、篮球场，办公大楼前还安装有喷水设施。傍晚时分，五彩喷水竞相喷出。西部是医院区，十八层门诊大楼，同高的住院部。医院规模相当于三甲医院，其豪华程度犹如东区的五星酒店。总部还开辟有地下停车场，东西区相通。“这天九路99号可是市中心，盖楼是容易的，可这地不好拿呀，全靠我的运作才搞到这地的。”詹荣国很自豪地对陈道魁和苏梅说，“在这个总部就一家医院，在全国各地我还有八百多家医院！”

面对气派的总部，陈道魁不得不佩服这位詹大哥。这宁津系看来的确来头不小。宁津系搞医疗，步伐迈得可真大！青木帮与宁津系合作，看来路子是走对了。

根据詹荣国的安排，第四天，陈道魁偕夫人苏梅回青木老家。詹荣国派了一位司机开“大奔”相送。

阔别家乡十五年，时过境迁。水姨桥已被一座石板桥取代，桥上也没了水姨二字。土木结构的后塘村村部被改成了砖混结构的小楼，那间培训室不见了。木兰溪两岸盖了好多小楼房，溪畔的树木不见了。已是春天时令，可溪边的小草却没能长出来。木兰溪变小了，水也变混浊了。这还是那条木兰溪吗？陈道魁有些失落。那些藏在草丛中的陶罐、瓦片，陈道魁可是一直放在那儿的。它们哪儿去了？那些草丛也不见了。陈道魁回来了，可还是两手空空。爹娘、哥姐还生活在贫困中，房子还是老房子。东瀚中学变小了、变脏了，青木中学搬家了。陈道魁有些伤感，他拉了拉苏梅的手，想到了还在东京的蔡甜儿，还有那三个小子。

爹娘脸上的表情永远是木讷的。面对大奔驰车，他们不以为然，他们希望的是在后塘村盖起大楼；面对貌美如花的儿媳妇，他们高兴不起来，他们想见的是成堆的孙子。哥哥陈道钟也就四十出头，可头发都白了。姐姐见到他只会憨笑。

陈道魁没有一点儿荣归故里的感觉，也的确没有什么荣归的资本。父母、哥姐需要的自己不能给，自己的愿望一丁点儿也没有得到实现。苏梅跟了自己，可连婚礼都还没有办过。

陈道魁和苏梅在青木市、东瀚镇、后塘村匆匆走过，他们没有去看望老师、同学，当夜他们就赶回了宁津市。

过了一天，他们又一起去了趟津市苏梅老家。苏梅老家位于津市清源区溪西一带。那天，苏梅老爹苏步云约了不少人到苏家。大伙儿在一起吃了顿饭。席间，苏步云问陈道魁为什么还不要孩子。他回答说，等家庭稳定后再说。还说，以后就在宁津市工作了，家庭很快就会稳定下来的。

省亲结束后，詹荣国派办公室副主任阮元富陪同陈道魁、苏梅前往上海、杭州、北京、滨越、津市等地参观考察。

全国好多城市都有詹氏集团的医院。那些医院有的是承包的，有的是购买的，有的是自建的。有公立的，也有民营的。詹氏集团在全国各地物色公立医院，把某一医院的一个或多个科室承包，或者把整个医院承包，被承包的医院仍旧是公立性质的，但医院或科室的管理、运作、利润分配却由詹氏集团掌控。而自建的医院都是民营性质的。詹氏集团有一整套对自建医院的管理方案，自建医院也是按照那样的方案运作的。阮元富还说，詹氏集团准备把业务拓展到海外，近几年詹主席去了好多国家，签了很多合作协议。

通过阮元富的介绍，陈道魁对宁津系有了更多的了解。宁津系是涉宁津人医疗机构之总称。只要是与宁津市人有关的医疗机构都被列入宁津系。之所以会被称作“系”，是因为涉宁津人医疗机构数量众多，有其独特的经营模式。其实，构成宁津系的主体也就宁津市陈靖区天九镇的五大家族。五大家族通过多年的打拼，构建了庞大的医疗系统。他们创办的医疗机构占了全国民营医疗机构的百分之八十多。阮元富很自豪地说：“咱们詹氏医疗集团位于五大家族之首，咱们詹主席是领军司令、带头大哥！”

看来詹荣国并没有在陈旺树面前吹牛。陈道魁在思索着下一步该如何更好地与詹氏集团合作。

先后在上海、杭州、北京、滨越等地考察，陈道魁颇觉新鲜。除了滨越，这些城市陈道魁都是第一次光临。与东京相比，这些城市是脏了些、乱了些，但这些城市还是充满活力的。在滨越，吆喝声此起彼伏，广告牌满街都是，吊机林立，脚手架布满了大街小巷，一条上面印有“向在印度洋大海啸中遇难的同胞伸出援助之手”的陈旧横幅被挂在建筑物的高处。滨越也和以前大不相同了，陈道魁一点儿也认不出滨越了，那钟楼区的住宿小店也不知道哪儿去了。

对医院的考察倒是让陈道魁陷入了疲厌。那么多的医院，那么多的科室，詹氏集团所开展的业务却只有性病、不孕不育、美容整形等几项。仪器设备蛮先进的，可医生都是什么背景呢？好不容易找到一家综合性医院，可那些医生却大都是从公立医院聘来兼职的。

詹氏集团就这水准？为什么不拓展业务？为什么医生队伍就这点儿水平？詹氏集团财大气粗为什么就没挖到人呢？苏梅就此向阮元富请教。阮元富说："扩张得太快，步伐跟不上。现在正全力进行医生队伍建设。这不，把你们给请来了嘛。至于业务拓展，现在还不能急。詹氏集团对业务是有所选择的，现在选择的业务都是偏门的，是公立医院不屑的，这样钱才来得快，以后肯定会拓展业务的。"

回到总部后，陈道魁和苏梅向詹荣国提出申请，要求到医院去工作。詹荣国答应了他们的申请，还让他们选择工作的城市和医院。

陈道魁认为应该和苏梅在一起工作，苏梅没有异议。经过衡量比较，他们选择了位于宁津市的詹氏中外合作医院。这家医院离总部有一定的距离，规模较大，设施齐全。最重要的是医院的业务相对多，除开设有性病、不孕不育、美容整形外，还设有男科、妇科、内科、外科、眼科、肝病等科室。

詹荣国仍然很重视陈道魁和苏梅，给他们安排了住房。这房子离詹氏中外合作医院近在咫尺，一百六十平方米带精装修。詹荣国也没说给他们，而只是给他们住以后要收回的。詹荣国还给他们一辆售价一百多万元的奔驰车。还说，每人每年底薪三十万元人民币，另有奖金。

陈道魁一下子成了人物。他和苏梅住进了重归伊甸园的2302室。医院里的其他人都知道，重归伊甸园的房子是公司购买的，专门分给公司重要人物居住。在这个重归伊甸园小区，詹荣国买下了五套房子，现在刚启用第一套。

住处离医院很近，可詹荣国还是安排一位司机每天接送陈道魁和苏梅上下班。

詹氏中外合作医院的院长叫孙良博，宁津人氏。医院的名称冠以中外合作，可进行了哪些合作陈道魁实在看不出来。按照孙良博的话说，陈道魁和苏梅来了，合作就真正开始了。哪天让青木帮弄一些日本的医疗设备过来，岂不是实现了全方位的合作？孙良博没有学过外语，可在和别人对话时会时不时地冒出一些英、日、韩词汇，似乎他是海归分子。他不懂得面向世界的道理，可还真是视野开阔，敢想敢为。他对“中外合作”中的“外”字的解释是：只要是詹氏集团之外的都叫“外”，只要对詹氏有利的谁愿意合作尽管来。

孙良博绝对服从于詹荣国，对他是言听计从。詹氏中外合作医院有一套独特的运作方法，秘诀就是到处作广告。头几年，在小报、地方电视台作，后来在畅销报刊、中央电视台作，近年还通过网站作广告。詹氏集团广告策划部的金杜鹃女士对网络广告颇有研究。她盯住了百度搜索引擎的竞价排名广告模式，多次向詹荣国汇报这一广告方式的妙处。按照金杜鹃的理解，这是一种特殊的广告形式。只用少量的投入就可以给医院带来大量的潜在客户，通过竞价使医院的排位靠前。一旦竞价成功，何愁没有客源。詹荣国采纳了金杜鹃的计策，并让她全权负责实施。金杜鹃最终不负詹荣国所托，一举拿下百度竞价排名。当然，在与百度的谈判过程中，她聪明地动员了宁津系的另外四个家族参与。在宁津系的联手攻势下，涉宁津医疗机构在付较少费用的情况下，得到了百度最优厚的网络推广。当然，这一成果是属于整个宁津系的。因为这一事件，詹荣国在宁津系的江湖老大的地位再次得以确认。

陈道魁慢慢懂得了詹氏集团生存与发展的奥妙。医生水平一般般不碍事，只要有工位、有床位、有广告就会有利润。医生的水平是高是低谁说了算？仪器设备说话，广告说话。现在哪家医院诊病不是靠仪器设备，没有通过仪器的检查、检验哪位医生肯下结论？哪位医生会只靠自己的能力和经验去诊病？你说你水平高，只不过是懂得用药而已，可这用药又有何难？

詹氏中外合作医院的机制特别灵活。孙良博说，医生可以跨科看病。他还主张，当医生的就应该什么病都会看、会治。他的主张倒是很受病人喜欢。病人到詹氏中外合作医院看病挂什么科都行。医生通常会让病人进行一系列检查，然后根据检验结果开出处方。特药、新药是处方药的首选，实在没有才用普通药和老药。本应挂外科的挂到了内科、本应挂内科挂到了外科，这些都不要紧，医生都可以看得好。除非是女人去看男科或男人去看妇科才会让你重新挂号。

陈道魁还是认真地选择了自己的岗位。他选择去外科、美容整形两科工作。苏梅选择了外科和妇科。

美容整形科门庭若市，外科的病人却稀稀拉拉。苏梅所在的妇科也是冷冷清清。

为什么会出现这么大的反差？经多方打探方知，不同科室的广告投入极其悬殊，所以就出现了这样的局面。内行的人还说，不同的病人可以获取的收益天差地别，这是导致广告投入出现悬殊的根本原因。内行的人打了个比方：一个人到外科或妇科看病，可能折腾不出几个钱，可是到不孕不育科或美容整形科情况就不一样了，这种病人可能有榨不完的油水。

陈道魁和苏梅开始时都不太适应这样的环境。多年前在慈惠会医科大学学到的医学知识还留存在他们的脑子里，老师可不是这样子教的。当年在慈惠会医科大学附属医院实习时也不是这样子看病的。猛然间，陈道魁想起了开学第一天在教室里宣誓的那一幕。按照老师的交代，陈道魁把那些誓言记得牢牢的。那是希波克拉底誓言：我要遵守誓约，矢志不渝。对传授我医术的老师，我要像父母一样敬重。对我的儿子、老师的儿子以及我的门徒，我要悉心传授医学知识。我要竭尽全力，采取我认为有利于病人的医疗措施，不能给病人带来痛苦与危害。我不把毒药给任何人，也绝不授意别人使用它。尤其不为妇女施行堕胎手术杀害生命。我要清清白白地行医和生活。无论进入谁家，只是为了治病，不为所欲为，不接受贿赂，不勾引异性。对看到或听到不应外传的私生活，我绝不泄露。如果我能严格遵守上面的誓言，请求神祇让我的生命与医术得到无上光荣；如果我违背誓言，天地鬼神一起将我雷击致死。

陈道魁心中一震，誓言里的最后那句“如果我违背誓言，天地鬼神一起将我雷击致死”狠狠地刺中了陈道魁的心。陈道魁扪心自问，自己是医生吗？当然是。这誓言在中国适用吗？这里的人都在骗人，也许这誓言在中国不管用。那天夜里，陈道魁还特地问了苏梅。苏梅说，她也想到了誓言。陈道魁只好安慰道：“这誓言在中国不管用。”

詹氏中外合作医院的病人来自全国各地。他们根据百度推广慕名而来，来到医院后便听从医生的安排，心甘情愿地服从欺骗。医生会先了解病人的需求，更会打探病人的家庭经济状况。条件好的，就设下大局，大捞一把。有些医生一开始也下不了手，可高收入的诱惑、丰厚的奖金让他们不再手软。有的医生安慰自己：谁叫你那么有钱，你的钱也来路不明，有钱就捐一些出来吧。自我安慰后，下手就很自然了。虚夸、欺骗、获取最大收益成了詹氏集团的企业文化。

陈道魁上手很快。这些偷鸡摸狗的事谁不会，要说骗人，要说动脑，有谁比得过他。陈道魁担心的是被雷劈，只要这誓言不适用于中国，就可以放心了。苏梅一开始有些不安，可在陈道魁的开导下，她也慢慢地坦然面对了。她调整到了不孕不育科，奖金明显增加了。

詹氏集团头上的面纱慢慢地被揭开了，丑陋的样貌渐渐地露了出来。詹氏集团把自己说得那么强大，其实并非如此。号称在全国有数百家医院，可这数百家医院真正属于詹氏集团的并不多。很多医院只是承包了一个或几个科室，詹氏集团把这样的医院也算作一家。有的是整所医院被詹氏集团承包了，但医院的产权、医生、财物都不属于詹氏集团。自建医院其实不多，大多集中在宁津市，有些所谓的自建医院也是租的，有些城市的自建医院因亏损连房租都交不起。总部医院、中外合作医院其实是詹氏集团最拿得出手的两家医院。不过，为了建造这两家医院，詹氏集团在银行贷了近四亿人民币。

透过詹氏集团光鲜的外表，看到的是它虚弱的内在。詹氏集团其实是靠广告、靠欺骗在维持，或者叫作在发展，整个宁津系都是如此。好在有国家对民营医院的支持，那些贷款可以无限期地拖着，要不然，詹氏集团乃至整个宁津系早就死翘翘了。

詹荣国心里很清楚，詹氏集团的处境岌岌可危，整个宁津系的处境都不容乐观。哪天内幕一旦被揭露，詹氏集团的医院就会成批地倒闭；哪天广告一旦失灵，数百家医院就得关门；哪天政策一变，银行将资金收回，詹氏集团就得破产。其实，詹荣国心里焦急得很。他到处出访，与青木帮合作，把陈道魁和苏梅不断地介绍给圈内、圈外的人，这些都是为了詹氏集团未来的发展考虑，为了宁津系的生存考虑。他知道，詹氏集团的确很庞大了，但也的确很虚弱。他想引进一批真正的人才，想拓展业务范围，想与知名的公立医院竞争，想让詹氏集团切实地站稳脚跟、发展壮大。

有一天，詹荣国请陈道魁去喝酒。喝着喝着，詹荣国很伤感地自嘲起来。“道魁啊，我可是把你当知己了。咱们集团里里外外的事你也都知道了。难啊！还是小孩儿的时候，我就去闯江湖了。那时，我们就是靠忽悠啊。可那时，忽悠得轻松，能忽悠得下来就忽悠，忽悠不下来就换个地方再忽悠。我对任何人只讲十二个字。”詹荣国用模糊的双眼盯着陈道魁，摇晃着脑袋，掰着手指算着，“是，是十二个字。我只讲十二个字，就可以把他拿下。你可知道这十二个字是什么吗？你听着，‘你有病，病很重，可以治，药很贵’，就这十二个字。这话真灵。我说你有病，你就把耳朵竖起来，关心起自己的病了。我接着说，病很重。这下你惊了一下，呆了，心想，病很重，该怎么办呢？谁能治啊？我接着就说，可以治。好了，有救，你找到了救星，你一定愿意听我的。我再说一句，药很贵。这时你认为药贵不贵不打紧，病很重，能保命是最要紧的，钱算什么。我就说这十二个字，个个就都乖乖地把钱掏出来了。可是现在不行，我必须作广告，作广告可拿走了我不少的利润。于是，不搞广告不行啊！道魁啊，你动动脑筋，看看咱们今后该怎么办？咱们还能做些什么？”

对詹荣国含含糊糊的表达，陈道魁总算是听明白了。他的确把陈道魁当成了知己，把自己当年的“骗经”都告诉了陈道魁。陈道魁听了蛮感动的。经詹荣国那么一提问，陈道魁也的确动起了脑子。是啊，该怎么办呢？

二

加入詹氏集团后，陈道魁的生活算是安定了下来，也有了富余钱。他不忘资助陈道义的妻小，不忘关照苏梅的亲朋好友，当然也没有忘记在后塘村盖楼的事。他和苏梅早已是事实上的夫妻了，可没有办过仪式，也没有领过结婚证。对这事苏梅也没有太在意，陈道魁也没太放在心上。日子就这样一天又一天地过着，两人都没有提出补办婚礼、补办登记的事。

他们也没有孩子，是不会生，还是不想要，别人也不知道。他们俩在东京没有生活的圈子，回到宁津后好像仍然没有朋友圈。陈道魁和苏梅都是冷冷的、傲傲的，别人也不敢轻易与他们接触。在工作场合，有几位性格外向的医生、护士问询过他们孩子的情况，陈道魁和苏梅都是用不甚明确的言语加以搪塞。

陈道魁和苏梅一直都没有想过要孩子。东京那种状况他们是不能要的，现在虽然情况好转了，可詹氏集团这种说倒就倒、危机重重的状态还是不能要孩子。现在，两个人的月收入合起来有近七万元。这样的收入在很多人的眼里应该是很高的了，但陈道魁不那样认为，他觉得还不够。就私的说，他什么事都还没有干，连后塘村的楼都还没盖，他需要很多很多的钱，每月就那么几万元怎么行。就公的说，他和苏梅可是奉陈帮主之命与宁津系合作的，怎么能只盯住眼前的这么一点儿小利。他要赚很多很多的钱，他要为青木帮创造利润。

现在，詹氏集团危机重重。那天，詹荣国的酒后真言让陈道魁陷入了深深的忧愁和思虑中。“道魁啊，你动动脑筋，看看咱们今后该怎么办？咱们还能做些什么？”詹荣国的话听起来如此亲切，他提出的问题，我陈道魁就回答不了吗？

陈道魁从来都认为自己聪明绝顶，区区这么一个问题难道就会把自己难倒？这几天，他左思右想，与苏梅商量，还请教了青木帮帮主，可仍然没能想出个所以然来。

陈道魁分析了詹氏乃至整个宁津系的局势，他觉得，最急迫的是规模的控制与业务的拓展。有些入不敷出的医院就应该让它们倒闭。政府会怕企业倒闭，作为私企的詹氏或宁津系有什么好怕的呢？甩掉一些包袱不就可以轻装上阵了吗？此外，业务要拓展，要选择一些市场需求大、创收能力强的项目进行开发。可什么项目是市场需求大、创收能力强的呢？

那天晚上，陈道魁和苏梅躺在床上的时候，他不停地思考着。从儿科到五官科，从心血管科到肿瘤科，从呼吸科到消化科，从心血管科到肾病科……想着，陈道魁突然发觉，相比较而言，詹氏集团已有的这些科室已经是所有科室里最好忽悠、创收能力最强的几项。要拓展业务，可得小心谨慎。要不然，会搬起石头砸了自己的脚。不过，那肾病科深深地留在了陈道魁的脑海里。陈道义死于换肾。他死亡的根本原因是当时的慈惠会医科大学附属医院没有肾源。如果有肾源，陈道义就可以在附属医院做移植。因为没有肾源，所以才在“石竹医院”做手术。“石竹医院”可没有附属医院那样的条件啊。缺肾害死了陈道义。肾，奇缺产品。其他的器官呢？詹氏集团有这样的医院吗？

第二天，陈道魁拜访孙良博。孙良博手里捧着个杯子，正在办公区里踱步。见陈道魁入内，他连忙给倒了杯水，自己则边小心地啜着杯子里的水边说：“在全国各地，詹氏集团名下的医院会做器官移植的有好多家，但实话实说，都只是挂了个名，整个宁津系都是如此。关键是缺供体，弄不到人体器官。公立大医院都缺，更不用说咱们医院了。技术嘛，要启动这项业务是容易的。人才一招就来，仪器设备一买就有。关键的还是没有器官。你可知道，全国、全世界有多少人等着器官移植，可有几个人能等到，缺口大着呢！”

陈道魁查了一下公开资料，的确，器官需求量很大，缺口也很大。单单中国，单单肾器官，就说去年吧，有近一百万依靠透析维持生存的肾病患者，而全年合法进行肾移植的还不到四千例，大量病人在等待器官移植期间死亡。

陈道魁的心痛似乎减轻了一点儿。原先他是知道器官稀缺这一情况的，但并不清楚究竟缺口有多大，今天一查才知道竟然如此之大。一些内行的人说，其实，真正的缺口比公开报道的还要人。有很多的人还没能走到透析这一关。他们或许没有经济能力去做透析，或者还没有做透析就死去了。陈道义能换到肾算是幸运的。

陈道魁发现了一个重要问题：器官严重短缺。这可能也是很多的人都知道的问题。不过，这些人并没有发现这里面存在的商机，陈道魁发现了。物以稀为贵，拥有稀缺资源是创造利润的核心要素。如何拥有呢？

陈道魁的脑子飞快地转动起来。六本木广场的鸽子、等等力溪谷的鱼虾、水元湿地的蛙都出现在他的脑海里，因为弄到了那些东西所以青瀚塘的利润猛增。如果能弄到稀缺的器官，就能一本万利。对啊，龙缪可是能耐得很，那年处置那位纠缠苏梅的堀部，可是处置得干净利索。那年为了救陈道义，龙缪很快就弄到了两颗肾。在东京能做的事，在中国就不能做了吗？可此时，代代木公园那些蹦蹦跳跳的鹿也浮现在眼前，因为这些鹿陈道魁灰溜溜地破产了。能做吗？

当天夜里，陈道魁给龙缪去了电话，直截了当地问他，当年是如何处置堀部的，又是如何获取双肾的？龙缪回答："咱们青木帮在东京有一处特制的秘密场所。这秘密场所离总部不远。把堀部弄到秘密场所，杀了他，把尸体处理了便是。那肾是从一个流浪汉身上取到的。在街上物色一个合适的流浪汉，男女都可以，弄到秘密据点。林元模医师一检测，可以用。取双肾他就死了，死了就处理了。如果只取单肾，他是可以活的。但通常是不会让他活的，很重要的是处理场所。兄弟啊，你问这些干啥用？"陈道魁回答："如果需要的话，到时请你回来帮忙。回来后你就知道了。"

龙缪的回话给陈道魁以重大启发。瞬间，陈道魁觉得有了拓展业务的明确方向。选一个地方，建一处秘密场所，妥当运作，是不容易暴露的。对啊，这世上，有许多人是不受欢迎的，甚至是会被遗弃的。陈道魁想到了后塘村那个智障又残疾的男孩儿。小时候，他经常听到那位男孩儿的父母念叨："我们死了以后，你可怎么办啊！可怜可怜我们吧，把你带走吧！天哪，谁把你领走啊！"这次回后塘村，陈道魁没有见到那个傻孩子。如果这孩子还活着，已经是大人了，岁数和陈道魁差不多。其实，村里还有好多那样的傻子。

陈道魁躺在床上，久久无法入眠。拓展新业务的思路慢慢变得清晰。选一处秘密场所，弄一些流浪汉或者残障人士，把他们杀了，摘取器官，把器官供给移植医院。这是罪过吗？从医誓言已经忘却，忘也就忘了。现在，又要杀人。这些人能杀吗？这些人该死吗？杀人可是为了救人，杀一个可以救好几个。那些人可是不受欢迎的，那些人可是被嫌弃的，把他们带走，把他们处理掉，这可是做了件善事。既能救命又能替人排忧的事不能做吗？陈道魁慢慢地说服了自己。那些智障者和残疾人士拖累家人，简直就是垃圾，应该被清理掉。至于那些流浪儿，陈道魁还无法说服自己把他们处理掉。那些流浪儿有些不一样，他们是自食其力的，可没给家人造成负担，所以，还是选择残疾人和智障者群下手吧。

陈道魁知道，干这种事自己独自一人是做不到的。他必须找几个合作伙伴。这些伙伴必须绝对可靠。干这种事必须取得苏梅的支持和帮助，如果能说服她，她就是最佳的合作伙伴。还有那位办事稳妥老到、富有经验的龙缪，如果他能加入，其他的就都好办了。

第二天，陈道魁郑重地约苏梅谈话。他分析了詹氏集团的处境，谈到了詹荣国对自己的期待，提出了自己开拓业务的思路，还谦虚地问苏梅有没有什么好的招数。苏梅静静地听着，没有表态。她脸上没有什么表情，自从大学毕业就业不顺开始，苏梅就很少有过开心的笑。她知道，陈道魁是个不安分的人，不会满足于一年三四十万元的收入，总是不停地要去实现自己的抱负。说实话，苏梅也不知道陈道魁的人生抱负是什么，她也不知道自己的愿望是什么。不过，苏梅觉得，一个男人有点儿抱负总是好的，不管是什么抱负。陈道魁喜欢折腾就让他折腾去吧，在日本不是折腾到监狱里去了嘛。当然这也不全是他的错，他要赚很多的钱就得冒一些风险。此时，见陈道魁问自己有什么好的招数，苏梅轻声地回了一句："你那脑子还能想不出好点子，恐怕早就有什么打算了吧？说来听听。哪次我不是都听你的?"陈道魁也轻声说道："我想找一个地方，开展摘取器官业务。"苏梅惊讶地问道："摘什么人的器官啊?"陈道魁略微提高音量，说："我想到农村去物色一些被家人遗弃、抛弃的残疾人和智障者，摘取他们的器官。"苏梅皱起眉头，问："这些被摘取器官的人不会死吗？这不是杀人吗?"陈道魁以严肃的口吻说道："这些人其实很可怜，过得很苦。他们早一日被处理就早一日脱离苦海，这样对他们的家人也是一种解脱。其实，有安乐死规定的国家，对这种人是允许处以安乐死的。况且，咱们摘取器官还可以救人。这应该不太缺德吧。从某种角度来讲，这也算是在办善事。”苏梅先是感到无法接受，可经陈道魁这么一说，也觉得是那么一回事。可这事为什么要由他来做呢？苏梅不禁问道：“咱们有必要去干这种事吗？”陈道魁答：“咱们不干谁干呢？说实话这应该是詹氏集团的一条出路。”苏梅没有再言语。陈道魁知道苏梅应该是同意了，只要她同意了，她就是得力的伙伴，重要的帮手。陈道魁注视着苏梅。这位已三十好几的老婆，尽管操心不断，可看起来还是年轻貌美。身姿和大学时代没有什么两样，脸上没有一丁点儿的皱纹，白白的皮肤，明亮的双眼，只可惜她很少笑了。

陈道魁打电话给龙缪，和他交流拓展业务的事宜。龙缪没有什么顾虑，爽快地说：“只要帮主同意我就回去帮你一把。这事蛮刺激的，我喜欢。我也很想回去看看。”

陈道魁让龙缪当面向陈旺树报告。陈旺树帮主回话说：“只要不是太缺德的事就干吧。何况，这样的事在日本也做了。这也不违背青木帮戒律吧。”

陈道魁找詹荣国洽谈，除苏梅和青木帮成员外，他是不会把如何获取器官的事告诉其他人的。他和詹荣国谈判也没有告知具体的获取器官的法子，只对詹荣国说他将以青木帮的名义开展供给人体器官业务，詹氏集团及其他宁津系医院只需付钱购买就行了。当然，他不会贵卖器官，会让双方都得利。对这项新业务的开展，詹荣国表示支持，还表扬陈道魁有忧患意识，会为詹氏集团的发展着想。

青木帮和詹氏集团算是批准了陈道魁的拓展业务方案。下一步最关键的是选址。和当年在东京选址开餐馆一样，陈道魁带上苏梅在宁津市的大街小巷到处转悠。这次和那次不同，那次他们是坐公交、走路，这次是司机开着“大奔”接送。这处理器官场所的选择是相当困难的。直接在医院里摘取是不行的，那样很容易暴露。摘取器官的场所必须与医院保持一定的距离。对应该选择怎样的地段，选择怎样的空间，陈道魁心里还没个底。他一边看一边琢磨。就在宁津市选地吗？如果在宁津市有合适的场所，当然是最好的。因为毕竟宁津市是詹氏集团的总部所在地，需要的器官是最多的。器官移植，争分夺秒，时间关系到器官的存活，关系到移植的成败。当然，如果宁津市没有合适的，在别的城市也是可以的。这个城市最好离宁津市不要太远。摘取器官的场所不在总部所在地城市有一个好处，那就是即使被倒查也不容易查到摘取地。从这个角度考虑，宁津市附近的城市是最佳的。

陈道魁在宁津市区、郊区到处转着。有的场所他看中了，可房东不租不卖。他想让詹荣国专门盖一处场所，可一想又觉得不妥。专用场所就同医院一样，是很容易暴露的。陈道魁还让司机把车开到津市、青木市去转悠。几天下来，尽管场所没有选到，他却慢慢勾勒出了场所的样貌。他觉得急不得，要等待时机。场所选择至关重要，恰当的场所就等于成功了一半。

可惜，青木帮在东京的那一处特制秘密场所陈道魁没见过，要是看了，多少会受到一点儿启发。不过，没看也没关系。陈道魁觉得，摘取器官的场所必须是十分秘密的，而且应该是长期可用的。这场所最好隐匿在其他的场所之中。对了，开一家餐馆，在里面开辟器官摘取场所应该是可取的。利用餐馆作为掩护，可以实现摘取器官场所的隐秘。书里也是这样写的，比如说，美国、日本等国家的那些最秘密的情报据点就布建在普通的住宅区。这些场所的外观与居民住宅没有任何区别，情报人员通常以普通市民的身份居住，但他们真正的任务却是从事情报工作。书里还写到，这样的场所是最具保密性的。选址的思路慢慢变得清晰，陈道魁觉得，他已经非常明确所需的场所了。

有一天，因为亲戚来访，苏梅就没有和陈道魁一起去找场所。傍晚陈道魁到家的时候，苏梅对他说："今天来咱们家的亲戚是我小姨。小姨问咱们家要不要买房。她说她家附近有一片楼房正在出售。其中有几栋楼由于纠纷等原因不好出手，现在正准备低价促销。她说她去看了，楼好好的，就是边上有一块空地，有人说那是墓地，所以就没人敢买了。要是不怕的话，这可是一个好机会。"

听了苏梅的话，陈道魁突然觉得机会就要来了。他让苏梅与小姨联系，要小姨告知那片楼房的具体方位、地址、名称等。

第二天一大早，陈道魁就带上苏梅驱车直奔津市。他看了看小区空地边的楼房后笑了，眼前的楼房就是摘取器官的场所了。真是得来全不费工夫啊！

他到售楼部打探，售楼小姐说："不瞒先生，由于谣传，当然了，也不是谣传。咱们香草天空小区的 6 号、9 号、13 号、16 号楼卖得不好，特别是 6 号楼。咱们正在搞促销。现在这栋楼每平方米只卖二千五百元，如果先生买得多的话还可以再低些。"

当天下午，陈道魁就和詹荣国谈妥了。詹氏集团拨出四百三十万元用于购买器官摘取基地。陈道魁还以青木帮旗下公司的名义和詹氏集团签了合资协作，还拟了一份还款、利润分成、器官供给协议。

陈道魁把香草天空 6 号楼的一、二层都买了下来。面积一共是一千六百平方米，每平方米售价两千两百元。詹氏集团拨给四百万元，其中三百五十二万元用于支付房款，余下的用于装修和购置器材。

当陈道魁买下小区6号楼一、二层的时候，他已经有了完整的构思。他想在小区6号楼开一家日本料理店，当然，这家料理店只是掩护，在里面布建摘取器官的场所。该营业时营业，该取器官时取器官。

摘取器官场所是秘密场所，知道的人要严格控制。料理店要起个名字，叫什么呢？还叫青瀚塘，不妥，不吉利。不急，改天问一问苏梅。料理店必须有两套人马。有一大批人马是不能知道秘密场所的。这些人好办，公开招就是了，像当年在东京办青瀚塘一样。另一批该由怎样的人组成，可得好好琢磨琢磨。苏梅、龙缪是核心人物。如果要做人，人手不够，还得请帮手。该请谁呢？

陈道魁想到了哥哥，把他叫来是最合适、最方便的。打虎要靠亲兄弟。哥哥来了以后，跟他交代清楚，是不会出什么问题的。

没过多久，陈道魁就开始对饭店进行装修。他亲自设计，亲自监督施工，亲自购买设备。经与苏梅商量，他把料理店的名字确定为酒乐遥，意思就是喝酒、行乐、逍遥。陈道魁估算了一下，如果单单开酒乐遥，购房余下的七十八万元足够开张了。如果还要开展器官摘取业务，余下的七十八万就大大不够用了。他向青木帮申请，陈旺树帮主答应资助百万人民币。

酒乐遥五一节开始招工，陈道魁决定在奥运会开幕的那一天开张。

第七章　津市失踪人口

一

当李知林、尹颖、吴哲晗、丁则在津淮河畔走街串巷的时候，陶冶、邓宇涵也紧张地进行着侦查实验。

他们从津陵连锁超市拿到了仍在发放的同一款绿色无纺布袋，到超市买到了与装骨头袋十分相似的湖滨绿牛津布袋。他们在无纺布袋里放了几根猪骨头，把无纺布袋套在牛津布袋里，拎着袋子来到了津淮河。陶冶想把已打了结的袋子抛到河面的榕树杈上，可犹豫了一下，他还是让邓宇涵下河，小心地把装有骨头的袋子搁到树杈上。

站在河岸上瞧了瞧，这位置应该合适。他们又去“浪情小道”，找到了徐梦婷。陶冶把徐梦婷带到奈良桥上，指着榕树对她说：“你看，我们在这树上搞一个实验。你帮我们关注一下，如果看到有人下河取袋子，你就告诉他这是警察在搞实验，袋子不能取。如果你什么时候发现袋子不见了就打电话告诉我们。”说着留下一个电话号码给徐梦婷。

侦查实验的布置很简单，接下来就是等待。起码要等十五天，十五天过后就得天天来检查，把装骨头的袋子和这被实验的袋子比对一下，如果新旧程度差不多了，就可以收工了。

当然，侦查员们心里明白，这种实验得出的结论仅供参考，因为如果当时用来装骨头的袋子是旧的，就会使实验结论失去价值。

回到刑侦大队后，陶冶、邓宇涵便投入人体器官交易的研究工作中。研究人体器官交易是这次侦查工作的特殊要求。以往搞案件并不需要对所侦查的犯罪进行专门的研究。这次不一样，原因是津市公安局几乎没有办理过涉及人体器官的案件。由于没有办过，所以对人体器官交易不是太了解，对贩卖人体器官情况也很不熟悉。只有对这种犯罪进行研究，才能有针对性地探寻应对策略。

他们在互联网上搜寻，在公安内网上查找，借来了一些图书资料阅读，也把辛可加的那本《人体交易》借来了。

从全球范围看，人体器官交易已然成为一种比较严重的跨国有组织犯罪。中国已成为一个大量进口人体器官的国家。在进口过程中，有合法进口，也掺杂着大量的灰色进口。中国不但是一个器官进口国，也是一个器官出口国，来自中国的人体器官通过国际网络被销往世界各地。

尽管中国大陆从2007年5月1日起便按照《人体器官移植条例》的规定管理活体器官捐献，打击器官买卖，对人体器官交易进行治理。但从各地情况看，不按规定获取器官，施行器官移植手术的情况大量存在，黑市交易十分活跃。有媒体报道，仅以肾脏器官为例，中国每年有近一百万名依靠透析维持生存的肾病患者，而国内全年合法进行的肾移植还不到四千例，大量病人在等待器官移植期间死亡，人体器官灰色需求极大。

人体器官交易市场交易的器官多种多样，皮、角膜、心脏、肝脏、肾脏、肺脏、脑垂体、脾脏都是交易标的，甚至连脂肪、血液、毛发也被交易。在众多的器官里，以心脏交易价最高，一颗心脏交易价可达百万元人民币，其他器官交易价也都在数万至数十万元之间。当然，交易所获的利润由实施移植的医院、医生，提供器官的医院、医生，供体控制者、拥有者，供体本身瓜分。

正式发布的信息显示，2015 年中国大陆有近两百家拥有器官移植资质的医院加入“中国器官分配与共享系统”。截至2015年年底，这近两百家拥有器官移植资质的医院都获得了该系统使用账号。只要连接互联网，移植医院就可以在系统内实现器官共享。但从调查情况看，地下移植医院也结成了联盟，实现灰色器官的共享。

从地下渠道了解到，全国仅宁津系会移植手术的地下医院就有三十多家。宁津系在南夷省就有五家医院会做移植手术，这五家医院主要分布在滨越、宁津。当然，对这类灰色医院情况的把握还很不翔实，情报主要来自地下渠道。随着案件侦查的推进，可能需要对这类地下医院进行一次比较彻底的清查。

全国各地偶有发生非法摘取人体器官案。作案人私设医院，秘密猎取目标，摘取器官，以高价出售给医院。医院把器官移植到病人身上，借助移植手术获取巨额利润。由于器官移植实行“双盲”制，提供者不知器官将移植给谁，接受移植者不知器官来自何人。这种制度在保护双方隐私的同时，也给非法实施器官贩卖、移植提供了方便。南夷的滨越市曾经发生过非法摘取人体器官的案件，不过很快就被发现、打掉了。津市从未发生过类似的案件。

邓宇涵把调查情况理了出来。面对这份调查结果，邓宇涵仍然无法更进一步地判断那四根肱骨究竟与器官交易有无直接关联。

陶冶正想去忙一些别的事务，此时辛可加刚好来了电话。辛可加要陶冶通知大家明天上午八点半到支队开会。

会议仍安排在刑侦支队办案中心案情分析室进行。参加的人有辛可加、李知林、尹颖、陶冶、邓宇涵、吴哲晗和丁则。

李知林、吴哲晗小组先后汇报津淮河两岸搜索进展情况。结论是没有发现可疑处理涉案骨头现场，他们还解释说由于人手所限无法全面深入搜索，没有发现不等于不存在那样的场所。

陶冶小组介绍了当前人体器官的交易情况，还说侦查实验正在进行中。

邓宇涵介绍的人体器官交易情况引起了各位的关注。各位对人体器官交易都比较陌生，因为之前都没办理过此类案件。大家听了邓宇涵的介绍后都觉得很受启发。丁则还评论说：“人体器官需求量这么大，交易的利润这么高，看来会有人投入经营这项业务。今后人体器官交易案一定会多发起来。”

听了各位的汇报，辛可加说：“没找到是意料中的。围绕发现装有骨头袋子的现场去找处理骨头的场所是必要的。按照办案的套路就得找，只不过，由于骨头案的特殊情形，加之我们投入的人力少，所以没法全面、公开地进行地毯式搜索，这才有意料中找不到这一说。之所以没找到，有两个原因：一是处理这些骨头的场所不在划定的范围内，也许处理这四根肱骨的场所在很远的地方。我们推断处理骨头场所离抛弃骨头现场不远，这只是一般性推断，可能出现例外情形。二是处理这些骨头的场所在划定的范围内，我们找了，但没有找到。没找到的原因有两种：第一种是找过了，但没有分辨出来。处理骨头场所具备各种条件，但并不好找。如果作案人进行了掩护、伪装，要在短时间内识破确实不容易。第二种是没有开展地毯式搜索，遗漏了。总之，像刚才哲晗说的，没找到，不等于不存在，当然，也可能真的不存在。各位对我的说法有什么不同意见？”

“辛支队长啊，我还是没太明白这种找法有什么意义，索性地毯式搜索，有就有，没有拉倒。现在不上不下的，下一步很不好办啊。”丁则说道。

“你这样说也有道理。不过，根据本案的特点开展地毯式搜索不合适。本案的特点是事件性质无法十分确定。我说过，存在查无结果或无犯罪事实存在两种可能。这一特点决定了不能盲目投入。盲目投入，是不符合侦查效益均衡原则的。如果心血来潮，盲目断定这四根肱骨意味着特大案件，骨头里隐藏着可怕的黑恶，继而投入几十个人大搞专案，全面公布案情，分段分片包干，把派出所的民警也叫上，落实责任制，全面挖掘视频资源，这样也许真的就查到了，的确把隐藏着的大案揭露了。但是，必须实事求是地说，即使专案百人，仍存在着找不到的情形。找不到，怎么办？可能也就不了了之，这没什么。但这种严重劳民伤财的做法，我是不愿意选择的，不符合当代侦查理念。当然，没有找到，不等于没有意义。通过查找，对周边环境进行了熟悉，对现代城市的结构进行再一次认识，这就很有意义。”辛可加解释不搞地毯式搜索的理由。

“对啊，对啊。我还真不知道咱们津市会有死亡咖啡屋。那天查找处理涉案骨头可疑场所时才发现有这样的咖啡屋。”尹颖插话。

“搞侦查的就得多了解社情、民情。这次你们一查，今后随着调查的推进，对熟悉周围环境是会有帮助的。”辛可加说。

“辛支队长啊，下一步可能得启动次路径和第二条路径了。”陶冶似问非问。

“对，今天咱们的主要任务就是要讨论次路径和第二条路径怎么走。各位议一议。”辛可加又一次抛出问题。

“我想了想，感觉这次路径也挺宽泛的。我们知道，骨头是两个人的，一个是二十岁左右的女性，一个是十三岁左右的男性，而且这两个人的肱骨从人体上被分离下来的时间也不一样。这些情况说明骨头的拥有者情况很复杂。那么，我们该怎样查这些骨头的拥有者呢？这些骨头的拥有者还活着吗？这个问题上次已经分析过，如果还活着，那就不是刑事案件，也就没必要查了。我们要把这些骨头的拥有者当作已经死亡。因此，就要从失踪人里找骨头的拥有者。这里必须先回答一个问题，就是该从怎样的地域范围里去找失踪人？这个问题同找处理涉案骨头现场是一个理。拥有骨头的失踪人可能是津市失踪人，也可能是别的地方的失踪人。我们该如何选择呢？”邓宇涵手里拿着笔，边说边在本子上画着什么。

“宇涵说得没错。这失踪人可能是津市的失踪人，也可能是别的地方的失踪人。不过，从已掌握的情况分析，所谓的失踪人是津市失踪人的可能性会大一些。原因有两个，一个是骨头是在津市出现的，另一个更为重要的原因是骨头的包装袋的发放范围在津市。这两个条件决定了失踪人是津市失踪人的可能性要比其他地方失踪人的可能性大出很多。搞侦查应该选择可能性大的先入手，也就是必须先从津市失踪人入手。”陶冶回应。

“很好。今儿我们就是要好好地理一理。宇涵提出了问题，陶队作了回答。陶队说得在理，找骨头的拥有者先要立足津市，骨头最有可能来自津市失踪人。当然，这只是可能，但可能性较大，我们的侦查路径就要从可能性大的入手。宇涵你提出了第一个问题，那下一个问题呢？”辛可加看了看各位。

邓宇涵似乎已经把问题都准备好了，当辛可加提问后，邓宇涵立即提出第二个问题：“第二个问题就是应把怎样的津市失踪人作为查找的对象，就是说，我们要查什么时段的津市失踪人？要查具备怎样条件的津市失踪人？每个城市每年都有不少人失踪，有的人失踪后不久又出现了，有的人失踪后很久才出现，有的人失踪后就再也没出现过。津市也是同样情况，那么，我们要查的失踪人该是怎样的失踪人呢？”

沉默了一会儿，陶冶说：“这个问题比较明确，我们要查失踪后再没出现过的津市失踪人。如果又出现了也就不是我们的查找对象了。”

“这问题应该没有什么异议，但还得确认。宇涵继续提问题。”辛可加对着邓宇涵说。

邓宇涵看了一下本子继续说：“单就津市失踪人，还可以分这么几类：一是具备长期居住条件的失踪人和只具备短期居住条件的失踪人；二是自有住房失踪人与租赁房屋居住失踪人；三是原住居民失踪人与流动人员失踪人；四是失踪很久的失踪人与刚刚失踪的失踪人；五是男性失踪人与女性失踪人；六是年纪小的失踪人与年纪大的失踪人。我们要查的又该是具备怎样条件的失踪人呢？”

“我觉得这些都无须考虑，只要是津市失踪人，失踪后再没出现的都该查。”丁则语气肯定地说。

“性别、年龄不是明摆着吗？一个二十岁左右的女性，一个十三岁左右的男性。我们要查的应该就是这种年龄段的男女，不该是什么样的失踪人都查。”李知林说。

“我想失踪人的时间范围还是要确定。太久以前的津市失踪人可能就不必查了。”吴哲晗说。

“哲晗啊，你说的太久以前究竟是多久呢？”尹颖问。

“五年前的失踪人我看就不用管了吧。”吴哲晗答。

“我倒不这么认为。可以取更长时段的失踪人数据，这样分析一下也许能发现一些别的问题。”尹颖说。

“那‘小眼镜’你觉得取多长时段的失踪人数据比较合适呢？多一年可要多出好多工作量的。”邓宇涵说。

“我说的只是取更长时段的数据分析，并不是说很长时段内的津市失踪人都要查。”尹颖答。

大家围绕如何查骨头的拥有者发表各自的看法。对有些问题是有共识的，对有些问题也是有争议的。见大家各抒己见，辛可加听了一会儿后提高音量说道：“各位，我再理一下。次路径就是从津市失踪人中去发现可能与骨头有关联的人。我们要查的失踪人就是他们失踪后就再也没有任何动静的人。至于失踪人的居住地、性别、年龄等可暂不作为查找确定失踪人的硬条件。关于失踪人的时间范围还是要确定一下，我觉得可暂定十年，调取津市近十年的失踪人数据，对数据进行分析，如果需要的话还可以调取更早以前的失踪人数据。现在数据的管理相对规范，不管是什么类型的失踪人数据都汇到了市公安局失踪人数据库，咱们到库里去调取就可以了。这个任务就交给知林、尹颖组去完成。”

李知林、尹颖表示接受任务。辛可加要大家继续讨论如何从查找骨头或器官的去向中发现线索。陶冶提出了围绕第二条路径可以开展的侦查行动。他认为，器官的去向范围应扩大到津市周边城市，应把津市及周边城市从事器官移植业务的医院都列入排查的范围，并派出侦查人员对这些被列入摸排的医院进行调查，必要时还要对这些医院的重点科室布建耳目。听了陶冶的发言，吴哲晗说：“我赞成陶队提出的排查区域范围，不过，我觉得在查找时，目标医院应该更具体一些。也就是说，在查之前应该把要查的医院确定下来。为了做到这一点，我们应该先做些功课。现在任何一家医院都会在网络上公开自己的资料，我们要收集这些相关医院的资料，从这些公开的材料、数据入手，对相关的医院进行排查，进而选定重点目标。”

听了吴哲晗的意见，邓宇涵说：“我担心的是，有些医院并不会把一些灰色科室、灰色项目在网上公开，他们走的是地下灰色网络。如果是这样的话，可能就比较麻烦了。因此，耳目的布控还是不能缺少的，而且布控的面要广一些，那些并没有器官移植的医院也得布控。”

“辛支队长啊，我觉得这案子不好搞啊。我们能不能把路径修正得更明确一些呢?”丁则问道。

“各位都懂的，搞案件的过程就是从宽泛、模糊到具体、清晰的过程。一开始都是比较宽泛、模糊的，随着侦查工作的推进、深入，范围就会越来越小，目标就慢慢地出现了。相对其他案件来说，本案查办的难度会大些，尤其是大家第一次办这样的案件，没有什么经验，还有就是事件模糊，导致我们无法投入重兵，这些因素使得本已难办的案件变得更难办了。不过，不管是什么类型的案件都有相同的规律，办案的基本路径、方法是大同小异的，随着侦查的有效推进，很多问题自然而然地会变得清晰起来。”辛可加面向丁则，继续说道，“你说的路径修正问题本身就包含在侦查之中，侦查的过程就是把路径修正得明确的过程。”

“说的也是，我就觉得这案件真的挺不好办的。最后会不会真的就不了了之?”丁则看着辛可加说。

“最后的结果是什么的确还无法十分肯定地预判。不过，查案的信心是必须要有的。我重申，此事件是犯罪事件的可能性极大，可能涉及人体器官买卖，处理涉案器官与骨头的现场位于津市的可能性极大，对这些各位要有共识。前一段时间各位没有找到可疑场所，并不等于那样的场所不在津市。我们的侦查工作正在正常推进中。对我们来说，最不好的结果也就是把真相弄清楚了，所谓的最终不了了之其实是不存在的。”辛可加语气坚定，“刚才陶队长、哲晗、宇涵、小丁就第二条路径该怎样走，该采取哪些行动发表了自己的看法，我看，通过几位的相互补充，围绕第二条路径该采取的侦查行动也就有了。像哲晗说的那样，要先做材料、数据功课，不管医院有没有把数据公开，先收集能收集到的材料、数据，通过分析搞清医院的大概情况，为下一步确定需要摸排的重点医院、科室打好基础。宇涵提出的问题也得注意，如果是有意识地做黑生意，医院就不会把数据公开，这时就要发挥耳目的作用。侦查人员必须入驻选定的医院调查、摸排。需要重点入驻的医院根据数据分析、耳目提供的情报再作决定。前期要入驻的医院是津市及周边城市有开展器官移植业务的医院，也就是津市、宁津市、滨越市有器官移植业务的医院要先入驻。为了调查方便，我根据这三个城市医院的数量和所处的地理位置，安排陶队、宇涵调查津市、宁津市的医院，安排哲晗、小丁调查滨越市的医院。”

当案情分析会快结束时，邓宇涵反映说，他的耳目提供情况：骨头案已在老百姓中流传，休闲娱乐场所老板都在猜测，公安可能要来一场扫黄行动。

二

尹颖很快就从公安内网数据库里取到津市失踪人数据。李知林对尹颖说干脆取个整数，从 2005 年开始。这样他们调取的失踪人数据实际上有十一年半，即从 2005 年一直到 2016 年上半年。

津市每年登记在册的失踪人有近两百名。这近两百名失踪人情况十分复杂。从最终着落情况看，这近两百名失踪人最终没有着落的也就一二十个。从失踪过程看，比较常见的是丢失和走失，这类对象通常是小孩儿、老人和精神失常的人。比如，2005 年 6 月 14 日下午，一名四岁男孩儿和祖母在离居住小区不到六百米的公园玩耍时，小孩儿突然不见了。祖母到处找都没找到。小孩儿父母得知后，立刻报案。警察介入帮助查找，可最终没能找到。从失踪人来源看，有居住在本地的，有暂居津市的。从失踪人情况看，未成年失踪人中男性多于女性，成年失踪人中却是女性多于男性。未成年人失踪人中男性多于女性的原因比较好解释，就是偷盗、拐卖小孩儿的作案人多选择小男孩儿下手，小男孩儿售价高。至于成年失踪人中女性多于男性，原因是什么呢？李知林和尹颖都无法回答。后来他们分析了数据，发现这与失踪女性的职业有关。从事性服务业女性失踪的比例很高。比如，贵阳市女子王凌燕，在津市西方人休闲会所从事异性按摩工作，2012 年 12 月 15 日，王凌燕不见了。同租一室的林某以为王凌燕另谋出路去了，漫不经心地拨了王凌燕的手机，可是王凌燕的手机没有应答。林某只是觉得王凌燕不够姐儿们，也就不去理会了。西方人休闲会所的老板也以为王凌燕到别的地方工作去了，同样也没有理会。可是，12 月 24 日下午，王凌燕的家人到了津市，向津市公安机关报案，说王凌燕失踪了。公安介入调查，查了十多天没有结果。活不见人，死不见尸。只能告知王凌燕的家属，王凌燕可能去别的城市了。后来，王凌燕的家人又来了几趟津市，可警察也没有新的发现。很久以后，王凌燕也都没有回家，她在人间蒸发了。从失踪人的年龄看，未成年人排在首位，其次是老年人，最后是成年人。如果加入最终无果这一因素，次序发生了一些变化，排在首位的仍然是未成年人，排在第二的变成了成年人，排在第三的是老年人。

每年一二十个无果失踪人都有经历过不同程度的查找，有的查找力度大些，有的查找力度小些，查找力度的大小通常取决于失踪人家人的催促力度。这一二十个无果失踪人为什么最终无果呢？这里面肯定存在最终有果却没有告知的情景。就是说，前面报案说失踪，公安机关协助查找，但没找到，可是失踪人后来出现了，回家了，但家人并没有告知公安机关。这种情景大多是外地人。排除这一情景，剩下的十多个，无果的原因不外乎是被拐卖、被害、隐姓埋名、遇到意外或自杀，其中被害、遇到意外或自杀一般都会有尸体被发现。如果是一点儿结果也没有的一定是尸体被处理掉了，或因意想不到的因素使尸体无法被人发现。在分析失踪人数据时，尹颖还发现一种变化。这一变化就是 2011 年开始无果失踪人比前一年多了三个左右，之后几年无果失踪人的数量基本上都与前一年持平。2005 年至 2010 年的无果失踪人数量也是持平的。

尹颖把 2005 年至 2015 年以及 2016 年津市无果失踪都排了出来，制了一张表。2005 年，无果失踪人共十五个，男七个、女八个，未成年人九个、成年人五个、老年人一个，之后六年数据没有太大的变化。2011 年，无果失踪人共十七个，男七个、女十个，未成年人九个、成年人七个、老年人一个。成年女性失踪人多了两个。之后几年数据没有太大的变化。2016 年上半年，无果失踪人共九个、男四个、女五个，未成年人四个、成年人四个、老年人一个。

这些无果失踪里有没有二十岁左右的女性和十三岁左右的男性呢？答案显然是肯定的。2005 年至 2016 年上半年，每年都有这样的无果失踪人。

吴哲晗、丁则自驾车去了滨越市。在去滨越市之前，吴哲晗不忘核对公开资料、数据的收集分析。作为省会城市，滨越市的医院很多，各类大大小小的医院有数百家。在数百家医院里开展器官移植业务的医院也就六家。这六家医院中，有四家是公立的，两家是民营的。经数据检索分析，两家民营医院归属宁津系。

对公立医院的摸排比较容易。找医院保卫部门，在保卫部门的配合下，很快就搞清了医院开展器官移植的情况。有一家医院还提供了器官移植的具体数据，包括每个月开展的器官移植业务情况，每个月都做了哪些器官移植，病人付了多少移植费。不过，在所提供的资料中，没有器官来源资料。吴哲晗、丁则在保卫科科长的配合下，询问了移植科的医生，医生也不肯告知器官的来源。移植医生强调说，这是行业规矩，不暴露提供器官者情况，这对提供者与接受者都好。医生要保守秘密。还说，如果想知道器官来源情况，必须得到医院院长的特许。

四家公立医院中的三家比较主动，在院长的特许下，搞清了提供器官者的情况。比如，有一例，肾移植，属于自愿提供，表面上是无偿的，但实际上是有偿的，提供者献了右肾，得到了二十万元人民币。有一家公立医院的院长不愿提供器官来源情况，强调说行业有行业的规矩。还说，如果的确是查案需要的话，要有省卫生厅领导的许可。

对滨越市两家民营医院的调查十分困难，医院领导、移植医生都竭力回避问题。当他们不得不面对侦查人员时也是推三阻四，一问三不知。吴哲晗、丁则取得当地警方的支持，在滨越市卫生部门的帮助下才让一家民营医院的院长接受了正式的询问。这家接受吴哲晗、丁则询问的医院是滨越詹氏中外合作医院，院长叫易牙。

丁则问："去年整个医院一共做了多少例器官移植?"

易牙答："七例。"

"都做了什么类型的器官移植?"

"都是肾器官。"

"会做器官移植的医生有几个?"

"一个。"

"一个怎么会够呢?"

"主刀的一个，手术时辅助医生当然还要很多。如果实在忙不过来就从外面请医生。"

"患者是如何知道你们医院会做器官移植手术的?"

"不知道。"

"器官是从哪来的?"

易牙沉思了一会儿，说："我们私营医院有私营医院的供应网络。现在还是有人愿意提供器官的。"

丁则接着问："患者换肾需要支付多少费用?"

"三四十万元吧。"易牙答。

"去年最后一例肾器官是从哪来的?"

易牙又想了想说："这我不好告诉你们。总之，我们是合法经营的。"

面对院方不太愿意配合这一情景，吴哲晗和丁则暂时也想不出好的办法。要直接逼问器官的来源，现在似乎还不合适。现在的调查是一种常规调查，仅仅是想通过调查拓展一下侦查思路，发现一些侦查线索。如果能够确认“津淮河骨头案”确确实实是刑事犯罪案件，如果能够确定发生了器官交易犯罪，如果能够确认接受调查的医院与器官交易有关联，情况就不一样了。那时，可以升级调查手段，采取强制性措施让院方如实回答问题。现在还不到时机，强制力度还不能太大，也的确没有理由过度强制。因为，连办案人员也无法十分肯定地认定“津淮河上的骨头”与人体器官交易有关。辛支队长也多次提到，“津淮河骨头案”存在查无结果或无犯罪事实存在的可能。按照侦查比例适当原则，不过度逼问是正确的选择。

吴哲晗、丁则还对三家公立医院的器官来源进行了追查，发现医院提供的情况基本属实。大多情况是自愿无偿提供，实际上是有偿的。除非嫡系亲属，大多数患者都要向器官提供者支付一定的报酬。

整个调查下来，留给吴哲晗、丁则的印象是：器官交易有一个完整的网络，公立医院有公立医院的供货网络，民营医院有民营医院的交易网络。行业内对这类网络讳莫如深。要揭露网络内幕，除了采用公开调查措施外，还需贴靠或用好耳目，尤其是民营医院。

陶冶、邓宇涵先就近查津市的器官移植医院。津市开展器官移植业务的医院有三家，都是公立医院，民营医院没有开设器官移植业务的。三家医院都比较主动地把器官移植情况告诉了陶冶和邓宇涵。陶冶要求提供近三年的器官移植业务数据，他们也照办了。从业务数据资料可以看出，津市这三家医院，每年器官移植业务量都不大。问了医院院长个中缘由，院长回答说，器官紧缺。近三年，这三家医院做得最多的移植是肾移植。心脏移植手术没做过。肝移植也就做了三例。角膜移植、皮肤移植、手指移植、脾脏移植倒是都有做过。三家医院会器官移植的医生也就三四个。有些器官移植医生是外聘的。公立医院的器官来源主要依托“中国器官分配与共享系统”，患者排队等候，等到了是运气，等不到就得转院或无法移植。陶冶觉得，津市这三家医院没有什么值得怀疑的。

第二天，他们就去了宁津市。宁津市共有四家医院开展器官移植业务。其中两家是公立的，两家是民营的。从吴哲晗提供的信息研判得知，那两家从事器官移植业务的民营医院都属于宁津系。

当天下午，在宁津警方的协助下，陶冶和邓宇涵拜会了宁津詹氏中外合作医院的院长孙起。孙起，二十多岁，架着一副金框眼镜，油头粉面，说话带着浓重的宁津口音。他面对警察，滔滔不绝。

陶冶说因办案有一些问题要问孙院长，请孙院长配合。对陶冶的请求，孙起满口答应。

“孙院长啊，这么年轻就当上了院长，可不简单啊！”陶冶恭维道。

“哪里，哪里，多谢夸奖！”孙起起身抱拳作揖。

“院长当几年了啊？”

“前年刚刚当上，经验不足，请多关照！”

“这宁津詹氏中外合作医院在咱们南夷名气可是很大的。贵院会做哪些类型的器官移植啊？”

“不瞒几位，不管是什么类型的移植手术鄙院都会做。还告诉几位，鄙院不光在南夷名气大，在全国都是很驰名的啊！”

“孙院长上任以来都做了哪些类型的移植啊？”

听罢，孙起掰着手指算了起来，笑道：“肾移植、肝脏移植、肺脏移植、角膜移植、脾脏移植、皮肤移植、手指移植都做过，就差心脏移植没做了。哈哈，争取今年做一例。”

“去年一共做了几例啊？”陶冶继续问。

孙起又掰起手指算了起来，算过后，站起身，背着手，边踱着步边说：“十几例吧，都是成功的，很成功！”

“再问一下孙院长，器官都是从哪来的？”陶冶注视着孙院长。

“我们有自己的门路，可不是单独一家在行动。”孙院长自豪地回答。

“能说说都是从哪来的吗？”邓宇涵追问了一句。

“这个社会还是有人愿意捐献器官的，也是有人需要钱的。只要愿意出钱，弄到器官还是不难的。”孙院长似乎并不避讳。

“可以具体说说器官都是从哪来的吗？”邓宇涵问。

“只要病人愿意出钱，还是可以搞到器官的。”孙起答。

陶冶和邓宇涵都听出来了，夸夸其谈的孙起对这一问题并不愿意回答。

陶冶知道，面前的这个孙起，看起来心无芥蒂，其实他已经设好了防线。他是不会把核心内幕泄露的。看来，下一步还是要通过其他手段才能揭开私立医院器官来源的内幕。

宁津市另一家有开展器官移植业务的医院是华夏广济医院，院长叫李隆国。这李隆国与孙起的性格截然相反。李隆国不爱说话，对陶冶的提问闪烁其词。根据李隆国说的，这华夏广济医院什么类型的器官移植手术都会做，每年做的手术量十例上下，接受移植的对象男多女少，大人多小孩儿少。李隆国不肯提供接受移植人员具体数据，也不愿意说明用以移植的器官的来源。陶冶、邓宇涵到医院走访，李隆国派人陪同。从医生口中也听不到器官移植的具体情况。医生只会说，他们医院技术水平高得很，不管是什么类型的移植手术都会。当问到器官来源时，他们都三缄其口。问他们为什么不愿意说明器官来源时，他们会说的确不知道器官是从哪来的。

宁津市的公立医院与津市的公立医院大同小异。由于人体器官紧缺，公立医院开展的器官移植业务并不多，医院也都提供了移植业务数据。对器官的来源与津市公立医院的说法相同，形成了相互印证。

在调查的过程中，陶冶组与吴哲晗组保持着密切的联系，不断地互通信息。他们对两个问题达成了共识。那就是民营医院开展器官移植的业务量比公立医院的大；不管是民营医院还是公立医院都不太愿意谈及移植器官的来源，而民营医院比公立医院更不愿意。尽管调查的深入度有限，但通过调查至少明确了一点，不管是公立医院还是民营医院都存在人体器官交易现象。哪怕是冠冕堂皇的捐献，也隐藏着非法的交易。

当陶冶、邓宇涵从宁津市赶回津市的路上，陶冶接到了津市车站派出所反扒民警鲁肃山的电话。鲁肃山告诉陶冶，他的耳目阿根提供了一条情报，说是阿根的朋友，那个叫徐梦婷的说，她的一个要好的姐妹不见了。

第八章　元泵村幽灵

一

对陈道魁、苏梅来说，经营日本料理店是件驾轻就熟的事。陈道魁让苏梅全权负责酒乐遥的事务。苏梅按照陈道魁的意思把他的哥哥请来了。苏梅也是很念亲情的，她把自己的亲朋好友过了一遍，选了几个能干的，准备任命他们为管理干部。她任命陈道钟为部门经理，负责采购；任命同学原舒当自己的助手，职务是总经理助理；任命小姨苏小波专管物业。苏梅亲自负责人事、财务管理。

管理人员到位，服务员、厨师、帮厨、卫生工、洗碗工很快就都招到了，酒乐遥于8月18日准时开张。酒乐遥支付给员工的工资不低，员工住在二楼，住宿条件不错。经营时间初定为每周一至周六12时到24时。食材大都在津市就能购到，偶尔让青木帮弄点儿正宗日本货，倒也吸引眼球。大概是由于外观特像日本料理店的缘故，食客大多评价酒乐遥口味正宗。酒乐遥初营业，生意迅即火爆起来。

不过，红火的酒乐遥无法吸引陈道魁的注意力，他在盘算着主业。他心里清楚得很，酒乐遥只是个幌子，只是掩护交易的场所。陈道魁细细地思考着行动的各个环节、各种细节。这器官交易和开酒乐遥在程序上颇多相似，都要经历采购、加工、供给顾客几个环节，可器官交易的确比开饭馆要难得多。不管是什么食材都可以公开采购，可要获取器官载体却是何等难。摘取器官也不是厨师就会做的，还好陈道魁是学医的，是日本医科大学的高才生，还有苏梅当帮手，不然，如何能顺利地完成摘取任务？做日本料理需要数量众多的锅碗瓢盆和多样化的器皿，可摘取器官的设备和工具更是要专业与精细。菜做出来了，最不好的结果也就是难吃；可器官摘取不好的后果是不但器官不能用，而且还可能在获取供体、运送器官过程中被发现。

选材、麻醉、运输、摘取、降温灌洗、包装、存储、废物处理、器官运送，环环相扣，来不得半点儿马虎，一旦某个环节出点儿纰漏就会前功尽弃。造成的小损失就是器官报废，造成的大损失就是事情败露。陈道魁想，他必须吸取在东京的教训，做到万无一失。

陈道魁决定把酒乐遥的营业时间从每周一至周六12时至24时调整为每周一至周五17时到24时。白大让服务员、厨师、帮厨、卫生工、洗碗工休息，周六、周日都不营业，这样就给摘取器官活动留下了更多的时间和空间。

他向帮主作了汇报，催促帮主让龙缪尽快到位。

他再次认真查看了场所、器材与设备。这场所隐秘得很，不知情者很难看出破绽。陈道魁告诫自己，务必控制知情范围。

人员还得调整。苏梅任酒乐遥老总，还要让她当自己的帮手，摘取器官时，必须有她的帮助。摘取下来的器官要送出去，让谁去送合适呢？陈道魁和苏梅都不能去做这件事，要由专人来完成。这也是核心工作，必须由可靠的人去完成。陈道魁想了想，觉得最合适的还是自己的亲哥哥陈道钟。根据陈道魁的判断，说服哥哥应该是容易的。等龙缪到了之后就可以向哥哥交代任务。哥哥不会开车这是不足之处，还得雇个司机。既然是和陈道钟合作的人，也必须可靠，这个人就让陈道钟去物色。

货源的获取非龙缪不可，让他先到村子里去取。兔子不吃窝边草，要先挑一个具体的村子。陈道魁想起了在宁津当医生时人们的议论：宁津市的西北，也就是津市北边，有一个特殊的村子，那个村子叫元泵村，隶属于津市，与宁津市接壤，那个村子的痴呆人、残疾人特别多。在龙缪还没到岗之前，陈道魁带上苏梅特地去了趟元泵村。那村子离津市也就不到三个小时的车程，从津市到元泵村所在县城的路况都不错，可再往北路况就不太妙了。道路陡峭，路面狭窄，坑坑洼洼，尘土飞扬，道路的一大半被野草占据了。陈道魁小心翼翼地驾着小汽车，艰难地进了村子。村子里很安静，偶尔传来的只有鸡鸣狗叫声。几乎见不到年轻人，能见到的年轻人大都是或残疾或智障的。老年人坐在屋前打盹，口水在胸前流淌。当陈道魁的汽车进村后，来了一帮围观者。围在汽车旁的人大都目光呆滞，“呵呵呵”地傻笑着。那景象和想象中的一样，元泵村果然是智障和残疾的人多。陈道魁寻了一户人家。这家有一个智障儿，与陈道魁同姓，名叫扎旦，已经十四岁了。当谈及儿子时，陈父不禁感叹，悲情禁不住油然而生。当陈道魁提及把他家的智障儿带走时，陈父流露出的是无比感激的表情。他作揖拜谢，喃喃道："谢天谢地，带走吧，带走吧！"经过那次考察，陈道魁明白了，从元泵村找货源是行得通的。在回津市的路上，陈道魁又对苏梅说："你看到了没有，扎旦的父亲被他拖累成什么样子了。"苏梅没有吭声，她已经没有什么不同的看法了。

麻醉、摘取、降温灌洗、包装、存储、废物处理这些都已经不是问题了。陈道魁在东京和宁津时都操作过。有一天，陈道魁麻醉了一只猴子，再次进行了摘取器官练习。流程是有序的，动作是麻利的。

陈道魁跃跃欲试，想到那些动作，便兴奋起来。一想到可以对肉体进行切割，他内心居然充满了快感。他认为将要做的是一件好事，于是便没有了罪恶感，只剩下自豪感。特别是当他想到还会有那么多的收入时，不禁有些激动。他觉得自己真聪明，总能想到别人想不到的事。

陈道魁把自己的计划向詹荣国作了汇报，要他通知相关医院把器官移植业务开展起来，并做好把器官向全国各地输送的准备工作。

国庆节刚过，龙缪就回国了。龙缪单身，人又超脱，还喜欢干那种私下掳人的事。所以，用不着陈道魁多说，龙缪就上路了。

陈道魁和哥哥一商量，他就答应了。陈道钟也没问太多，只说弟弟见多识广，干什么都不会错的。他还说，找了一个叫岳一毡的当帮手。岳一毡也是青木人，和陈道钟是老相识，要弟弟有空时考察一下。

当陈道魁、苏梅、龙缪再次进入元泵村时引来了不少的追随者，仍然是些智障者、残疾人。他们不知从哪里听到了，进村的几位来客是来接他们的，是要带他们去省城的。他们可以坐火车，还可以吃到好吃的东西。那些追随者不停地叫着，紧跟陈道魁的车子跑着。陈道魁开着车子缓慢地向陈扎旦家进发，在离陈家二百多米处的一片开阔地泊车，然后步行。陈父站在屋旁笑脸相迎，陈扎旦站在父亲边上。陈扎旦身旁还站着一位黑瘦的女子，陈父说这是扎旦的妈妈。陈道魁自我介绍，说他们是民政局派来的。来元泵村是要收容一些智障者、残疾人，为贫困家庭解忧。陈道魁还把龙缪、苏梅介绍给村里人，说龙缪是民政局津市北部负责人，今后元泵村的收容工作就由龙缪负责。还说苏梅是福利院院长，负责对智障者、残疾人的护理。对陈道魁的介绍，村里人似乎都深信不疑。正说话间，来了一位四十多岁的男子，自称是书记，走路也是一瘸一拐的，大家喊他阿尾书记。旁边有几位模样周正一些的人说他的确是村支部书记。这位书记在现场转了一圈，见来客是民政局的，是来村里办好事的，就没再吭声了。

很多人都要民政局的人把自家的病人带走。他们向陈道魁、龙缪、苏梅哀求，说着说着，有好几个都哭了起来。他们诉说生活的艰辛，痛斥疾病给家庭带来的苦难。他们还感谢苍天有眼，派来了救苦救难的菩萨来拯救他们。

哀号声让陈道魁、龙缪、苏梅的神情也变得凝重起来。龙缪这位冷面杀手，此刻也面露难色。他站在人群中，高大魁梧的身材特别显眼。阳光斜照在他的脸上，紧锁的双眉似乎在他的脸颊上形成了影子。见状，陈道魁连忙说："各位乡亲，各位乡亲，不要哭哭啼啼的。我们来收容病人，会按计划把病人都收到福利院救助的。今天是第二次来元泵村，所以，这次我们只能收一个。"听说只能收一个，四周的人又哀号起来。

此时，陈道魁只得提高嗓门喊道："今天只收一个，带一个回去好好检查，心里有数后，下一次就可以多带几个了。”陈道魁说话时，叽叽喳喳、哭哭啼啼的声音还是没有停下。此时，人群中突然有人大吼一声：“安静!”随着这一声吼叫，所有人都静了下来。只见龙缪像铁塔似的伫立在人群中，他大头、大脸、大脖、宽肩、虎背熊腰、粗胳膊粗腿，活脱脱就像那位退役的 NBA 球星姚明，只是没有姚明那么高而已。见人群安静下来，龙缪把脸转向陈道魁，对他笑了笑，接着又对着人群吼道：“大家好好听领导说！不要哭了!”龙缪的声音浑厚十足，在他那威严声调的震慑下，全场彻底静了下来。

陈道魁接着说：“这次只收一个，可我们很快还会来的。各位乡亲放心好了。好了，这次我们只收陈扎旦一个。这事就这么定了。”

那些智障者都以羡慕的眼神看着陈扎旦。智障者的父母们都认为陈扎旦的爹娘特别幸运。从今往后，陈扎旦家就要摆脱苦难了。亲人们围拢到陈扎旦一家的周围，向他们致以深深的祝贺。

陈道魁看在眼里，想起了后塘村父老乡亲送别偷渡青年的那一幕。偷渡者的父母成为别人羡慕的对象。乡亲们打心底认为偷渡青年的家庭从此走上了兴旺发达的康庄大道。在青木，人们说起去美国定居，眼中会闪烁着期盼的火花。但对元泵村的人来说，只有这些自称来自福利院的使者，才会给他们带来实在的希望。陈道魁想，自己的确是使者，不但给元泵村人带去希望，还能拯救其他的很多人。陈道魁看了看苏梅，她面无表情。

陈道魁、龙缪和苏梅要离开元泵村了，村民们依依不舍，紧跟在后面。有几位村民还从家里拿出笋干、萝卜干要送给陈道魁，他谢绝了。

看到这情景，苏梅低下了头。当她抬起头的时候，陈道魁发现她的眼里闪烁着泪花。陈道魁再一次提醒道：“梅姐，记住，我们做的是好事。”

陈道魁极力安抚那些在后面紧随的乡亲们。说他们很快还会来的，各位安心就是。陈道魁注意到，那位一瘸一拐的村支部书记也在人群中跟着。陈道魁、龙缪和苏梅带着陈扎旦走了。那些人还在后面跟着，一直跟到看不到远去的车子为止。他们好羡慕陈扎旦！

陈扎旦盯着窗外，傻笑着，口水流了下来。龙缪在陈扎旦的胸前塞了张纸。陈扎旦看了看纸，摸了摸，把纸扯了下来。陈扎旦哇哇地叫着，他无法完整表达，动作迟缓，走路摇摆不定。他剃了个平头，是最近才剃的。尖头、小眼、大嘴、黄牙，不停地流口水，傻笑。他无法安稳地坐在座位上，必须紧紧地靠着车门或后背，不然头就会磕到前椅背或者窗户玻璃。

离开家乡，陈扎旦似乎没有什么不舍；离开父母，也看不出他有什么难过。坐在车里的时候，开始时他傻笑得多，可过了一会儿他不笑了。当车进入乡政府所在地时，陈扎旦扭动身体，哇哇叫声大了起来。从事多年护理工作的苏梅知道，他是要方便了。于是，他们在路旁停车，龙缪带陈扎旦下车方便。

上车后，陈扎旦安静了不少。苏梅递给陈扎旦一块甜糕，他接过时笑了一下。他大概知道那是可以吃的。没等别人告诉他什么，他就吃了起来。他吃的动作有些笨拙，把糕渣都掉落到座位上了。

看着陈扎旦憨厚的吃相，苏梅又有些难受。她勉强对他笑了笑，用陈道魁的话安慰着自己。把陈扎旦处理了，对好多人都是有利的，自己正在做一件好事。可这话好像缺乏说服力。苏梅不禁问道，这样处理陈扎旦对他公平吗？苏梅告诫自己不要想太多了，因为已经箭在弦上了。她看了一眼陈扎旦。陈扎旦也看了看苏梅，然后傻笑。今天，陈扎旦穿着蓝色的衬衫和长裤，衣裤都挺新的也挺干净的。苏梅心想，这一定是扎旦的母亲特地给他换上的。

快到县城的时候，陈道魁让苏梅给陈扎旦注射麻药。苏梅无声地听从，给陈扎旦注射了相当剂量的麻药。她想让他就这样无痛苦地死去。十几秒后，陈扎旦乖乖地靠在了座位的一旁。

看着安静地靠在车座上的陈扎旦，龙缪问陈道魁："那么多货，为什么不多带几个？"道魁回答："这是第一次。场地和器材都没用过，先拿一个试一下。多了，会乱的。下次可以多带几个，但每次都要按计划行事。"

第一次找货源比想象中的要容易得多。只是村民们的憨厚、艰辛让陈道魁有些难过。他也看出来了，元泵村村民们哀号的场面也触动了苏梅和龙缪。陈道魁觉得还是有必要给这两位关键搭档灌输摘取器官是一件益事之理，否则会影响以后的工作。

元泵村村民哀号的景象的确触动了龙缪。龙缪可谓是杀人不眨眼，可在如此弱势的群体面前，他起了恻隐之心。他觉得，青木帮在日本杀人只是完成任务，可这次杀人却有些让人揪心。他向来不喜欢以强凌弱，可这次在元泵村可是以强凌弱到家了。龙缪喜欢的是用暴力掳掠，而不是骗。这次元泵村的行动，无须龙缪动脑、动嘴、动手，这让他觉得不过瘾。

不知道陈道魁想到了什么，他突然提出应该给陈父一点儿安慰金。他特地交代龙缪，下一次再去元泵村时，一定带去三百元慰问金给陈父。还说，下一次收人时给每个家庭都付一点儿。

二

回到酒乐遥时，已是下午 3 点 12 分。酒乐遥安静得很，四周也静悄悄的。陈道魁、苏梅和龙缪都还饿着肚子。苏梅叫来原舒，让她给大家煮了面。吃完面，龙缪回家休息，陈道魁和苏梅到器官摘取室忙去了。

器官摘取室位于办公室的里侧，通过隐形门与办公室隔离。器官摘取室面积近二十平方米，室内放有各式各样的医疗器具。手术床紧挨西墙放着，手术灯吊挂在西墙上。一张双层木柜紧挨手术床摆放，柜的上层放有抽血器，下层放有各式手术刀。离心机、血液细胞分析仪、麻醉机放在靠南墙的桌上。房间的西北角放着几个尺寸不一的低温冷藏器，与冷藏器并排放着的是一个长1.3米、宽0.7米、高1.05米的冰柜。

陈道魁、苏梅习惯性地在便服外套上绿色手术服，并戴上医用手套。陈扎旦安静地斜靠在东北角的门旁，他还处在被麻醉状态。苏梅不想把他弄醒，她想直接让他安静地离开。苏梅熟练地把陈扎旦身上的衣物全部脱掉，用纱布蘸上酒精把他的全身擦了擦。她和陈道魁一起把陈扎旦抬到手术床上。根据陈道魁既定的步骤，苏梅把抽血器的针头插进陈扎旦的静脉，血快速地流进盛血器皿里。

苏梅快速地检测血型，用离心机对血液进行分离。

陈道魁把手术灯打开，他拿起大号手术刀，从胸腔开始动刀。陈道魁内心是兴奋的，但真的要切割时，他的手有点儿抖。他屏住呼吸，一刀、二刀、三刀……几刀下来，他的心也静了下来。他熟练地用刀，飞快地切割。偶尔拿起剪子剪了起来。他知道心脏四周的连接管道要留长一些，这样便于移植时处理。没多久，心脏被取了下来。苏梅对取下的器官进行降温灌洗，灌洗后的心脏被放进了低温冷藏箱。陈扎旦是个智障者，可他的器官是正常的。这次陈道魁不想摘取皮肤，摘取皮肤太费时间，他想等下次再做这件事。取完心脏，再取肝脏，接着取肺脏、肾脏、脾脏，取下这些器官都没花太多时间。血液已经基本抽干，所以那些器官都不太血淋淋的。陈道魁最后摘取角膜。这次他还放弃了脑垂体的摘取。一个多小时过去了，可以取的器官都取了，陈扎旦已经不再是原来的陈扎旦了。

取下的器官必须尽快送出。陈道魁把陈道钟叫来，让他按照预先制订的方案把器官送走。陈道钟让帮手岳一毡把低温运输车开到酒乐遥的西门，他拎上盛着器官的冷藏箱直奔运输车。

这一次陈道钟只要把装有器官、血液的冷藏箱送到津市詹氏中外合作医院即可。在那里完成冷藏箱交换，由津市詹氏中外合作医院院长亲自接收。院长根据詹荣国的指示或运抵宁津詹氏中外合作医院批发，或运抵某医院直接使用。

当器官被转移走之后，陈道魁让苏梅先撤出器官摘取室回家休息。苏梅走后，陈道魁静静地坐在手术床前的椅子上。他想处理剩下的“陈扎旦”，可心中不安，他无法静下心来做事儿。他在等津市詹氏中外合作医院院长薛艺兴的电话。十五分钟过去了，没有打来电话，二十分钟过去了，还是没有来电。说好的，薛艺兴一接到陈道钟送去的货就给他打电话的。陈道魁等得有些心焦，他漫不经心地把“陈扎旦”再分解。尽管心不在焉，但刀功却一点儿也不含糊。没多久，他就把“陈扎旦”分成了六份。分割时都是从关节的缝隙下手，绝不伤及骨头。他把分割后的“陈扎旦”放入事先备好的袋子里，分两次通过秘密楼梯带到了二楼。

二楼是器官摘取室的另一部分，与一楼一起构成了完整的器官摘取实地系统。二楼的器官摘取室有近三十平方米，靠南墙搭了一张双人床。这床是专供陈道魁休息的。床前有张长桌，桌上放有笔记本电脑。西墙立着两个大冰箱、一个大冰柜。西北角有几个规格不一的新木桶、不锈钢桶，桶边散放着一些大小不等装有溶液的瓶子。房间的东南角还立着一个大书架，架上有不少医学著作或其他书籍。

当陈道魁正准备把六份“陈扎旦”放进不锈钢桶里时，薛艺兴的电话来了。薛艺兴告知他，货已收到，验收合格。陈道魁一颗悬着的心落了下来，终于可以专心处理剩余的“陈扎旦”了。陈道魁把剩下的“陈扎旦”都倒入不锈钢桶里。他抓起一把剪子，把“陈扎旦”那不多的头发剪了。“陈扎旦”已经长有阴毛、腋毛，对这两个地方的毛，陈道魁懒得去理。陈道魁往桶里注水。这注入的水也就是一般的自来水。水慢慢地把“陈扎旦”的身体组织淹没。陈道魁再往水里加入了少量的催腐剂。最后，他给不锈钢桶盖上盖子。

这些是处理皮肉、分离骨头的基本动作。在桶里注水、加催腐剂的目的是要通过水和催腐剂溶化皮肉。要是不在意骨头的完整和完美，就可以任意使用催腐剂，不用选择催腐剂的类别，也不用考虑催腐剂的剂量，只要在水里加入即可。如果要让骨头不被腐蚀，就得选择恰当的催腐剂，还得注意加入的量。对这些，陈道魁清楚得很。当年在日本念书时，他就读过这样的内容。后来，由于感兴趣，陈道魁还专门研读了这方面的书。在酒乐遥开张后，为了做到处理尸体不留尾巴，陈道魁还专门进行了实验。加入眼前的这种催腐剂，加入如此的剂量，不会伤及骨头，不会对不锈钢桶造成破坏，桶内的皮肉五天左右就会全面腐败。在桶里，“陈扎旦”的皮肉成了糊状物，陈道魁打开搅动开关稍加搅动，继而把桶侧的塞盖打开，糊状物就会连同污水一起从水道里排走，多冲几次，臭味也就消失了。桶里剩下的是完整的骨头：颅骨、躯干骨、四肢骨都在，一共二百多块。皮肉被冲走了，少量的毛发，还有指甲，也和腐肉一起从下水道漂走了。

陈道魁知道，如果去皮的话，腐烂的时间可以缩短一天至两天。下次摘取时应该花一些时间取皮。皮也是很紧缺的，詹荣国说过，要做植皮手术的人排着长长的队呢！

陈道魁不准备把骨头卖给詹氏医疗集团。他知道，国际市场上人骨的需求量相当大。走中国台湾地区通道，抵日本，在青木帮的帮助下，把骨头销往中东、美国可获得更加可观的利润。不过，这催腐剂作用下的骨头还不是成品，还得把骨头放入氢氧化钠溶液中浸泡，把黏附在骨头内外的微量剩余物彻底溶解，之后再用特种工具进行刷洗。这样，骨头的里里外外就都干干净净、清清爽爽了。不过，这样处理过的骨头由于被钙化，表面会蜡黄蜡黄的，不美观。为了好看，还得去黄。要把骨头置于紫外灯下照射，最后放进盐酸里泡它几天。

陈道魁在沉思中醒来，给不锈钢桶盖上盖子。他想象着几天后打开桶盖时的情景，也思索着下一次行动。

当陈道魁从办公室里出来的时候，酒乐遥已经开始营业了。他先到厨房看了看，哥哥陈道钟、那名司机岳一毡都在那里帮忙。尽管陈道魁较少和员工见面，但这些厨师、帮厨还是认得他的。他们知道真正的老板是陈道魁。对日本料理，陈道魁再熟悉不过了。在酒乐遥，他不用亲自下厨。陈道魁看了看食材，问了厨师一些问题，好像在考厨师。厨师作了回答，他甚感满意。陈道魁还问大厨做日本料理的技术是从哪儿学到的。大厨回答说，他上过职业大学，是在大学里学的。

陈道魁从西门出，从南门进。苏梅不知道去哪儿了。服务员不认得陈道魁，以为他是来用餐的。她们点头哈腰，齐声叫道：欢迎光临酒乐遥。服务员着统一色调的和服，陈道魁知道，这和服是苏梅亲自设计的，麻织料，黄底红花色，穿在这些年轻女孩儿的身上颇为得体。看着跟前这些姑娘的打扮、举止，陈道魁还真分不清她们是日本妞还是中国姑娘。

招呼声停止，这时从用餐区飘来了轻柔的歌声：“蓝色的地球在我的心里，捧起了夜空中的满月，大地的鲜花在我的心里，升起了不落的太阳，与人邂逅，总会伴随分别的海上晚风。乘着风越过海洋，你成了我追逐的宝岛，小小的梦想就像成群鱼儿……”陈道魁听出这是日本歌曲，也听懂了歌里所唱的意思。这歌名叫《风的记忆》。陈道魁知道的日本歌没几首，可这首歌他却记得，因为在慈惠会医科大学念书时他和苏梅一起听过这首歌。

陈道魁站在柜台旁，顺手拿起了菜单。金枪鱼刺身、北极贝刺身、三文鱼寿司、西凌鱼籽寿司、比目鱼炙烧、银鳕鱼、樱花卷、拌桔梗、醋味多春鱼、辣白菜、冷豆腐、生拌牛肉、味增汤、煮三文鱼头、烤鳗鱼、烤肉串、醋味章鱼、牛油果沙拉……许多熟悉的菜名出现在眼前。陈道魁发觉，这酒乐遥能做的菜还真是不少，花样甚至超过了当年东京的青瀚塘。苏梅可是在真干啊！

此刻的陈道魁与其说是在看菜单，不如说是在等苏梅。他知道，这个时间她一定在酒乐遥忙着。果然，当他把菜谱差不多看完的时候，苏梅从用餐区走过来。

苏梅也看到陈道魁了，她微微地笑着，露出整齐洁白的牙齿。陈道魁可是第一次见到在酒乐遥工作中的苏梅。

苏梅的衣着打扮和在青瀚塘时有了明显的变化。在青瀚塘时，苏梅身着便衣、便鞋，完全是服务员的打扮。可现在的苏梅脚上穿的是香槟色细高跟鞋，身上穿的是浅绿色低领无袖丝绸短旗袍。她的长头发盘了起来，脸上化了淡淡的妆。眼前的苏梅看起来仍然是沉静、忧郁、素雅、婉约，但又不失婀娜、曼妙、性感、魅惑。

陈道魁开心地笑了，心里暗夸老婆真是能干，也真是迷人。那么多年过去了，现在的苏梅才是最精致的苏梅，才是最有魅力的苏梅。那些着和服的姑娘青春靓丽，可在苏梅面前，她们显然缺了点儿什么。她们缺少的是苏梅身上那种特有的高贵、冷艳和成熟气质。

陈道魁突然觉得他很爱苏梅。这名聪明、能干、漂亮的女子，已经跟随自己十几年了。她总是默默地跟着。陈道魁贫穷、落难时她不嫌弃、不埋怨，而是同心协力、患难与共。陈道魁决定不要孩子，苏梅没有表示不满，她服从他的安排。陈道魁加入青木帮，苏梅没有反对。陈道魁回国，她跟着回来。陈道魁开办酒乐遥，她支持。他让她主管酒乐遥，她就打理得井井有条，把生意做得红红火火。陈道魁做起摘取器官生意，她当起了帮手。苏梅不是个没有主见的人。她智商高，有才干，有见解，可她什么都听陈道魁的。刹那间，陈道魁有些感动。他突然觉得该把这摘取器官的事放一放，要和苏梅生个孩子。见苏梅走到了跟前，陈道魁温柔地说道："辛苦一整天了，这里交给原舒吧，咱们回家。"

陈道魁的家就在香草天空 9 号楼 901 室。这是陈道魁的私产。他在 9 号楼购了两套一百四十多平方米的商品房，一套自家住，一套给龙缪。这房子很便宜，每平方米不到三千元。陈道魁用前几年的积蓄支付的购房款。其实，陈道魁在宁津市还有住房，那套重归伊甸园的 2302 室豪宅詹荣国还给他留着。

陈道魁亲自下厨做了几道菜，开了一瓶红葡萄酒和苏梅一起喝。他们俩都认真地洗了澡。他们上床了。午后的阳光透过浅色的窗帘照到宽大的床上。陈道魁还嫌光线不足，把床头灯也打开了。苏梅的身体和十多年前一样，依旧完美无瑕。皮肤白皙，双乳坚挺，腰部微陷。赤裸的苏梅呼吸有些急促，乳房有些颤动。陈道魁有些激动，又有些冲动。他俯下身，吻起了苏梅。苏梅的身体扭动起来，陈道魁知道苏梅也冲动了。陈道魁把嘴巴移到苏梅的耳旁，轻声说道："咱们要个孩子吧！"苏梅笑了笑，点点头。

现况的好转，使陈道魁有了把摘取器官的事放一放的想法。可与苏梅发生性行为后，他似乎又回到了现实。摘取器官的事又塞满了他的脑子。他盘算着下一次的行动。他不觉得做这件事有危险。陈道魁很自信，觉得事情是不会败露的。

几天后，陈道魁的资金账户上多出了一百八十万元。这钱是詹氏集团汇入的。詹氏集团因为陈扎旦的器官获得了三百万元左右的利润，四六分成，青木帮得一百八十万元，詹氏分得一百二十万元。詹荣国很坦诚，也很守信。他对陈道魁说："我一点儿都不隐瞒，在陈旺树大哥面前隐瞒是不地道的。做人要坦诚，收入分配要合理。只有这样，事业才会做得长久。"

按照陈道魁与青木帮定下的规矩，陈道魁对收入有绝对的处置权。意思就是，陈道魁自己看着办。先把身边的事料理完，再资助青木帮。个人富，帮才能强。当然，陈道魁懂得，必须让参与行动的人分享好处。

第一批废物处理得十分顺利，全部从下水道顺利排走。陈道魁到下水道四周细察，看不出任何破绽。味道还是原来的味道，哗哗的流水声还是原来的流水声。下水道一点儿也没有堵塞，那些发臭的腐肉一点儿也没有滞留。

陈道魁和龙缪商量再次到元泵村带人的事。龙缪说："这次你和苏梅就不必跟去了。你们忙你们的，搞人的事就交给我。不过，我还是需要帮手。那个鲁琦，你也知道的，我想把她弄来当帮手。这人可靠，和我合得来。"陈道魁说："我听你的。

鲁琦在哪？她和你搭档我是放心的。她来津市了？”

陈道魁听说过鲁琦，龙缪还在东京的时候就和他谈起过，只是他还没见过她。龙缪似乎已经把鲁琦当作了女朋友。鲁琦，青木市人，比龙缪小十多岁。龙缪和鲁琦纯属偶遇相识。六年前的7月，龙缪在东京时接触过一个团员是青木人的小旅游团。这个团队里有两个人是龙缪在青木时结识的朋友。和朋友在一个团的还有三个小年轻。这三个小年轻里有一个就是鲁琦。那时鲁琦也就二十岁左右，还在大学念书。她天真烂漫，活泼可爱，尽说一些逗人的话。龙缪那么不苟言笑，不相识的人见了他都会退避三舍，唯独这小姑娘一点儿都不惧他，似乎对他一见如故。她和龙缪接触没多久，就和他无话不谈。他们还相互聊起了自己的过去，聊起了各自的兴趣爱好。龙缪觉得和这姑娘特别投缘，感觉她特别亲切。他把一些从来没和别人说过的话，尤其是没对异性说过的话都对鲁琦说了。那次聚会时，他俩决定以后要保持联系。第二天，他们又见面了，那次是单独相见，还一起喝了酒，最后在很融洽的氛围里两人发生了性行为。龙缪许诺把鲁琦弄到东京读书。鲁琦回青木后，继续在东南政法大学念书，也和龙缪保持着联系。在天各一方的日子里，相互都思念着对方。他俩似乎是一见钟情了，似乎是恋爱了。他俩经常电话联系。半年后，龙缪回了越南夷，把鲁琦约到滨越的酒店，两人在酒店里一起醉生梦死了三天三夜。又过了半年，龙缪约鲁琦到东京过暑假，鲁琦在东京待了十多天，两人生活在一起。就这样，他们来来去去，相亲相爱。鲁琦大学毕业后有去东京的打算，可后来因为家庭变故，父亲受伤残疾，只好放弃去东京留学的念头。鲁琦在滨越市找了份工作。两人等待着在一起的机会。鲁琦曾经想要龙缪回国。可龙缪有些犹豫，害怕他青木帮的身份使他在中国无法立足。就这样犹豫着犹豫着，斗转星移，就过了好几年。当知道可以回国，又可以与陈道魁共事时，龙缪当然十分高兴。他早已把信息告知了鲁琦。鲁琦也已经从滨越市来到了津市。

龙缪笑了笑说：“我已经把鲁琦约到津市了，只是还没让她露脸。她随时都可以和我一起行动。”

陈道魁嗔怒道：“老兄不够意思啊！有这想法要早一点儿告诉我的。好的，别的不多说，今晚我和苏梅为哥嫂接风洗尘。”

当晚，陈道魁做东，在“津城春秋”宴请龙缪、鲁琦。鲁琦上穿大领口的茶色 T 恤、下穿碎花荷叶裙，脚穿茶色中跟凉鞋，手里拿着个手袋，没佩戴饰品，给人的感觉是穿着不太讲究。苏梅身穿青灰色短袖连衣裙，外面套了件短小的白色毛开衫，脚穿浅绿色高跟鞋，左手腕上戴着绿绿的翡翠手镯，右肩上挎了个小挎包。与鲁琦比，苏梅的穿着打扮显然要讲究许多。鲁琦个子没苏梅高，可长得很甜。她是那种男女老少见过都会喜欢的姑娘。苏梅高冷，鲁琦平易。鲁琦是个见人熟，即使遇到苏梅这样高冷的女子，没多久也就熟了起来。各位畅所欲言，气氛十分融洽。陈道魁想，这样接地气的人和龙缪搭档是很合适的。一冷一热，一疏一亲，一傲一平，让他们搭档去元泵村他放心。

陈道魁说，挑一个周末的日子再去。周末时间充裕，带回后有利于他切摘处理。那时，酒乐遥没营业，他可以更加自如地处理切割。周末去，可以带回两个人来。

“尽管鲁琦是圈内人，但不该她知道的就不要让她知道。这不是咱们对她不信任，这是规矩。有些事她不知道对她也是好的，对大家都好。可以告诉小鲁到元泵村去带人，但带回来如何处置就不必细说了。”当某一天陈道魁和龙缪单独在一起的时候，陈道魁说，“摘取器官的事，知道内情的只有三个人，就是你、我，还有苏梅。我哥只是执行送货，我没有告诉他具体细节。至于那个岳一毡他只是负责开车运送，也不知道具体内情。”

那天要出发去元泵村的时候陈道魁又唠叨道：“向村里人介绍嫂子的时候，就说她是福利院的工作人员。你看小鲁那温和、亲切的劲儿，不说别人也会信的。把那辆商务车开去。还有别忘了带上钱，给陈扎旦家三百元，今天收罗来的人也要给钱。”

龙缪一行顺利地进了元泵村。尽管换了车，也换了人，可当龙缪一行谈起带人一事时，村里人都兴奋起来。和上次一样，他们争先恐后地报名。当龙缪说这次可以带走两个人时，村里人又都翘首以盼，盼望幸运能够落到自家头上。这次龙缪自私地做了一下挑选，选了一男一女，选的条件就是强壮。那挑来的男子十六七岁，名叫陈乌铁，智障者，尽管痴呆，但身体强壮。女的十五六岁，叫陈兰朵，也是痴呆儿，但长相俊俏，已发育成熟。

鲁琦下车时，一下子被眼前的景象给镇住了。那么多的不健全的人围在身旁，村里的房屋尽是土房，有的墙上还长出了茂密的野草，外墙斑驳，有的已经倒塌。房门歪斜，门框上残缺的贴纸随风飘动，厅堂里只有破旧的桌椅，户外过道上堆放着干枯的芦苇、芒箕和杉枝。这村子是如此破旧，如此缺乏生机。尽管鲁琦生长在县城，但也去过农村，可这元泵村和以前见过的村子却有天壤之别。鲁琦在心中祈祷：让这些苦难的人快快离开这个村子吧。她完全支持把这些智障、残疾的人带走。

龙缪根据陈道魁的交代付给了陈扎旦爹三百元安慰金。当陈扎旦的爹收到三百元安慰金时，感动得流下了眼泪。他感激涕零，跪拜祖宗显灵。陈乌铁家、陈兰朵家也是同样的情形。陈乌铁的娘已经过世，当陈乌铁的爹收到钱时，跪在地上失声痛哭。陈兰朵的娘似乎也是智障，看起来年纪不大。她是整个村子里难得见到的肤色正常之人。她面无表情，呆呆地站在那儿。当陈兰朵的爹收到钱大表谢意时，陈兰朵的娘依然呆呆地立在那儿。

上车不久，龙缪就给陈乌铁、陈兰朵注射了麻药。这是龙缪和陈道魁一起研发的新麻醉药。一针下去，两人即刻就迷糊过去，一路上都无声无息的。那天下午 3 点左右龙缪回到了酒乐遥。这次摘取器官，陈道魁更加熟练。在苏梅的配合下，用了三个多小时就完成了对这两个人器官的彻底摘取。这次连皮肤也取了下来。

去了皮肤，废物处理的速度也快了，掌灯时分，一切处理完毕。

这次陈道钟、岳一毡的送货速度也比上次快。过了四十五分钟，陈道魁就接到了津市詹氏中外合作医院院长薛艺兴的电话，他告诉陈道魁："货收到，好货。"

元泵村的幽灵落在了酒乐遥的四周。在以后的日子里，这里聚积了越来越多的幽灵。在夜深人静的时候，陈道魁看到了那么多的幽灵在飘荡。它们就游荡在酒乐遥的四周，不愿离去。

第九章　阿根的情报

一

在这个节点，听到居住在发现骨头现场附近的女性失踪了，陶冶不自觉地把这事与骨头案连在了一起。他没有作太多的考虑，与邓宇涵一起直接驱车赶往津市车站派出所。

鲁肃山和阿根已在派出所办案区等候。当陶冶要询问阿根情况时，鲁肃山连忙交代他："阿根啊，不要拘束。你知道的情况可能很重要，你要把你所知道的都告诉这两位叔叔。"

说完，鲁肃山就到门外去了。陶冶坐在阿根的对面，邓宇涵坐在阿根的身旁。陶冶看着阿根，说："阿根啊，那个津淮河边的徐梦婷，我们也认得她。她在什么地方给你说了些什么呢?"

阿根抬头看了看对面的陶冶，又转头瞄了一眼邓宇涵，小声说道："不瞒你们，我和梦婷还有来往。我还在偷东西。昨天下午，我去见梦婷。她对我说，她的好朋友蕾熙不见了，已经不见好几天了。我想起老鲁的交代，就把这件事告诉了他。我想把这件事告诉老鲁也许会得到一点儿好处，但不知道老鲁为什么要让我来见你们。"

"老鲁可能觉得这情况对我们破案有用，所以就告诉我们了。还请你具体说一说，是怎么一回事。"陶冶也小声说着。

"就是有一个叫蕾熙的人不见了，她是梦婷的好朋友。这事是梦婷告诉我的。"阿根说着晃了晃身子，撇了撇嘴。

陶冶、邓宇涵一听就明白了，老鲁挺负责任的，把陶冶前几天的交代记在了心里。不过，这阿根也就知道这么一些了，要了解详情还得去问徐梦婷。

离开车站派出所时，当着阿根的面，陶冶交代鲁肃山要给阿根奖励。鲁肃山表示一定要给的。阿根美滋滋地笑了。

陶冶和邓宇涵讨论了一下，认为查一查失踪案完全有必要。况且，骨头案专案组正在查津市失踪人。

陶冶、邓宇涵直接去找徐梦婷了。他们想先问一问，等有了眉目后再报告辛可加。

下午时分，在"浪情小道"上活动的姐妹们通常是比较清闲的。今天也不例外，那间"圆梦招工室"的房门敞开着，几个姐妹坐在厅堂的沙发椅上打盹。当陶冶、邓宇涵来到招工室门口时，几个姐妹顿时惊醒："欢迎大哥光临！"可她们定睛一瞧，认出来了，眼前这两位是警察。见到警察她们并不慌张，因为警察她们见得多了，况且现在她们什么事也没干。

徐梦婷知道这位着深色衬衣、便裤，两鬓有些斑白、年纪大一些的警察姓陶，也知道那位着浅色衬衣、蓝色牛仔裤，浓眉大眼、身材挺拔、彬彬有礼、英气十足的高个子帅哥姓邓。她当然知道，警察不是来嫖的，可能又是有事找她。她心里在想，那蕾熙不见的事要不要告诉警察。正看着、想着，陶冶说话了："徐小姐好，和我们出去一会儿，我们有话问你，可以吗?"徐梦婷习惯性地拢了拢胸前那薄薄的衣片，似乎想去遮住领口露出的那部分隆起的乳房。与此同时，她大胆地给邓宇涵抛了一个媚眼，娇声说道："在这里不行吗?"陶冶摇摇头，笑了笑说："不可以，不方便。"徐梦婷又瞧了邓宇涵一眼，小嘴一噘，说："反正也没生意，不会不方便的。姐妹们，你们说，是吧?"徐梦婷的那三个姐妹附和道："方便，很方便，就在这儿吧。"陶冶发觉，今儿这几位有些异常，前几次她们都很乖巧，今天怎么啦?听她们说话的口气，似乎是无聊想找乐子的意思，对这些人必须严肃点儿，于是他板起脸，提高嗓门说道："走吧！徐小姐!"徐梦婷又瞄了一眼邓宇涵，此时的邓宇涵也一脸严肃。徐梦婷见状，赶紧柔声说道："两位大人，开玩笑的，不生气，不生气!"徐梦婷的那三个姐妹也不敢吭声了。

陶冶示意徐梦婷在无袖短衫外披了件外套。他们把她带到附近的津丰街。津丰街上有一家小咖啡屋，可以在咖啡屋的小房间里问她。向这位徐梦婷问话，地点可得讲究。前几次问她的人是吴哲晗，所以在哪儿问都可以。一次只需要问几句，所以在"圆梦招工室"里问也是可以的。这次要问的问题多，所以在"圆梦招工室"里问就不合适了。要在什么地方问徐梦婷这种人可是要斟酌的。在路旁，不行，太招人；带回公安局，路途有些远；在车里，不行，空间太小；在附近找间空房间，也不合适。正确的选择应该是在公共场所，但该场所要安静，而且必须是两个警察一起在场。

咖啡屋里没有什么人，陶冶找了个包间，把徐梦婷带了进去。咖啡屋里正播放着歌曲，一阵轻柔婉转的歌声正从包间的小喇叭里传出。陶冶示意邓宇涵，他心领神会，没多久，歌声停了，邓宇涵还让服务员端来了三杯咖啡。

包间里凉快得很，徐梦婷拢了拢外套，笑眯眯地看着邓宇涵，柔声道："有什么话就问呗。"

"你的朋友蕾熙不见了，是吧？"邓宇涵问。

"你们怎么会知道啊？刚刚我还想着要不要把这件事告诉你们呢。"徐梦婷轻声说道。

"我们当然有我们的情报来源了。蕾熙是什么时候不见的？请你把发现蕾熙不见的经过跟我们说说。"邓宇涵觉得不提阿根较妥。

"好几天了，"梦婷掰着指头算了算，"对，是 8 月 1 日。7 月 31 日中午，我约了蕾熙 1 日下午一起到西街。1 日下午 2 点半的时候我给蕾熙发微信，她没回。我到她房间看了一下，门关着，我觉得奇怪，说好的一起去西街的，她去哪儿了？我问了飞红、路宁、曾梅，她们也都说没见到。"

"飞红、路宁、曾梅是什么人？"陶冶插话。

"就是刚刚你们在'圆梦招工室'里看到的那三位。"徐梦婷答。

"7 月 31 日你是通过什么方式联系蕾熙的？"邓宇涵问。

"微信啊，大家都用微信，用微信的语音聊天。"徐梦婷不假思索地说着。

"和蕾熙聊天的记录还在吗？"

"在。"

"可以看一下吗？"

"可以。"

陶冶示意徐梦婷可以喝口咖啡，然后把与蕾熙的聊天记录给找出来。

徐梦婷的昵称是：梦。蕾熙的昵称是：茜茜公主。

2016 年 7 月 31 日 12：26 开始，梦与茜茜公主有三次语音聊天记录。每次时长都在二十秒左右。听了一下，语音内容的确是梦约茜茜公主 1 日去西街玩的事，茜茜公主当时也答应了。

这三次语音聊天也是蕾熙和梦婷的最后联系记录。

“你住在哪里？”邓宇涵继续问。

“就是这后面。”徐梦婷的手往津丰街南侧一指。

“也就在你们那工作场所的后面吧？”

“是啦，是啦。”

“房子是租的吧？”

“当然了。我们不会去买房的。”

“你自己住吗？”

“我们四个人合租一套。”

“哪四人？”

“飞红、路宁、曾梅和我。”

“蕾熙住哪？”

“就在我住的对面楼上，也是三人合租。”

“和蕾熙合租的两个人是干什么的？”

“也是小道上的人。”

“是哪间工作室的？”

“亲密。”

“工作室的名称叫亲密？”

“对，叫亲密。”

“蕾熙在哪间工作室？”

“也在亲密。”

“蕾熙姓什么？”

“姓蓝。”

“你是哪里人？”

“陕西人。”

“陕西哪里的？”

“安康市的。”

“蕾熙是哪里人？”

“广西人。”

“具体是哪儿的知道吗？”

“宜州市。听她说过，她们家乡出了个刘三姐。其他的不知道。”

“蕾熙和谁关系好？”

“和我关系好。”

“和其他人呢？”

“与亲密的人关系不太好。”

“你怎么知道的？”

“蕾熙说的。”

“说了什么？”

“说她们有时会争生意，争得很不愉快。”

“蕾熙经常回老家吗？”

“很少回。”

“你知道她家里还有些什么人吗？”

“听蕾熙说，还有祖父母、父母、弟弟和妹妹。”

“家人来看过她吗？”

“没有，从来没听说过。其实，我们是不愿意让家人知道的，也不喜欢家里人来看望。”

“蕾熙有交固定的男朋友吗？”

“固定的男朋友？什么意思？不理解。”

“也就是恋爱对象。”

“在这津市是没有的，在那宜州就不知道了。她没和我谈过有恋爱对象。”

“你认为蕾熙可能去了哪?”

“离开小道，她应该说一声的。况且我和她约好要去西街的，没听说她要离开津市啊。她对津市还是蛮有好感的。她也不会回家结婚的，没听说过。在这儿好好的，她也没说过要调换场所。我真不知道她会去哪里啊!”

徐梦婷没有什么顾虑，很轻松地回答邓宇涵提出的问题。陶冶静静地听着、记着，几乎没有插话。

“蕾熙到津市多久了，知道吗?”邓宇涵继续问。

“有两年多了。”

“你们两个谁先到津市的?”

“我先到的，也就先到半年左右吧。”

“以前有过这样子的情况发生吗? 就是蕾熙突然没了音讯。”

“实话实说，别人是有的。在这小道上工作的人不说一声就走是常有的事。有的是因为被抓了，有的是因为调地方了，有的是因为回家了。特别是回家的很绝情，都是回去成家的，她们不愿意同行知道她们回家后的情况，所以很多都与同行决裂了。可蕾熙不会的，一定不会的，她会告诉我的，我确信。”

“我是说，在这之前蕾熙有没有突然没了音讯的情况?”

“没有。从来没有。”

“你和蕾熙成为好朋友有多长时间了?”

“一年前吧。自从成了好朋友后，没出现过她突然失去音讯的事儿。”

“有些问题还得问一下，你再如实地说一下。你们每月收入多少?”

“你问是纯收入，还是毛收入啊？”

“先说毛收入吧。”

“大家有区别。好的两万多元，差的几千块。我收入两万元左右。”

“那位蕾熙呢？”

“和我差不多。”

“纯收入多少？”

“一万元出头。”

“都有些什么开销？”

“租房、吃饭、买衣服、买化妆品、买工具，这些都得花钱。”

“挣到的钱都放哪？”

“存银行啊。”

“银行卡都放哪？”

“放在住的地方。有时也带在身上。”

“蕾熙呢？”

“差不多吧。”

“你身上有没有带蕾熙的照片？”

“手机里有。”

“可以看一下吗？”

“可以。”

徐梦婷把手机打开，找到了蓝蕾熙的照片。照片上的姑娘二十来岁，模样俊俏，留着短发，皮肤颜色略深，眼睛又大又圆，嘴微噘，显得有些俏皮。看着照片，陶冶、邓宇涵的确无法把她与妓女联系起来。除了那又大又圆的眼睛略欠神韵与年龄不符外，其他地方都看不出风尘女子的影子。这是一张素颜照片，没有涂脂抹粉的蓝蕾熙与邻家姑娘没有什么两样。

邓宇涵又向徐梦婷要了蓝蕾熙的手机号、微信号和 QQ 号。这些在“浪情小道”上活动的年轻女子很善于利用微信、QQ 进行交流，甚至利用这些招揽生意。她们也喜欢在网上购物，但一般都没开微博、博客。

蓝蕾熙的手机处于没有任何响应的状态。微信、QQ 从 8 月 1 日开始也没有登录过。

在徐梦婷的引领下，陶冶、邓宇涵去了蓝蕾熙的住处。

徐梦婷、蓝蕾熙租的是普通的居民房。按照徐梦婷说的，她们是不会在租住处做生意的。她们租房的时候也不会告知房东她们是卖身的。在去蓝蕾熙住处的路上，徐梦婷给蓝蕾熙的室友林巧垦打了电话。当陶冶他们抵达蓝蕾熙住处时，402 室的房门开着。

402 室系三房、二厅、二卫、一厨结构。蓝蕾熙的住房位于 402 室的西南侧。房门上锁，锁具完好。邓宇涵征求陶冶的意见，陶冶示意他开锁入室。邓宇涵掏出工具开锁。陶冶、邓宇涵在徐梦婷、林巧垦的见证下进入蓝蕾熙的居室。

居室十五平方米上下。门口靠墙放有鞋架，架上整齐地摆着十多双各式各样的鞋子。房内东侧紧挨墙壁立有壁橱一个。橱顶放着一黑、一红两个大旅行箱。橱里是一些叠着或挂着的衣物。东南角有一小门通往阳台。一张方桌紧挨南墙放着，桌上无序地放着提包、笔记本、杂志等东西。杂志共有三本，分别是:《瑞丽伊人风尚》两本、《米娜》一本。大床铺置于房间的中部，床头紧贴西墙。床上散放有被单、枕头、薄透内衣、袜子等物。一床头柜紧挨床头南侧，柜上放有手机充电器、剪刀、杂志等。紧靠北墙摆放有小桌一张。桌上有化妆品、湿巾、安全套盒、情趣内衣、袜子等物。

阳台呈长条状，从客厅、各个卧室都可抵达阳台。阳台是共用的。阳台上晾有衣服、鞋子。据林巧垦说，靠西南角挂在衣架上晾晒的衣服是蓝蕾熙的。

陶冶让徐梦婷看一看，蓝蕾熙的房间里可能缺了什么。徐梦婷看了一下，迅即回答："少了工作箱。"陶冶问徐梦婷工作箱是什么意思。梦婷说，那是她们工作时用的，里面装的是性服务用品，有避孕套、卫生纸、消毒水、湿巾、化妆品等东西。她们每人都有两个，一个放在小道的工作室，一个放在自己的住处。只要有人需要服务，她们就会拎上那箱子。

当然，蓝蕾熙的手机也不在房间里。房间里的物件摆放正常，没有留下被翻动的迹象。

当陶冶、邓宇涵要离开津淮河时，他们特地到遗留骨头的河中榕树处瞧了瞧。一个星期过去了，那个袋子还在津淮河的榕树杈上吗？风吹日晒的，那个袋子变成什么样子了呢？当靠近河边时，陶冶、邓宇涵都看到了树杈上的袋子还在。邓宇涵下河，查看袋子。袋子很耐晒，六天过去了，还是比装骨头的袋子要新。

二

一名从事性服务工作的女子不知下落，这是常有的事儿。这样的事通常不会引起周围人的关注，更不会进入警方的视线。可这次不同，因为失踪者与骨头案在时空上的交错，让骨头案的办案人员关注起了蓝蕾熙失踪事件。

蓝蕾熙没有任何音讯前后已有七天。拨打她的手机，没有任何响应。徐梦婷说，蓝蕾熙用的是苹果牌手机，待机时间长。当然，即使这机子待机时间长，一直处于待机状态，没有被关机或作别的处理，都七天了很可能没电了，手机没有反应是正常的。可是，徐梦婷还说，前几天她好几次拨打蓝蕾熙的手机，也是现在这种情况，没有任何反应。手机没有任何反应，说明她手机的电池很可能被去除了。如果徐梦婷说的话属实，就意味着蓝蕾熙的手机在她失踪后就被去除了电池。这一去除手机电池的情况反映了蓝蕾熙处境的不妙。迹象表明，蓝蕾熙并没有要避开大家的意思。她不见了，手机没有响应了，极有可能是受到外力作用的结果。蓝蕾熙可能受到了他人的控制，现在生死不明。

联系到蓝蕾熙的工作箱不见了，再结合她的工作性质分析，她极有可能是受邀上门服务，在服务的过程中受到了他人的挟持。徐梦婷、林巧垦都说了，她们是会上门服务的。

蓝蕾熙上了谁家的门？她们工作室的联系电话是公开的，去过或经过工作室的人只要愿意都可以记下联系电话。她们的手机号码是公开的。她们会在微信朋友圈、微信群里发布自己的手机号。她们希望更多的人知道她们、约她们。因此，可能约她们的人相当多。对客人发出的邀请她们大多是不会拒绝的。当然她们也担心人身安全，但想想，把身体都给了，客人还会再要什么，最多也就是玩了不付钱而已。如此想想也就无所谓了。蓝蕾熙可能上任何一家人的门，只要愿意谁都可以约到她。

陶冶把各种线索理一理，觉得蓝蕾熙失踪事件完全可以和津淮骨头案合并起来。李知林和尹颖正通过查津市失踪人来发现与骨头案相关的线索，可他们查的失踪人都是显性失踪人，像蓝蕾熙这样的失踪人一定还没有进入他们调查的视线。陶冶即刻与李知林联系，一核对蓝蕾熙果然没有被列入李知林他们排查的失踪人名单里。

陶冶、邓宇涵向辛可加汇报蓝蕾熙失踪事件。辛可加分析了津淮骨头案与蓝蕾熙失踪事件的特征，认为可以将蓝蕾熙失踪事件并入津淮骨头案。而且辛可加认为，在这一特定区域出现的失踪事件应该有较高的挖掘价值。一旦查清蓝蕾熙的下落，有可能把骨头案大大地往前推进一步。蓝蕾熙失踪事件是个点，可以通过查实这个点，以点带面。

辛可加把李知林、尹颖、吴哲晗、丁则都召回到支队。三个小组分别汇报了前期的工作进展情况，辛可加根据工作进展情况布置了下一步的侦查任务。

辛可加要求专案组暂时把工作重点转移到调查蓝蕾熙事件上来，等有了着落后再部署下一步工作。还要求正式启动失踪人调查预案。还说，如果再过一两天，蓝蕾熙仍活不见人死不见尸的话，就要启动命案侦查方案。

李知林、尹颖通过内网查看蓝蕾熙的情况。蓝蕾熙，女，瑶族，1995 年 3 月 18 日出生，广西壮族自治区宜州市祥贝乡马山村人。蓝家七口人，包括蓝蕾熙的祖父、祖母、父亲、母亲、弟弟、妹妹。从内网上查到的情况与徐梦婷提供的情况基本相符。

陶冶、邓宇涵打电话给广西壮族自治区宜州市公安局要求协查蓝蕾熙的下落。一天后，宜州市公安局刑侦大队回话说，蓝蕾熙没有回家，也没有和家人联系，她家人现在也不知道她的下落。

吴哲晗、丁则在段警的配合下查清了蓝蕾熙到了津市后的活动情况：蓝蕾熙，2014 年 2 月到津市，当月办理了临时居住证。现居住地是津市清源区东涂路 102 号 5 号楼 402 室，同租同住的有林巧垦、岳灵珊。

李知林、尹颖根据蓝蕾熙的手机号、QQ 号、微信号、网上用户名、密码等关联搜索、密码破解，搞清了蓝蕾熙近一个月来在网络空间的活动情况。

蓝蕾熙的手机号是：1515973××××，QQ号是：50353××××，微信号是：ll×ll×。微信绑定有建设银行卡和工商银行卡，通常通过微信、支付宝支付费用。

蓝蕾熙的微信朋友圈有好友三百八十七人，还加入了十多个微信群、公众号。她的QQ邮箱几乎没有怎么用。QQ群成员四十二人，聊天记录不多，相册里只有十多张个人照。

蓝蕾熙近一个月在淘宝上购物八次。所购的东西有：避孕套、情趣内衣、湿巾、消毒水等。她还有数次在美团、唯品会、大众点评上的消费记录。

陶冶要求李知林、尹颖重点查找2016年8月1日、7月31日、7月30日、7月29日这几天蓝蕾熙与他人或他人与蓝蕾熙的通信情况。

从QQ、微信的记录信息看，在这几天里除了徐梦婷外，没有其他人通过QQ、微信约过蓝蕾熙，她也没有通过QQ、微信约过别人。

履行审批手续，尹颖在电信运营商处获取了1515973××××手机8月1日之前五天的通话详单及信令数据。分析话单发现，7月27日、28日、29日、30日、31日，1515973××××手机分别有通话记录十二次、九次、八次、十三次、十一次。2016年7月31日14时13分，1515973××××手机接到来电，通话时长一分二十秒。这是1515973××××手机最后一次接听记录。或许就是这个时间，有人打电话约了蓝蕾熙。

进一步分析基站数据及信令数据发现，31日上午，1515973××××手机活动在蓝蕾熙住处东涂路所在的基站小区内。中午，1515973××××手机活动在浪情小道基站小区。14时后，1515973××××手机开始发生位置变化，从浪情小道扇区移动到了马厂街扇区。之后，1515973××××手机往香草天空扇区移动，再后来该手机就没有音讯了。结合 Wi-Fi 信息分析，Wi-Fi 连接信息与手机活动轨迹相符。

很显然，2016 年 7 月 31 日 14 时 13 分，拨打蓝蕾熙手机的电话是重大可疑电话。此可疑电话号码是 0595 - 3350 × × × ×，于 31 日 14 时 13 分拨打蓝蕾熙电话，通话时长一分二十秒。

吴哲晗、丁则快速调查 0595 - 3350 × × × × 电话。这是一个实名固定电话。登记人：龙柯，登记地址：津市清源区马厂街 114 号。吴哲晗、丁则迅即赶到马厂街 114 号。114 号，门前挂着黑骷髅头图画，店名：Death Cafe。这不就是前几天尹颖提到的死亡咖啡屋吗？这家死亡咖啡屋与蓝蕾熙失踪有关？

下午时分，马厂街显得有些安静，有些冷清。路过的行人顺着树荫往前挪动，偶尔经过的车辆也慢悠悠地在低速行驶。站在离死亡咖啡屋大约五米处，丁则拨打了 0595 - 3350 × × × × 电话。电话有人接，里面传来了一位年轻女子的声音。丁则问死亡咖啡屋开始营业了没有。电话里的人回答说，中午就开始营业了。

吴哲晗、丁则进入咖啡屋。见有人入内，坐在吧台前的年轻女子连忙站起来打招呼。听这声音，丁则知道这女子就是刚才接听电话的那位。

“小姑娘，你好，刚才电话是你接的吧？”丁则热情地和那个女子打招呼。

“呃，刚才那电话是你们打的啊？”女子从吧台里走了出来，身上穿的白底蓝边紧身短裙甚是合身。

“是的。营业了吧？客人不多啊？”丁则往大厅里瞄了一眼，发现只有一对男女坐在咖啡屋的西北角静静地看书。

“到晚上的时候人会多一些。两位喝点什么？”年轻女子微笑着看着丁则。

丁则再一次瞧了瞧大厅，在确认整个咖啡屋里只有那对正在看书的男女客人后，向年轻女子出示了证件，并告知他们是警察，有事需要她的帮助。对丁则提出的要求年轻女子连忙点头称是。

丁则找了一处既远离那两个正在看书的男女又能看到门口的位子坐了下来，还让年轻女子坐在吴哲晗和自己的对面。

“告诉我们你的姓名？”丁则问。

“郑晓筠。”年轻女子答。

“小郑你好。问你几个问题。请你好好回答。”丁则口气温和。

“可以。”郑晓筠点头。

“这咖啡室里有几部座机电话？”

“就一部。”

“就是吧台上的那部？”

“是，就是那部。”

“7 月 31 日下午也是你在招呼客人吗？”

“暑假的时候，就我一个人在招呼。”

“你想一想，7 月 31 日下午，有谁用了那部电话？”丁则一字一顿地缓缓地问道。

“谁用了那部电话？我用过啊。”郑晓筠侧头望了一下座机。

“你们老板 31 日下午有没有到店里来？”

“老板？老板旅游去了，走了好几天了，和老板娘一起去旅游的。31 日下午肯定没来店里。”

“开始营业后，你必须在这守着吗？”

“是啊。”

“好的。31 日下午除你用过那部电话外，还有谁用过那部电话？好好想想。”丁则注视着郑晓筠。

“31 日下午，今天是 7 号，都过去一个星期了，”郑晓筠瞄了一眼坐在屋角的另外两位顾客，右手食指触了触右太阳穴，说，“不过，还好，我记性特别好。一个星期里的人我还是记得住的。我想起来了。其实，除了我，很少有人会用那部电话。31 日那天是星期天。对，下午的时候有一个客人说手机没电了，要借用一下电话。我就让他用了。”

“客人？是来喝咖啡的客人吗？”

“是。”

“那客人是单独一个人来的吗？”

“是。”

当丁则问的时候，吴哲晗在做记录。

“你说说，那是怎样的一个人？”

“男的。四十多岁的样子。块头很大。”

“有多高？”

“起码有一米八。”

“比我高吗？”

“会比你高一点儿。”

丁则怕这小姑娘缺乏高矮概念，自己站起身让小郑看了看、比了比。丁则身高一米七八，如果那人比自己高，那确实起码有一米八。这小郑还是会分辨身高的。

“块头很大指的就是个头高吗？”

“就是长得很魁梧。头很大、脸很大，就是我们常说的虎背熊腰呗。还有，给人的感觉是很有力的样子。”

“呃，这样的一个人，他都在电话里说了些什么？”

“我不愿意去听他说些什么，偷听是没有礼貌的。不过，我离他近，多少还是听到了些，好像他是在约人。”

“你为什么说他是在约人？”

“我是瞎猜的。反正有提到几点在哪里见面的话。”

吴哲晗在做记录的同时，脑子也在不停地思索着：的确是有人约了蓝蕾熙。是谁约了蓝蕾熙呢？那人用咖啡店里的电话约蓝蕾熙，还说手机没电，这显然是借口。他是有意不用自己的手机约蓝蕾熙。这人用咖啡店里的电话约蓝蕾熙，所以，他一定会说清约见的地点，而且这地点应该是清楚明确的。想到这儿，吴哲晗问道："小姑娘，你好好想想，那男的有没有提到什么地名？就是有没有听到他把人约到什么地方见面？"

"好像有提到酒乐遥。那个店离我们店很近，我去过的，很有特色，所以他提到这名字时我就记住了。我当时心里还在想，是约人到酒乐遥吃饭的吧。"郑晓筠认真地说着。

"小姑娘你记性真好。在哪儿念大学啊？"吴哲晗夸了一下小姑娘。

"别人也说我记性好。我自己也认为记性不错。我在华侨大学念书。"郑晓筠笑嘻嘻地说着。

一个星期前经历过的事很多人都会忘掉的。可这郑晓筠却比较轻松地把一个星期前在咖啡屋里打电话的人及打电话的情景说了出来。她的话可信吗？吴哲晗有意地测验了一下小郑的记忆力，发现她的记忆力的确非同寻常。鉴于 7 月 31 日下午死亡咖啡屋的客人稀少、鉴于那个打电话的客人有些特别、鉴于小郑对酒乐遥这一场所的熟悉，外加小郑不同寻常的记性，吴哲晗和丁则都认为小郑姑娘的话是可信的。小郑提出的酒乐遥极有可能就是那个中年男子约见蓝蕾熙的地点。从蓝蕾熙手机 31 日下午的移动轨迹、从中年男子的通话内容、从中年男子约人的方式综合分析，蓝蕾熙被约到酒乐遥见面的可能性极大。

当然，为了确认 31 日下午蓝蕾熙是否去了香草天空小区，并且去了酒乐遥，还得利用监控视频进一步加以确认。

陶冶、邓宇涵结合蓝蕾熙手机的运行轨迹查找监控视频。

他们从“浪情小道”的“亲密工作室”出发，一路查看监控，调取视频资料。在找视频时，陶冶作了一个假设：蓝蕾熙离开“亲密工作室”后的目的地是酒乐遥。蓝蕾熙从“亲密工作室”出发，如果中速步行，到酒乐遥要走十八分钟左右。对于一个从事性服务工作的女子来说，通常不会选择步行。如果不步行，就要搭乘交通工具。“浪情小道”一带可供蓝蕾熙选择的交通工具多种多样。有的士、机动摩的、电动出租车、人力三轮车、共享单车等。这人力三轮车经历了侧三轮、后三轮，电力与人力的多次演变，现阶段在津市使用的载客三轮车都是电动后三轮车。在那一带，电动后三轮车就倚靠在各个工作室的附近，一旦有小姐外出，电动后三轮车师傅便即刻驾车上前候着。因此，从搭乘点离目的地的距离不远以及搭乘的方便程度分析，蓝蕾熙选择搭乘电动后三轮车的可能性最大。如果蓝蕾熙是搭乘电动后三轮车去香草天空小区的，那她一般会经过“浪情小道”、津丰街、马厂街等街区。“浪情小道”上布建了数量众多的监控，在“浪情小道”与津丰街交叉路口安装有八个监控探头，在津丰街与津陵路交叉处也安装有九个监控探头，从津丰街右转进入马厂街路口处也有六个监控探头。在马厂街上，死亡咖啡室与香草天空之间的街道上也安置了四个摄像头。这些监控探头都可能会把蓝蕾熙的活动情况给拍摄下来。

邓宇涵再次前往监控中心调取监控视频资料。从调取到的监控视频里找到了蓝蕾熙和她搭乘的三轮车。7月31日14时33分，蓝蕾熙从“亲密工作室”门外搭上电动后三轮车，进入津丰街，拐到马厂街，进入香草天空小区。可进入后，就不见踪影了。香草天空的确不设防，大门不用，监控老化形同虚设。

蓝蕾熙从南门进入香草天空后去哪儿了？真的是被人约到酒乐遥了吗？

第十章 流浪落单的人

一

元泵村不停地为酒乐遥提供供体。供应者从没有对他们产生过怀疑，大概也是不太愿意去怀疑吧。对元泵村的信任，陈道魁不敢怠慢。他做事谨慎，有分寸。他总是不停地吩咐龙缪，去元泵村的车要经常更换，要用假车牌，万一哪天元泵村起疑心了，也好割断酒乐遥与元泵村的关联。他还交代龙缪，要节制，每次只能带回一至两个，最多三个，要按计划行事。每个月处理的供体数量要控制，每月处理二至三人，每年总量控制在三十人之内。陈道魁知道，贪多容易出事，有节制才能长期经营。有一次，龙缪一时兴起，带回了三个人，陈道魁委婉地对龙缪说：“龙哥啊，这可乱套了。手忙脚乱的，容易暴露。”自那次之后，龙缪就不再自作主张，每次都按计划带人。为了应付元泵村某位家长可能提出的探望孩子的需求，陈道魁还把三至五个从元泵村带出的相对健康的智障者暂寄在宁津市的詹氏集团的福利院，并循环更换寄存。

元泵村为酒乐遥提供了近一年的供体，资源也渐渐枯竭了。品质有保障的供体已经不多，剩下的智障者、残疾人不太适合作供体了，从他们的身上无法取到合格的器官了。

当然，陈道魁早有谋划。经过打探，他了解到，在津市的西北边，有一个叫过坑村的地方，那里的境况与元泵村有些类似。不知是何缘故，那里的智障者、残疾人也比较多。

陈道魁和苏梅是中秋时节去过坑村考察的。陈道魁驾着小车，带上苏梅往过坑村进发。高速路两旁的树木依旧郁郁葱葱。可进入 S307 省道后，景致却大为不同。路两侧的银杏树已经枯黄，风儿一吹，金黄色的叶子飘落得满地都是。陈道魁时不时地把车子停靠在路旁，从路旁拾起几片叶子，站在背阴处默默地和苏梅一起往南边远眺。陈道魁觉得他正执行着神圣的使命。苏梅的内心却依旧怀着不安与忐忑。她想的是，他们要是真正在秋游就好了。

越靠近过坑村，道路变得越窄。进入过坑村的村道窄到勉强一辆小车可以通过。还好，过坑村地处偏僻，少有车辆进出。陈道魁小心地驾着车子慢悠悠地进村。尽管村庄四周也是绿油油的，可这个村子似乎弥漫着一股霉味。差不多已经断流的溪水十分混浊。墙体尽是斑斑污迹，到处是残垣断壁。和元泵村十分相似，留守在村里的尽是老人、智障者、残疾人。狗吠得有气无力，鸡鸣得低沉沙哑。老年人咳着，孩子们哭着。阳光被乌云遮蔽，阴阴的，暗暗的，凄凉一片，衰败一片。

和在元泵村时一样，陈道魁没作太多的推介，村民们就涌了过来。听说是民政部门来人收养智障者、残疾人，那些家有智障者、残疾人的连忙赶到民政局的同志这儿来，求着把他们家的“拖累”带走。

通过对过坑村的考察，陈道魁得出结论：和元泵村没有什么两样，按照元泵村的套路操作。同样，当陈道魁、苏梅要离开过坑村时，车后跟着好多的智障儿、残疾人以及他们的监护人。

龙缪和鲁琦在过坑村的行动十分顺利。龙缪不高兴的是这种搞人的事一点儿也不刺激，还有那路实在太窄，商务车用不上，只能开着小车进村，车要很慢很慢地开。龙缪向陈道魁提出换个村子，陈道魁笑了笑，说道：“龙哥啊，我们可不是去旅游的。只要安全、方便、有货，就应该是好地方。”想想也对，能这样放心地把自己的孩子交给龙缪，如此欢迎、尊敬他的村子也不是太多。于是，龙缪、鲁琦安下心，进进出出过坑村十几趟，运回了二十多个供体。

参加几次运输后，鲁琦也猜到了他们贩运那些有缺陷人的用意了。龙缪觉得再瞒着鲁琦不够意思，而且想瞒也瞒不住。所以在请示陈道魁后，他索性全盘托出。知道事情的真相后，鲁琦并没有特别惊讶。在元泵村、过坑村的所见所闻，让她从内心深处觉得，让这些人离世对他们是一种解脱。特别是听了陈道魁的“双利”理论后，鲁琦也就没有顾忌地接受了。

陈道魁摘取器官的技术日益娴熟，处理遗物的技法日趋老到，龙缪、陈道魁、陈道钟之间的配合也越来越默契。龙缪、鲁琦获取供体，陈道魁、苏梅摘取器官，陈道钟、岳一毡运送器官。他们流水作业，分工协作，把摘取器官的业务经营得头头是道。每个供体身上的大大小小的可用器官不包括骨头可售三百万元上下。青木帮和詹氏集团按照合同约定分成，青木帮得一百八十万元，詹氏集团得一百二十万元。合作双方每月都有数千万元的纯收入。

陈道魁已经存了不少品质一流的骨头。他正设法把骨头卖出去。骨头是种耐耗品，不管放在哪里都不易损坏、腐烂、消失，所以要将骨头转到海外去流转才比较安全。否则，哪一天，从置于某处的骨头进行倒查，说不定就查到了酒乐遥。而且海外的骨头市场需求量很大，售价也高。只是如何把骨头运出境，还是有些麻烦。

陈道魁构思了一条海上通道：从津市东边出海，在台湾海峡交接，运到中国台湾地区后在那里销售或者再转运到日本。选择这样的路径，应先设法把骨头运到台海中线，那边还得有人接应。接头前要约好时间和地点。如果天气不好，是不宜交接的。还好，处理过的骨头很耐放，放几十年都没事儿，所以，等待时机交易是不成问题的。当然，这样的交易不宜过多，交易意味着风险，也意味着成本，次数越少风险越小、成本越低。所以，骨头先攒着，攒到一定量时再运出。一年交易两三次就差不多了。

到台海中线的通道是需要打通的。双边的海警都是不会轻易让渔民或其他人靠近或越过中线的。因此，两边都要有海警的帮助。如何让海警帮助呢？只好收买。津市这边的收买不难，只要给边防派出所的警察一些好处，他们睁一只眼闭一只眼就可以过了。台湾地区那边的接头就比较麻烦了。此时，陈道魁想到了那位校友，那位苏梅的初恋——刘天佑。陈道魁与东京慈惠会医科大学的校友、同学联系不多，可刘天佑的情况他还是知道一些的。刘天佑现在台湾地区澎湖医院当院长，陈道魁有他的手机号码。澎湖离津市后渚港也就九十海里，如果让刘天佑出面，派一艘船从澎湖马公港出发，很快就可以在中线相会的。

难事先办。当晚，陈道魁与刘天佑取得了联系。他在电话里没有直接谈合作的事，只说过几天到台湾地区看望刘天佑。对陈道魁的台湾地区之行，刘天佑表示热烈欢迎。刘天佑还记得当年的初恋，当苏梅与他说话时，他显得有些激动。

两天后，陈道魁和苏梅一同前往澎湖。他们从津市乘飞机经香港地区抵台中，再从台中转机到澎湖。飞了八个多小时，下午很晚才到澎湖。当晚刘天佑偕夫人隆重款待陈道魁夫妇。席间，宾主互相寒暄，嘘寒问暖，互诉别后之艰辛。末了，刘夫人与苏梅先行告退，陈道魁与刘天佑谈起了合作事宜。陈道魁隐去了骨头的来源，直截了当地提起有一些品质优良的人骨要出售，想从海路运到台湾地区，需要他的帮助。听完陈道魁的介绍，刘天佑当场表态："派一艘船到指定的中线去交接骨头不成问题。由我出面，台湾地区这边的海警是容易搞定的。台湾地区也很需要人骨，售价可观。要从中国台湾地区转道日本也是容易的，我可以以医院的名义向日本指定的人邮寄。"

合作进行得很顺利。第二天，他们细谈了合作的细节，还物色了接头的人和船。下午，刘天佑带上陈道魁和苏梅特地赶到接头人老家白沙乡实地考察。当晚，刘天佑、陈道魁、苏梅住在接头人所在的村庄赤崁村。赤崁是一个旅游村，村上的设施较为齐全。刘天佑等三人入住在渔庄"澎湖赤崁"。当晚，陈道魁接见了接头人刘达伦。刘天佑把刘达伦介绍给陈道魁、苏梅时说："这位就是刘达伦，我的亲戚，渔民，长期在澎湖、北纬 27 度中线一带捕鱼。他对澎湖到津市的海域十分熟悉。"刘达伦友善地笑了笑，说："我带你们去看看要用的船。"

停在面前的就是到时要去接运骨头的船。这是一艘玻璃钢材质机动中型船。根据刘达伦说的，这船在台湾海峡一带活动一点儿问题都没有。船的速度挺快的，从白沙到北纬 27 度中线航行三个小时就差不多了。

陈道魁突然有了游一游这白沙岛的兴致。趁着空闲，他牵着苏梅的手行走在夜幕下，漫步在赤崁村的海岸边。

刘天佑让陈道魁、苏梅留在白沙岛上玩一天，他们答应了。刘天佑让刘达伦驾着渔船载上他们三人绕着白沙岛转悠。白沙岛海岸蜿蜒曲折，到处都被珊瑚礁环抱，强劲的海风卷起层层大浪，渔船在海浪中颠簸摇晃。没颠几下，苏梅和陈道魁就都受不了了。渔船赶紧靠岸，放弃水路，改换陆路游玩。他们驾车往海岛南边去观赏赫赫有名的澎湖湾。海岸边有零星的低矮石头房，一眼望不到头的海滩，白浪追逐着沙滩。离海岸远一些的地方，是成片的田地，田里的稻谷正茁壮生长。离稻谷田几里之外，几十棵参天大树连成一体，绿荫笼盖了大片的土地，蔚为壮观。刘达伦说，那些是有名的通梁古榕。

刘天佑照顾得周到，安排得很妥帖。陈道魁、苏梅都很满意。尤其是对澎湖湾的游览，让陈道魁认识到自己太过于投身工作了。他暗下决心，在今后的岁月里，一定要多抽时间带苏梅到处游玩。不过，澎湖不宜久留，詹氏集团那边又催着要器官了。陈道魁、苏梅只得放弃台湾地区其他地方的游玩，顺着来时的路线回津市去了。

回到津市后，陈道魁赶紧安排龙缪去浮风村。浮风村是个新选定的目标村，位于津市的西南方向。那里的村民也绝对相信陈道魁、苏梅、龙缪、鲁琦是民政部门派来排忧解难的。龙缪顺利地从浮风村带回了两个人。陈道魁照例当天就把器官摘取了，并将新鲜的器官送达津市詹氏中外合作医院。

完成器官摘取后，陈道魁急着要去摆平管辖北纬 27 度中线一带的边防派出所。管辖这一带的边防所是海湾姑嫂塔边防派出所。这个派出所里的警察陈道魁一个也不认识。陈道魁想，苏梅是津市人，或许她的亲戚里有人与这个边防所的民警有关系。陈道魁与苏梅商量，要她通过亲戚找找看有没有有点儿关系的民警。

苏梅的老家位于津市清源区溪西乡苏厝村。尽管还称乡村，可实际上村子已经不存在了。苏厝村已完全城市化，村民都转成了市民。从地理位置上看，苏厝村已经成了城市的一部分，而且还靠近津市的市中心。不过，原先的村民还是喜欢说自己是苏厝村人，他们仍保留着在苏厝村当村民时的风俗习惯。家族还会偶尔开个会，把本族人召集在一起；有什么重大活动时，原村里人、原族人会从各地聚集到原村部祠堂，或开会或举行一些仪式。村子里的人还很团结，也出了不少人才，有不少人在当地或外地当警察。苏梅一交代，亲戚很快就帮着找到了一位。这位警察供职姑嫂塔边防派出所，是警察院校毕业的，叫苏进林，在姑嫂塔边防派出所当副教导员，实际上他也是从原苏厝村考出去的。

陈道魁在族人的引见下约见了苏进林。陈道魁说，他开了家日本料理店，要进一些好的牛肉，想通过以货易货的方式和台湾人在海上交换，这事需要苏教导员的帮助。在海上易物是常有的事，这样的事苏进林见得多了，很多时候他们都是睁一只眼闭一只眼的。所以，当知道陈道魁说的是那事时，苏进林没有犹豫就答应了。要离开的时候，陈道魁给苏进林五千元现金，说那是见面礼。还说，虽然大家乡里乡亲的，但亲兄弟明算账，从现在开始双方就算是生意上的合作伙伴了，以后会根据交接的次数付给酬金。苏进林客套地推了一下就接受了。他说："要等我值班的时候才安全。如果是我值班，还可以用摩托艇送你们去交接。"

陈道魁直接交代岳一毡具体操办骨头换牛肉一事。送货的事岳一毡也干了两年多了。这骨头换牛肉的事经陈道魁一交代，岳一毡大体也就明白了。当然，陈道魁特别强调："话不要太多，不要说交换的是骨头。"岳一毡只需把东西运到海湾姑嫂塔，然后电话联系苏进林，接下来只需听从苏进林的安排就可以了。台湾地区那头，在岳一毡出发前，陈道魁已经和刘天佑、刘达伦联系、安排好了。

这次，陈道魁只交换了三个人的骨头。上午 9 时许，根据安排，岳一毡开着那部工具车出发了。陈道魁觉得，就运那么点儿东西，开上那部小工具车就够了。姑嫂塔那边苏教导员一切准备就绪。澎湖那头刘达伦驾着那艘渔船也已经出发了。陈道魁估算了一下，只要不出意外，刘达伦、岳一毡都无须在中线等太久，顺利的话，可能是同时到达。他原来有些担心岳一毡的第一次，可有苏进林的帮助，也就没有什么好顾虑的了。不过，陈道魁仍安排只交换三个人的骨头，尽管注重细节，但毕竟是第一次，第一次成了，下次就可以更大胆了。

陈道魁充当交接总指挥，他根据情况不时地向刘达伦、岳一毡、苏进林下达命令。当岳一毡到达姑嫂塔时，苏进林已经在那等候了。苏进林也懒得说话，懒得问袋里的东西是什么，他只管把东西移到摩托艇上，开艇便走。当苏进林驾着摩托艇抵达北纬 27 度中线时，刘达伦还没出现。苏进林联络陈道魁，陈道魁联络刘达伦。刘达伦回话说："一切顺利，五分钟后就能到达，是你们速度太快了。”苏进林趁机在附近海域巡了一下，返回时刘达伦的船已经到了。摩托艇紧挨渔船，岳一毡把骨头给刘达伦，刘达伦把牛肉给岳一毡。相互道别，下次再见。

当天晚上，刘天佑主动与陈道魁联系，说这批骨头品质一流，他把骨头留在台湾地区出售了。按照约定，他们以人民币结算。刘天佑每具骨头付给陈道魁二十五万元，刘天佑转手卖三十二万元，赚七万元。这七万元包括付给刘达伦的酬金、牛肉钱等。陈道魁安慰道：“初次只试着交换了三具骨头，下次会多换一些的。”

通道打通后，骨头源源不断地从海路运到了台湾地区。刘天佑留了几批，后面几批由他所在的澎湖医院开具证明直接邮寄到东京“石竹医院”给林元模。偶尔，陈旺树还会派人到澎湖取货，直接将骨头转卖到不丹、美国。当然，售往不丹、美国的价格差不多翻了一番。

在津市附近已越来越难找到像元泵、过坑那样的村子。不管是哪一个村，都有一些想让民政部门收留的残疾人、痴呆儿，可像元泵村、过坑村货源如此丰富的村子并不太多。浮风村之后，搞供体的事就全交给龙缪了。

龙缪也觉得在村子里弄供体与过去有些不同。过去，一个村子可以提供差不多一年的货源，现在不成了，有的只提供三至四次，有的甚至只能提供一次。更不同的是，有些村子里的人会对龙缪、鲁琦的身份表示怀疑。

转移到宁津市东北向的川灵村时，有一村民居然直截了当地发问：“你们是不是要把人抓去取器官啊？”不知是有心还是无意的发问倒让龙缪惊了一下。还好，见过世面的龙缪不慌不忙，自如应付，最终还是让村民们相信他们是来自民政部门的，是来村子里帮助大家的。不过，龙缪发现，有些村民用起了微信。在微信里，真真假假地报道着和摘取人体器官犯罪有关的信息。面对龙缪，村民抛出如此问话，可能也就是随口一说。不过，当村民有了摘取人体器官的概念后，行动就得更加谨慎了。

事后，龙缪和陈道魁谈起了在川灵村发生的事。龙缪提出，可以转移阵地，把获取供体的阵地从农村转到城市。龙缪认为，在城市也有许多合适的供体来源，如流浪汉、落单者，都是可以下手的。对龙缪的看法陈道魁不认同，他认为："无论这事干多久，都要把农村的痴呆儿、残疾人作为供体的主要来源。广大农村有无穷无尽的此类供体，津市附近没了，宁津四周枯竭了，可以去远一点儿，再远一点儿。把痴呆儿、残疾人作为目标，咱们心里也可以平静。当然，你说的流浪汉、落单者也是可以考虑的。不过，这种对象只能作为辅助。"

龙缪一直都很佩服陈道魁，不然，即使是为了鲁琦，他也不会大老远地从东京回津市。听陈道魁这么一说，龙缪也觉得在理。不过，他现在的确觉得在农村获取供体有些麻烦了。这麻烦就是要很快地变村子。一个月一变，或几十天一变。这一变，就得又一次说好多话，做好多新的工作。尽管那些家有智障者、残疾人的村民很渴望龙缪他们把他家的病人带走，但现在的村民疑心越来越重，那些家里没有智障者、残疾人的村民常常会讲一些怪话，甚至骂龙缪他们是骗子。龙缪是满不在乎的，可他们指责了鲁琦，龙缪觉得有点儿过意不去。

其实，陈道魁也没有完全反对对流浪汉下手。杀了那么多人，摘取了那么多器官后，陈道魁也麻木了。杀了又杀之后，他也觉得对流浪汉下手是较佳的辅助手段。关键是流浪汉居无定所，没人关注，失踪了也就失踪了。那年冬天，鲁琦怀孕了，龙缪觉得这是机会。为了让鲁琦不经常往异地奔波，龙缪决定更多地在当地寻找猎物。在此背景下，陈道魁同意了。不过，陈道魁叮嘱道："一定要严格控制数量，尤其是落单的人。不小心就会出大乱子，切记！"

二

龙缪到津市的街头认认真真地考察了三天。平时，流浪者低头不见抬头见的，可真的需要他们的时候，他们并没有出现在眼前。龙缪驾着一部电动车走街串巷，从酒乐遥转到北部的清源山大门，从清源山大门转到东部的东海公园，从东海公园又转到南边的北岸滨江公园，再折往西部的西街朝天门广场。三天时间里，龙缪几乎把津市跑了个遍。他差不多弄清楚了，在不同的时间段，津市的流浪者都是在哪里活动。

在日本东京时，龙缪就调查过流浪者，也有数次对流浪者下手的经历。龙缪知道，和许多势力一样，他们也有其活动范围。东京的流浪者如此，津市的流浪者也是那样。流浪者流浪的目的各不相同，不过，总的可以分成被迫流浪和主动流浪两种。被迫流浪者主要有两类，一类是无收入实在无法生存者，一类是心智异常、身体残疾者及被操控者。这些人流浪的目的就是度日，维持生计，混口饭吃，或被某些组织当作挣钱的工具。这类流浪者差不多就是乞讨者。另一种是主动流浪者。主动流浪者的身体通常没有大的毛病，心智也正常。就身心状况，他们是可以胜任工作的。他们流浪的动机比较复杂。有的是游民，有的是难民，有的是为了追求一种另类的生活方式，有的是为了短暂的体验，有的甚至是为了创业寻找灵感……

无论是哪一种流浪者都有男有女。不过根据考察，龙缪发现，男性流浪者占了绝大多数。不管是主动还是被动的流浪者，就年龄看，未成年人占了很大的比例。不管是白天还是夜里，流浪的孩子随处可见。

流浪者是人，从本质上看，他们和普通人没有什么区别。他们虽然在流浪，但他们都有相对固定的休息地，有的选择闲置的空房，有的选择天桥下，有的栖身在高架桥底下，有的睡在人行地道里，有的躲在开放公园的角落，有的爬进居民小区，有的躺在街道两侧的人行道旁。在雨天，那小小的自动取款机安置间会挤进很多很多的人。在夏天，路旁树荫、长椅就成了一些流浪者们理想的栖身之所。他们虽然在流浪，但他们要有衣服穿。尽管有些流浪者衣不蔽体，但那也是他们的一种选择。主动流浪者通常穿得得体些，被动流浪者通常就是乞丐的打扮。虽然他们在流浪，但他们也是有事可做的。被动流浪者的主要活动就是乞讨、拾荒，主动流浪者的行为就比较多样。有的甚至通过唱歌、跳舞、玩杂耍、画画、帮人干活等过日子。就活动范围看，主动流浪者的活动范围会广一些，被动流浪者的活动范围会小一些。

不考察不知道，一考察吓一跳。津市的流浪者竟然如此之多。不管是白天还是夜里，对流浪者下手都是轻而易举的事。

不过，龙缪心里纠结一件事，那就是要不要对小孩儿下手。流浪的小孩儿特别多，对他们下手是最容易的，而且这类器官也是最畅销的。可是，对小孩儿下手那是欺负小孩儿，龙缪有些于心不忍。龙缪向陈道魁讨教要不要对小孩儿下手一事，陈道魁沉默了一会儿，说：“既然都对流浪者下手了，对大人下手和对小孩儿下手又有什么区别呢？随缘吧！”龙缪听明白了，陈道魁的意思是遇到什么对象就对什么对象下手，不要挑挑拣拣的。

其实，香草天空东门附近有一个垃圾处理站，处理站内外聚积了不少流浪者。龙缪观察过，那儿有不少身体健康的人。龙缪想先从那里下手。

星期六上午，龙缪把小车停在垃圾处理站附近，步行靠近处理站观察。那些夜间在那儿栖息的流浪者都外出工作去了，可还有一人倚靠在北外墙角。这是一名成年男子，这人好像生病了。要不要下手？龙缪还是有些纠结。这是一位成年人不是孩子，在成年人与孩子的选择上，龙缪愿意选择成年人。可是这成年人病了，是弱者，怪可怜的，对弱者下手是龙缪所不喜欢的。此时，龙缪的耳边出现了陈道魁的声音：随缘吧！遇见了落单的人，就对他下手吧！龙缪把车开过去，紧靠垃圾处理站北墙，他从车上取出麻醉针，给这位仍在昏睡的流浪者扎了一针。流浪者继续香甜地睡着，龙缪把他提起塞入车的后座。龙缪上车，给陈道魁打电话，告诉他货要送到了。

这次行动花的时间最短，龙缪相信，这样的行动特别安全。几分钟后，车子回到了酒乐遥，按照老规矩进行交接。从出门物色目标到交接结束一共只花了四十六分钟。

对流浪汉下手似乎比到村子里去弄人还不刺激。龙缪想起几年前在东京对堀部的下手，好像刺激得很。为什么呢？龙缪回想一下，觉得刺激的原因主要有两点：一是那是一种惩罚，把欺负朋友的人灭掉是件让人高兴的事儿；二是灭了堀部后还对他的尸体进行分解，分解尸体可是很刺激的。可是，这次杀了一个没有任何反抗能力的病人，尸体还要由陈道魁处理，着实不好玩。实践证明，对流浪者下手既方便又安全。可是，龙缪觉得还是缺了些什么，起码是太单调了。龙缪想象着另外的供体来源，他想还是多管齐下的好。

看到偏僻处单独行走的女性，龙缪就有一种克制不住想上前把她塞进车子的冲动。一个周末的中午，龙缪开着车想去“浪情小道”玩玩。车子经过马厂街时，他看到一个年轻女子大中午的居然独自撑着太阳伞在路边慢悠悠地晃着。这地段除了龙缪和那位打伞的女子，周围一个人影也没有。龙缪觉得这是一个绝佳的机会。他环顾四周，这里好像没有安装监控。于是，龙缪把车停在了女子的跟前。“小姑娘，请问一下，到奈良桥是往这边走吗?”龙缪假装问路。女子热情地靠前回话：“是的，是往这边开。”龙缪看得真切，这小姑娘长得很俊俏，声音也很好听。龙缪的车就靠着小姑娘。他偷偷地把针扎进女子的腰部。这针、这麻药可是陈道魁和龙缪联合研制的，厉害得很。不管多厚的衣物，只要轻轻一扎就穿透入肉了，针头刺入皮肉，被刺的人不痛不痒，只有轻轻的一麻便失去知觉。眼前的被扎女子轻轻地哼了一声就歪倒到车门上。龙缪下车，把女子塞进了后排座位上。这样的行动让龙缪觉得刺激，他不去“浪情小道”了。龙缪掉转车头，把车开回酒乐遥。

周末的酒乐遥通常是没有什么人的，今天也不例外。龙缪想先在酒乐遥的办公室里玩玩儿，差不多了再通知陈道魁。眼前这女子二十来岁，长得颇有姿色，龙缪很满意地把她连同随身带着的挎包拎进了办公室。

龙缪把女子的衣服全脱了。女子静静地躺着，可惜了，麻药把她麻得全无知觉，还好她的身体是热的。龙缪使劲儿地揉搓捏拍女子身体的各个部位。折腾了十多分钟后，龙缪像奸尸一样把自己的阳具插入了女子的阴部。女子始终没有任何动静。完事后，龙缪通知陈道魁。陈道魁看了看缩在屋角的裸女，知道龙缪都做了些什么。陈道魁没说什么，他只是提醒龙缪不严格按照计划去操作是很容易暴露的。他还特地问了龙缪，有没有注意路旁的监控，是什么时候把这女子随身带着的手机关机了的。

龙缪回话说，注意了监控，但没有处理这女子的手机。陈道魁立即指示龙缪把这女子的手机带离酒乐遥，到香草天空外把手机的电池给卸了。陈道魁做事总是十分谨慎，他知道手机是会暴露行踪的。

陈道魁把女子从密道移入密室。没过多久，龙缪回来了，他也进入了密室。龙缪已多次进入密室，他是陈道魁准许进入密室的第三人。这三个人就是陈道魁、苏梅和龙缪。陈道魁连陈道钟都没让进过，更不用说别人了。陈道钟每次都是从办公室接走器官的。

龙缪把女子的手机交给陈道魁。陈道魁看了看手机，龙缪的确已经卸了手机的电池。陈道魁把手机连同电池放进女子的挎包里。这手机、挎包还有衣服、鞋子，最后都要好好地处理掉。

龙缪想解剖这位女子，陈道魁答应了，说："好吧，你来。这张皮就不要了。"刚好苏梅没有到场，他就让龙缪当助手。龙缪根据陈道魁的指点，扎针抽血，切割挖剪，当要摘取器官时才由陈道魁操作。他把摘下的器官递给龙缪，指导龙缪降温灌洗、包装存放。龙缪觉得做这些事很过瘾。他对陈道魁说："以后可以让我当助手。"看着龙缪沉稳娴熟的动作，陈道魁知道了龙缪才是天才的刽子手。

猎杀路旁行走的女子，似乎风平浪静的。一周过去了，这事好像没有任何人提起。龙缪四处打探，公安机关好像也没有把这事当作案件去调查。

开辟新的渠道后，龙缪获取供体的劲头更足了。一天下午，他开着车在街上闲逛。在涂门街 23 号附近的空地上居然有一个流浪汉躺在树荫下睡着了。龙缪把车开到空地上，就在流浪汉的身旁泊车。流浪汉继续大睡。龙缪照例环顾四周。这是一处僻静场所，也是一处午休的好去处。树荫下，没有太阳直射下的炎热。从涂门街南边吹来的风直抵空地，直抵流浪者的背部。龙缪从车上取出麻醉针，坐在流浪汉的身旁。龙缪推了推流浪汉，流浪汉哼哼着动了下身子继续睡。龙缪看了看流浪汉的脸，年轻，气色不错。这一定又是一个好货。龙缪出手，流浪汉继续沉沉地睡着。龙缪把流浪汉抱起放进车后座。

龙缪不停地物色目标，不停地下手。鲁琦安心地在家养胎，苏梅全身心地在经营酒乐遥，龙缪把鲁琦、苏梅的活都干了。龙缪觉得，在城市下手，他独自一人便可轻松完成。

龙缪不停地在津市流浪者聚集的场所出击，获取了一大批高质量的供体。只是陈道魁觉得，龙缪已经越来越大胆了，常常把风险警示抛到九霄云外去。有一次，一对男女在酒乐遥喝醉了，龙缪认为是机会，他竟想在酒乐遥里对那对男女下手。最终，还是被陈道魁制止了。陈道魁也知道，龙缪还有把漂亮的风尘女子约到酒乐遥下手的打算。忘记了有风险就容易暴露，陈道魁觉得该调整调整，把获取供体的目标转回到农村了。

陈道魁又物色到了供体资源丰富的村落。这村落位于宁津市东北部的石里沟，由两个姐妹村组成，即石里沟北村和石里沟南村。陈道魁考察发现，石里沟村落的供体资源和过坑村有得一比。12 月的一天，陈道魁向龙缪推荐了石里沟南北村。

此时的龙缪已经当爹了，一个多月前，鲁琦顺利诞下一女，取名飞飞。这次，龙缪和陈道魁都没想让鲁琦同去石里沟，可鲁琦自告奋勇。她说，在家待了一年多了，很想出去走走，反正飞飞有保姆带着，再说也就外出一两天。龙缪想，出去走走也好。

石里沟原先十分封闭而美丽，因沟谷里有一条长长的湿地，沟谷四周的山体上尽是五彩石而得名。石里沟也被称为十里沟，还被叫作五彩石沟。一条长达约十里的湿地把石里沟分割成南北两个区域。20 世纪 90 年代初期，勘探队在石里沟发现金矿的消息不胫而走。消息传来，石里沟人可高兴了。他们认为石里沟人要出人头地了，发财的机会到了。没过多久，金矿被承包给宁津矿业集团股份有限公司。20 世纪 90 年代中期，宁津矿业进驻石里沟开采金矿。道路被拓宽了，小沟被填平了，树被砍掉了，田地被征用了，湿地变小了，五彩石头被挖去建厂房了。年轻男性大都被招去当矿工，年轻女子大都被招去搞服务。村民们的收入显著提高，南北村热闹非凡。可没过多久，村民们发现，村里的树叶变黄了，地不长草了，水有一股苦涩味。有一天，村民们发现，湿地里的鱼都浮了起来，好像死了。南北石里沟村陆续有村民生下了不健康的婴儿。有工人告诉村民，那些包工头、矿长喝的水都是从外地运来的。村民们愤怒了，要宁津矿业给个说法。环保部门进驻检查，发现因为开采金矿，污水泄漏，村里的水土都被污染了。环保部门还说，情况不太严重，泄漏的水堵住就好了。

可是，半年、一年过去了，树还是黄黄的，地还是不长草，湿地里再也见不到鱼了。特别可怕的是，自从开采金矿后，南北石里沟好多人家出生的孩子不是痴呆就是残疾。南北石里沟两村的村民合起来有近万人。就那么五六年生出了大几百个智障者、残疾人。

村民们对宁津矿业非常不满，不停地闹事。政府只好派出调查组再往石里沟调查。调查的结果是：环保部门失察，金矿开采过程中的污水泄漏一直持续着。政府责令宁津矿业及时有效地治理，并给造成伤害的村民予以赔偿，政府也给予一定的救助。那些家里有严重病号的村民拿到了一些救济金或补助金，大量的村民只能忍气吞声。宁津矿业的赔偿是有限的，政府的救济只是杯水车薪。金矿开采后留下了近千名残疾人、痴呆儿。这些人陆陆续续地死亡或遭遗弃，还剩下几百人慢慢地长大了。山清水秀的石里沟被毁了，好多人家默默地迁离了世世代代居住的家园。

龙缪开着商务车进村。路很宽敞，厂房矗立在沟的南侧和西侧旁，矿厂区传来采矿作业的嘈杂声。对出现的车辆，没有人前来围观。龙缪开车顺着沟在村里转。沟谷东西走向，长条形，约有十里长，三里宽，只是沟的四周遗弃了不少的杂石、废土。遇到村民，龙缪问道："村子治理得怎么样了?"村民随口就道："好得很呢!"另一位村民随即大声骂道："宁津矿业在放屁。"龙缪站在沟旁看了看，一位经过的村民唠叨道："沟里早就没有鱼了。"举目望去，这石里沟村的山遍体鳞伤的。树被砍，山体上到处都是缺口，有的是老缺口，有的还是新缺口。山上的树木枯黄枯黄的，或许是冬天的缘故。

除了从厂区传来的轰鸣声，村里再也没有什么生机。村民说，只有少数人留在宁津矿业当工人，很多人离开村子到外地打工去了。村民们恨死宁津矿业了，是金矿，是宁津矿业毁了他们的家园。美梦成了噩梦啊！一位村民激动地说："村民们曾经组织起来要把厂房砸了，把宁津矿业赶走。可是后来政府介入了，很多警察也来了，村民们的反抗被镇压了。听说政府已经开始治理了，听说也治理好了，可我们的家已经成这个样子了，还留下那么多的痴呆儿、残疾人。唉，能说什么呢!”

看来要从这石里沟带走痴呆儿、残疾人不是难事。可是，龙缪这次不愿意把自己说成是民政部门的。那么，该找个怎样的借口呢？就说是民营福利院的吧。宁津詹氏民营福利院近期知道了石里沟的困难，特地委派龙缪、鲁琦前来带一些痴呆儿、残疾人到詹氏福利院，以解石里沟百姓之难。好吧，就这样说吧。龙缪一说出是福利院来的，那些家有痴呆儿、残疾人的村民立马央求龙缪把他们家里的病人带走。他们并不愿意去分辨是民政部门的福利院还是私人办的福利院。和其他村的村民一样，他们期盼的是有人把他家的“拖累”解除。

至此，可以延续原计划了。龙缪对村民们说，这是他第一次到石里沟，只能带走两个，今后他会经常来的。和别的村一样，村民们都强烈要求把他家的病人带走。龙缪让鲁琦稍加评估后，带走了一男一女两个痴呆者。这两个痴呆者，男的叫石沟，来自北石里沟村，女的叫石英，来自南石里沟村。家里人都说，他们的姓名也就父母知道，村民都喊他们大傻、小傻、傻蛋、傻瓜什么的，他们也没上户口。石沟、石英年龄相仿，都是金矿开采后的受害者。他们都快成年了，个子长得挺正常的，却是智障者。

龙缪带走石沟、石英的时候向村民们保证，一周后一定再来。一周后，龙缪如约而至。村民们认为龙缪、鲁琦说话算话，的确是可以信赖的人。龙缪又从南北村挑了一对男女，顺利地带走了。

石里沟南北村和别的村子有一点很不同。好多村子会有村委会干部出面问龙缪一些话，可石里沟南北村从来没有村委会的干部出现过。

后来，龙缪每过一至两个星期就会到石里沟一趟，有时带走一人，有时带走两人。村民们和龙缪、鲁琦混熟了，大伙都感谢詹氏福利院出手相助。

有一天，苏梅到龙缪家玩，看着活泼可爱的小飞飞，她有些触景生情。最近几年，苏梅和陈道魁越来越想要孩子，可就是怀不上。不过，没怀上就没怀上，他们也没有采取补救措施。

第十一章　盯住酒乐遥

一

载着蓝蕾熙的电动后三轮车自如地进入了香草天空小区。香草天空小区有门，但门只是装饰，不管是居住在小区内部的，还是外来的，不管是行人还是车辆，一律进出自由。可能是由于小区内商用场所众多，小区已自然地成了街区的组成部门。

陶冶、邓宇涵认真踏勘了香草天空，这里的门卫制度、小区结构让电动后三轮车进入小区畅通无阻。基于这样的判断，那位载客司机会直接把蓝蕾熙送达约会的地点。那位司机是谁呢？到哪儿去找他呢？

很显然，蓝蕾熙从南门进入了香草天空小区。她进入小区后真的到酒乐遥与人相约了吗？视频轨迹明确无误地指出：7 月 31 日 14：50 左右，蓝蕾熙进入了香草天空小区。通信轨迹，尤其是手机基站数据显示：7 月 31 日 14：50 之后，蓝蕾熙的手机出现在香草天空基站小区，而且是活动在西扇区。这西扇区是香草天空 6 号楼、9 号楼所在区域，酒乐遥就在 6 号楼一二层。同时，死亡咖啡厅的郑晓筠比较肯定地提到通话人约人在酒乐遥见面。特定时段的通话内容对揭示相关问题可能特别有用。通信轨迹、视频信息、郑晓筠的陈述都指明：7 月 31 日下午，蓝蕾熙被约到酒乐遥与人相见。

由于这一约见地关系下一步侦查范围的划定，关系下一步侦查方案的拟订，所以确认约见地至关重要。为了进一步确认约见地，陶冶认为还应该找那位把蓝蕾熙送入香草天空小区的司机问问。如果能够找到那位司机，如果有司机的确认，那蓝蕾熙的约会点大概就可以定下来了。

陶冶安排吴哲晗、丁则去完成寻找司机的任务。吴哲晗、丁则认真地审阅了视频，还截了一小段拷到 U 盘里。在这一小段视频里，那位搭载蓝蕾熙的司机的面貌清晰可辨。吴哲晗、丁则带上平板电脑，来到“浪情小道”。他们在“亲密工作室”附近把小视频播放给司机们看。没看多久，一位叫劳力民的司机说他认出来了，视频里的人是陈福津。陈福津哪儿去了？大家都说送客人去了。劳力民还说：“你们就在这儿等吧，他送客人送不远，很快就会回来的。”等就等吧。利用空闲，吴哲晗、丁则和这些司机聊起了天。在“浪情小道”上有近二十位开这种电动后三轮车的司机。这些司机来自全国各地，他们大多都没有驾照，通常是躲着开，躲交警、躲城管。他们以前用脚踩，后来给人力车装上电瓶，人力车就成了电动三轮车。他们认为不应该把这种车当作机动车，开这样的车应该是不要驾照的。

警察、城管会干涉，有时要求有驾照，有时要求办营运证，于是，这些司机联合津市其他地方的电动三轮车司机与警察、城管斗。斗的结果是，警察、城管不再没收他们的车，但还是会罚钱。所以，他们现在还得躲着开。吴哲晗、丁则虽然是警察，但对这些事他们还是不太了解的。

果然，过了近二十分钟，陈福津开着电动后三轮车回来了。吴哲晗、丁则也认出来了。陈福津还是穿着一身蓝，蓝裤子、蓝T恤，和视频上一个样。劳力民把陈福津喊了过来，吴哲晗、丁则上前询问。

“老陈，您好。我们是警察，在办一起案件。有几个问题需要问您，请您配合一下，好吗？”丁则口气十分平和。

陈福津，四十多岁，因为被晒得黝黑，所以看起来显老。他边走边抓起搭在肩头的毛巾擦脸上的汗水，靠近丁则、吴哲晗时，仔细地打量了他们两位，然后大着嗓门说道：“什么事，问吧。”

“还记得7月31号下午拉过几位客人吗？”丁则问。

“7月31号，下午，让我想想。下午的客人不多。31号，过太久了吧，一般下午就拉两三个吧。怎么啦？”陈福津继续擦汗。

“还记不记得31号下午把那两三个人都拉到哪儿去了？”丁则把陈福津领到路旁的树荫下。

“有些混了。反正就在市区内，没出市区的。拉的大部分是女的。大都是从这儿拉到别的地方。有的让我等，有的没让等。有的还要我留电话，完事了让我去接。”陈福津边说边蹲了下去。

丁则问得有些笼统，陈福津回答得也有些笼统。把一个星期前的事拿来问这司机，的确有些勉为其难。想想，还是要问得更具体些。

“你好好想想，31 号下午，确切一点儿，是 31 号下午 2 点半左右，你从这儿，就是这里，”丁则也蹲了下去，用手指了指“亲密工作室”，“拉了一位女子，你把这位女子拉去哪儿了？”

“女子，哪一天拉的不是女子啊？不过，巧了，我还是记得的。这女的我还拉过不止一次。我认得这女的。那天这女子在路上还和我聊天，说天气真热啊。前十几天我也拉过她，拉到刺桐公园附近，这我都记得。”陈福津轻松地说着。

“老陈啊，我问的是这次，这次你把她拉到什么地方了？”丁则发现这位司机扯远了，于是打断他的话。

“这次，往那边去，不远，进了一个小区，到了酒乐遥门口下车。”陈福津边说边用手指着津丰街。

这位老陈的记忆力似乎比那位郑晓筠还好。他的记忆力真有那么好吗？他也提到了酒乐遥，和郑晓筠所说的完全吻合。从这一点上看，这位司机的陈述应该是真实的。可吴哲晗还是有些不放心。毕竟这位司机大叔四十多岁了，天天在拉客，拉过的客不知有多少啊。吴哲晗很快就信了郑晓筠的陈述，可对陈福津的陈述无法立即相信。吴哲晗觉得还得再评估评估这位司机大叔的记忆力。吴哲晗问了老陈一些细节，像测验郑晓筠一样测了一下陈大叔。最后，吴哲晗确信，的确是又遇到了一位记忆力不寻常的人物。

陈福津的陈述是可靠的，进一步验证了郑晓筠的陈述，加上视频和通信数据分析结论的佐证，可以认定蓝蕾熙 31 日下午是到酒乐遥与人相会的。那位约见蓝蕾熙的人系男性、中年、高个、大块头。

丁则还问了陈福津对酒乐遥的熟悉程度。陈福津说，他经常搭载“浪情小道”上的小姐去酒乐遥，有的还会叫他到酒乐遥把她们拉回到“浪情小道”。酒店门上的酒乐遥几个字陈福津并不认得，开始时他也不知道酒乐遥是干啥用的，后来听别人说才知道叫酒乐遥，是吃饭、喝酒的地方。

约见人与蓝蕾熙约见地点的确认至关重要。下一步的调查工作必须紧紧围绕酒乐遥的人和事展开。陶冶把调查情况向辛可加作了汇报。辛可加把专案组成员再次召集到市局刑侦支队。

会前，辛可加把津淮骨头案在脑子里又过了一遍。这起由自己决定立案的结果不可预知的案件前后已查了十多天，不管是查找处理涉案骨头现场，还是调查骨头或器官去向，都遇到了一些困难。涉案骨头现场没能找到，那些开展器官移植的医院，尤其是民营医院对器官的来源避而不答。当下人体器官灰色需求极大，器官交易市场很复杂，器官灰色交易十分活跃，虽然确认骨头案与器官交易存在关联，但尚无法将津市、宁津市、滨越市相关医院所用的移植器官与骨头案联系起来。津市每年都有一些无果失踪人，这些无果失踪人与骨头案之间是否有关联还需要下一步的深入调查。在这个节点上，由于那位阿根的情报，又冒出蓝蕾熙失踪案，那么失踪案和骨头案又有怎样的关联呢？前天，自己已明确指示，将蓝蕾熙失踪事件并入津淮骨头案。而且自己还指出，在这一特定区域出现的失踪事件应该有较高的挖掘价值。一旦查清蓝蕾熙的下落，可能会把骨头案大大地往前推进一步。今天，他把专案组成员再一次召集起来，目的是对下一步突破蓝蕾熙失踪案作具体的部署。

陶邓组、李尹组、吴丁组分别把对蓝蕾熙失踪案的调查情况进行了介绍。就蓝蕾熙失踪案而言，由于六位专案组成员全部投入，仅用一天多时间，就把蓝蕾熙方方面面的情况查得一清二楚，尤其还搞清了蓝蕾熙 7 月 31 日下午被人约见的具体地点。蓝蕾熙可能已经被人控制，是死是活不得而知。辛可加认为可以启动命案侦查预案。香草天空小区、酒乐遥以及那位大块头中年男子，成了专案组成员必须关注的关键地点和人物。

“各位辛苦了。津淮骨头案查到现在变成了查蓝蕾熙失踪案，这是一种正常现象，我们并没有随意改变侦查方向。骨头案与失踪案的关系是一种面与点的关系。在侦查骨头案的过程中，会遇到各种各样的点，有重要的点，也有次要的点。如果能把重要的点突破，案件的侦查工作就会往前大大推进。比如，蓝蕾熙失踪案，这就是侦查骨头案过程中出现的一个重要的点，现在就是要想办法把这个点突破。如果把这个点突破了，就可以把失踪案与骨头案的关系搞清楚，结果可能是骨头案也随之破获。我们可以作一个假设：酒乐遥就是处理涉案骨头的场所，那会是怎样的情形呢？当然，这只是假设。有人会说，酒乐遥不是查过了嘛，没有发现什么疑点。同志们，请记住，我们的对手可不是一般的对手。如果他们在该场所杀人摘取器官，这样的场所会那么容易被发现吗？大家都知道，高明的杀手都有一个很不错的杀人场所，这样他们的犯罪行为才不容易暴露。当然，失踪案查到最后，可能与骨头案没有任何联系，如果是这样的情形，那我们就得按部就班地从津市的其他失踪人再入手，也可以通过查清民营移植医院器官的来源再查骨头案。但现在的任务是去突破失踪案，要尽快地去突破。突破失踪案又有面与点的关系，突破失踪案是面，而调查中确认的约见地点、人物就成了点。下面大家讨论一下如何围绕这些点把失踪案快速突破。”辛可加努力通过点与面的关系去阐述失踪案与骨头案之间的关系。

“我在考虑酒乐遥是不是蓝蕾熙最终目的地这一问题。”陶冶双眉紧锁，“如果是最终目的地，那下一步的工作就很明确，那就是围绕酒乐遥搞侦查。如果不是蓝蕾熙的最终目的地，那情况就不一样了。所以，搞清酒乐遥是不是蓝蕾熙的最终目的地又是点中之点。蓝蕾熙乘坐陈福津驾驶的电动后三轮车进入香草天空小区，在酒乐遥大门前下车，这些是很明确的。可是，蓝蕾熙下车后会不会又往别处去了呢？对此，我们有必要分析一下。7 月 31 日下午 15 时许，津市的气温高达三十六摄氏度。香草天空小区是个自由开放的小区，电动三轮车在小区内行驶自如，车子开到什么地方都没人干预。就蓝蕾熙而言，她的目的地最好就是下车地。这么热的天，这么自由开放的小区，目的地是哪儿最好就把车开到哪儿，没有停一处再走路去另一处的必要。不过，如果约见者觉得酒乐遥目标明确，就约蓝蕾熙在那儿见。如果是这样子的，酒乐遥就不是最终目的地了。”

“的确存在这两种情形。由于香草天空小区的监控处于瘫痪状态，所以很难对蓝蕾熙在小区内的行踪作进一步的追踪。酒乐遥和香草天空小区一个德性，不管是户外还是内部都不安装监控，美其名曰保护隐私。这一特殊的监控结构给确定蓝蕾熙最终目的地造成了一定的困难。今天下午，我和丁则还特地到酒乐遥去看了看，下午的时候酒乐遥附近很静，几乎看不到人。所以，蓝蕾熙即使在那儿会人，然后被人带走，也不容易被别人看到。也就是说，通过调查恐怕不容易查到什么。”吴哲晗边说边在记录本上记些什么。

关于酒乐遥，李知林觉得那是再正常不过的一处场所，听几位都在议论酒乐遥，他也插了句话：“4 号下午，我和尹颖还有段警罗洗河一起去过酒乐遥，包间、厨房、仓库都去了，在那儿查看了一个多小时，的确没有发现什么破绽啊。要说那地方有什么特别我还真没看出来。”

“那天我们看得挺认真的，花了近一个小时。只有二楼没去。会不会二楼有什么特别之处？”尹颖补充道。

“我想在这儿猜来猜去没什么用，不如直接搜查酒乐遥，总会搜出些什么的。”丁则说。

“现在需要研究的是酒乐遥是不是蓝蕾熙的最终目的地这一问题。它可能是，也可能不是。如果不是，是不便搜查的。我在想，蓝蕾熙去目的地后可能发生的事。她现在不见了，我们怀疑她遇到了麻烦。她可能遇到怎样的麻烦呢？有人约她到目的地，如果只是嫖睡，嫖完后就会让她回去的。蓝蕾熙没能回去，所以，各种各样的可能就来了。她可能被杀，尸体被处理了；她可能被杀，器官被摘取，剩余物被处理了；她可能被强迫当性奴了；她可能被卖掉了。还有什么可能呢？她可能被劫持，劫持者提出要赎金，否则就撕票；还有她可能和约见者私奔了。还有什么可能，我也想不出来了。以上六种可能，后两种可以排除。因为，蓝蕾熙失踪后，没有出现有人向她的亲戚、朋友提出过要赎金的事。她也不具有与人私奔的动机、条件和征兆。前四种情形中，第一种最常见，嫖客嫖完，觉得有机会就杀了妓女，把妓女随身带着的财物据为己有。第二种摘取器官很少见，需要特定的场所和条件。第三种被逼当性奴，如果是这种情形，那蓝蕾熙就是还活着。第四种被卖掉了，那就得按拐卖案的套路去侦查。如果蓝蕾熙被卖掉了，就很难在酒乐遥或其他什么地方发现可疑踪迹。如果是杀人、取器官或控制蓝蕾熙都需要场所条件做支撑，但记住，31 日下午蓝蕾熙失踪，4 日下午老李带上小尹、段警上门。这能不引起他们的警觉吗？他们能不好好地把东西转移或把场所收拾收拾吗？贸然搜查能搜出什么东西呢？”邓宇涵仔细地剖析。

辛可加说：“各位，关于酒乐遥是不是蓝蕾熙的最终目的地的确不好说，这事一时半会儿也难以确定。我看这事先不议了。

刚才宇涵作了一个很好的分析，分析了蓝蕾熙不见后可能的遭遇。这些遭遇的共性就是侵犯她的人要有场所、有条件。有些遭遇的场所、条件还很不一般。比如，要摘取器官，要逼迫蓝蕾熙当性奴。这样的条件不是说有就有的，也不是轻易就能全面处理掉的。就是说，如果是宇涵所说的第二种或第三种情形，就会存在不寻常的空间。既然蓝蕾熙在酒乐遥出现，我们就先把它看成最终目的地来查。刚才知林说了，他们三个人曾经查看了一个多小时都没有看出破绽，如果酒乐遥真的是最终目的地，这意味着什么呢?”

“通常会认为酒乐遥不是最终目的地，如果真的是最终目的地，那意味着对象把作案地点藏得很隐蔽。”丁则答。

“对。实在难下定论的先不去下定论。先就把酒乐遥当作最终目的地，到时实在没查出什么再扩大，这也是重点突破的问题，就像现在突破蓝蕾熙失踪案是一个理。如果突破了，就不存在后面的问题了。其实，直觉告诉我，酒乐遥是最终目的地的可能性极大。我记得宇涵在汇报时说过，手机基站数据揭示，7 月 31 日 14 时 50 分之后蓝蕾熙的手机出现在香草天空基站小区，而且是活动在西扇区，那个西扇区是香草天空 6 号楼、9 号楼所在区域，酒乐遥就在 6 号楼。单凭这组手机基站数据，酒乐遥成为最终目的地的概率已经是相当高的了。我们不是在做题，做多项选择题，只选了一项，结果不得分。我们已经选过了，都选了，现在重点先解决选项中的酒乐遥。”辛支队长的口气比较轻松，“好，下面围绕如何调查酒乐遥大家发表看法。”

被辛可加这么一理，大伙儿也觉得酒乐遥是最终目的地的可能性极大。

“辛支队长决定这么做也是不错的思路。不要纠缠于是与不是，先当作是去查，通过查再进一步确认是还是不是。”陶冶站起来动了动身子，“要查酒乐遥先得把它的老底搞清楚。比如，酒乐遥是什么时候开的？酒店结构情况？老板是谁？他们的基本情况怎样？这些要先弄清楚。”

坐在辛可加身旁的尹颖不停地记录着。

“这是应该的。不过，我们一定要搞懂查酒乐遥的目的。为什么要查酒乐遥呢？因为怀疑有人利用酒乐遥实施对付蓝蕾熙的犯罪。我们要查酒乐遥里的具体场所，要查里面具体的人，特别要查那位约蓝蕾熙的人。那是一位中年男子，大块头。为了查这些，我们该怎样做呢？”辛可加也站起身在室内来回走着。

“虽然可以把酒乐遥当作最终目的地直接查，但是我认为仍不宜公开搜查，应该在秘密调查的基础上，在有条件的情况下再公开搜查。没错，先要查酒乐遥的老底，在查清老底的基础上可以采取以下措施：一是贴靠。派人靠近酒乐遥的关键人物，还可以派人深入酒店内部。二是监视。在酒乐遥附近守候监视，发现异常。三是跟踪。对异常车辆人物实施跟踪。四是寻辨大块头。取得郑晓筠的帮助，到酒乐遥员工里去寻找辨别那位大块头中年男子。五是技术侦查。对酒乐遥的关键核心人物实施技术监控。”邓宇涵很熟练地把下一步该怎样做一点点地列了出来。

对邓宇涵提出的侦查措施，大伙没有什么异议。

夜有些深了。辛可加让食堂师傅下了几碗面给大家吃。对这些不讲究吃喝的刑警们来说，肚子饿了吃什么都香。

二

维持原搭档不变。

陶冶、邓宇涵小组负责摸清酒乐遥的老底，并在必要时对酒乐遥的关键人物实施技术侦查。小组间的临场沟通、协调也由陶冶负责。

邓宇涵先到工商局查了酒乐遥的注册资料。酒乐遥的全称是津市酒乐遥酒店管理有限公司。2008 年 5 月 6 日注册的。公司属中外合作性质。合作的双方是宁津詹氏医疗集团和日本青木丸红株式会社。注册资金一百万元人民币。经营范围是酒店餐饮管理。酒乐遥属于合法经营，营业执照、食品流通许可证、食品卫生许可证齐全，公司也有税务登记、社保登记，在中国工商银行开了账号。企业的法人代表是苏梅。苏梅何许人也？苏梅的户籍登记是宁津市陈靖区龙山路 111 号重归伊甸园小区 6 号楼 2302 室，与苏梅同户的是陈道魁。

酒乐遥是一家中外合作企业，中日合作就开了这么小小一家料理店吗？对此陶冶和邓宇涵都觉得有些不太好理解。

酒乐遥的法人代表是苏梅，那么其他的主要管理者都有谁呢？

邓宇涵到网上去搜索。网上与酒乐遥有关的资料不多。酒乐遥没有开辟酒店网站，也没有做任何的宣传。网上有对酒乐遥的评价。在美团、大众点评上也可以订购酒乐遥的食品。

在香草天空小区里走访，熟悉酒乐遥的人都说，这酒店开得很稳当。附近的很多饭馆、餐厅开了倒、倒了开，只有酒乐遥多年来一成不变。门面一直那么大，不开连锁店，生意不温不火，老板不紧不慢。别的饭馆，从周一一直营业到周日，每天中午就开始营业，可这酒乐遥下午 5 时才开始营业，周六、周日不营业，雷打不动。酒乐遥附近的居民还说，男女老板他们有见过，可没有说过话，男女老板好像都不太好接近。

为了不引起酒乐遥相关人员的警觉，陶冶又一次把津坂派出所的罗洗河请了来。他让罗洗河以例行公事的名义约见苏小波，并从苏小波处获取酒乐遥的人事情况，同时获取酒乐遥重要人物的手机号码。苏小波认得罗洗河，听说是派出所管理的需要，她毫无顾虑地告诉了罗洗河酒乐遥的人事情况，毫无保留地把酒乐遥重要人物的手机号码给了罗洗河。酒乐遥的法人代表是苏梅，她还是酒乐遥的总经理，原舒是总经理助理，陈道钟是部门经理，苏小波是物业主管。苏小波还告诉罗洗河，苏梅的丈夫是陈道魁，陈道魁才是真正的老板。

从罗洗河处还了解到：陈道魁是青木市人，苏梅是津市人。他们两人都有留日经历，两人是在日本相识的。

邓宇涵从津市住房和城乡建设局获取了香草天空 6 号楼的结构平面图。6 号楼一二层面积共有一千六百四十平方米。香草天空属于商城设计，楼房一二层规划为商用，开发商只是对一二层进行了简单的主分割，具体的次分割由使用者自行决定。

按照预案，在技侦部门的配合下，对陈道魁、苏梅的手机进行监控。

辛可加从刑侦支队抽调侦查员但永争、华博天援助骨头案专案组，并让他俩承担贴靠任务。这两位已近不惑之年的支队便衣，一般人都不知道他们是警察。他们经常搞化装贴靠，偶尔也会去卧底。

搞贴靠的人主张单线活动，他们不与侦查骨头案的其他人联络，所需的必要信息主要通过辛可加提供，大量的信息要靠他们自己去获取。辛可加把陶冶小组搜集到的关于酒乐遥的老底和管理人员的情况转给了但永争小组。在此基础上，但永争组利用贴靠者特有的技法进一步从现实与虚拟两个层面去刺探酒乐遥。8 日上午，他们便通过“哥儿们”贾立硕搭上了“酒乐遥”主厨胡良党。但永争、华博天装扮成饭店老板，凭借三寸不烂之舌，硬是让胡良党确信他们是想把他从酒乐遥挖走的。当然，利用这种挖人的机会，但永争、华博天的真正目的是方便他们向胡良党打探酒乐遥的种种内幕。但永争把胡良党的厨艺大大地吹捧了一通，华博天说胡良党的日本料理技艺稳坐津市乃至南夷省头把交椅。但华饭店诚心欲高薪聘用胡良党。对但、华二人的吹捧，胡良党听得心花怒放，他的确动了离开酒乐遥到但华饭店任主厨之心。最后，但永争、华博天约胡良党改天一定要喝酒细聊，胡良党晕乎乎地满口答应。

第二天上午，但永争、华博天特地带上礼物去了胡良党的住处，仔细探查了胡良党位于酒乐遥二楼的住所。见胡良党住在一室一卫的小公寓里，但永争为胡良党抱不平。但永争说，作为大厨住在这样的环境里真是不应该啊。他们当场允诺，如果胡愿意屈就，但华饭店一定提供一百平方米以上的套间供胡居住。胡良党听了很感动，带着但、华二人在酒店内到处转了转，看了看。

在胡良党的引见下，但永争、华博天还认识了酒乐遥的部门经理陈道钟以及他的助手岳一毡。岳一毡迫不及待地告诉但、华二人，陈道钟是老板陈道魁的哥哥，牛得很。但永争、华博天和这几位刚刚相识的朋友交换了名片。他们已然成了知心的朋友。有了这样的基础，后面的贴靠已变得十分容易了。

寻辨大块头的任务自然落在吴哲晗、丁则身上。吴哲晗、丁则从陶冶小组处得到了酒乐遥的基本情况以及主要管理者资料。陶冶组提供的主要管理者共有五人，其中男性只有两人，这两人就是陈道魁和陈道钟。通过内网取到了陈道魁和陈道钟两人的照片。

吴哲晗替郑晓筠向死亡咖啡店老板请假，老板同意给郑晓筠放两天假。吴哲晗把陈道魁、陈道钟的照片放在另外八个人的照片里让郑晓筠辨认，她看后摇了摇头，很肯定地说："这里面没有大块头。"显然，大块头不是陈道魁和陈道钟，也不是酒乐遥的主要管理者。

那大块头会是谁呢？傍晚，酒乐遥开门后，吴哲晗、丁则带上郑晓筠到酒乐遥转了又转，也没有发现大块头。

要离开酒乐遥的时候，郑晓筠小声说道："大块头的特征很明显，如果见到他，我一定可以认出来的。"

吴哲晗通过罗洗河获取了酒乐遥员工的花名册，并在内网上对花名册上的人一个一个地检索，可仍然没有发现大块头。

难道大块头不是酒乐遥的内部人员？或者酒乐遥真的不是蓝蕾熙的最终目的地？

辛可加安排李知林、尹颖对酒乐遥实施实地监视，如果在监视过程中发现异动还需伺机跟踪。

监视自然是秘密的。为了选个合适的监视点，还真费了不少周折。寻来觅去，又是在罗洗河的帮助下，最终选定在离香草天空小区西北边一千多米的荷塘花园小区 3 号楼 401 室对酒乐遥进行监控。李知林带上了长焦望远镜，尹颖带上了长焦照相机。他们预计需要在那里监视两至三天。

从荷塘花园小区 3 号楼 401 室往东北向望去，香草天空小区 6 号楼及四周空地尽收眼底。在光线良好的白天，通过肉眼也能清楚地看到酒乐遥南门、西门人员的进出情况。

尹颖把望远镜、照相机架了起来，当有什么异动时就拍一下、录一下。

酒乐遥的南门、西门紧闭着。上午 10 时刚过，太阳已将大地烤得冒烟。酒乐遥附近很少有人走动，偶尔有从酒乐遥经过的人或撑着太阳伞或脚步匆匆。进去的车辆倒是不少，但这些车子都没有停靠在酒乐遥附近。

半个小时过去了，酒乐遥有了点儿动静，从 6 号楼正面北侧方向来了三个男人，他们先从酒乐遥的南门进入，在里面待了近十分钟后出门，之后走向西门，从西门入内，在里面待了十多分钟后走出。之后，酒乐遥又安静了。

再过近一个小时，两个十多岁的小孩儿从南边往北走，拐到了酒乐遥背部的空地。他俩没有打伞，没有戴帽，只在草地里玩些什么。不过，也就玩了十多分钟便顺着原路离开了。

中午，没有人，车子也少了。蹲点监视真是无聊得很，尤其是这没有具体任务的蹲点。盯着，可能监视不到什么，不盯，却又不行。还好，李知林和尹颖都是特别耐得住无聊的人。李知林从小到大都没有什么特别的爱好。在公安学校学习期间，他只懂得一门心思地读书，锻炼身体。书读得挺认真，身体锻炼得也挺勤快，可考试的成绩总是一般般，身体也没有比别人强壮多少。毕业后，他顺利地当上了警察，还是刑警。李知林很珍惜这份工作，他不断地学习，努力地工作，可业绩也总是一般般。李知林不会唱歌，不会跳舞，也没有想过要去学。他认为自己不聪明、不灵活，所以，要与犯罪分子斗，就得多努力。对组织安排的任务他总是无条件地接受，认真地去完成。久而久之，寂寞无聊也就不存在了，在他的眼里只有任务，没有无聊。而尹颖天生就是理科女，专注于数据。她虽然年纪轻轻，却是一个特别专注的人。她不会像同龄女孩儿那样，喜爱游玩、坐不住，她可以花很长时间去做那些年轻人认为很无聊、很无趣的事。

他俩很执着、很专注，不过，他们不是傻子，觉得轮流值班是较好的分工。屋角有一张小床，李知林歪坐在床头靠着，尹颖仍然努力地盯着前方。

16 时许，一男一女先打开酒乐遥南门，入内，几分钟后，那个女的从南门出来走向西门，到了西门，她掏出钥匙又开门，从西门入内，过了十多分钟，那女的又从西门出来，脸对着荷塘花园小区方向。尹颖快速地按下快门，把这女子拍了下来。这女子重又返回南门，从南门进入。

16：25，男男女女陆陆续续地从6号楼的东侧迈向酒乐遥南门，从南门入内。之后，酒乐遥附近的人、车多了起来。行人三三两两地从南门进入，有的车子停在南门前，从车上下来的人进入酒乐遥，有的车子在6号楼西边的停车场停靠，从车里下来的人往南一点拐进酒乐遥。

李知林早就不闭目养神了，他和尹颖一起盯着看，有时也按下快门，有时也录下一段。

很显然，“酒乐遥”开始营业了，前面进去的是领班、服务员、厨师，后面进去的是顾客。

酒乐遥正常营业。盯了大半天了，没有发现什么异动。

天慢慢暗了下来。借助6号楼周围的灯光，可以看清有客人陆续抵达和离去。24时许，那些看似管理人员、厨师、服务员模样的人从酒乐遥南门走出往东再折向北侧离去。

两人再盯了近一个小时，酒乐遥南门、西门相继关闭，便彻底打烊了。

第二天，尹颖和李知林早早就去了酒乐遥。他们不是来看顾客的。他们要看非上班时间酒乐遥的情况。白天，没有什么特别发现。当天夜里，尹颖和李知林轮流值班，不间断地守着。早晨6时许，有辆车开到酒乐遥的西门停靠。没过多久，来了一女子打开西门，紧接着又来了三个男的。三个男的开始把车上的东西往下搬，之后又把东西搬进西门。卸完货，车子就离开了。这些，尹颖都拍录了下来。这也不是异常，是正常的送货与卸货。

那天夜里，尹颖和李知林继续留守在403室。403室条件尚可，有空调，有浴室。只是男女待在同室，有些不方便。饿了，他们叫外卖。他们坚持二十四小时盯着。上午10：25，来了两个人，一男一女，从西门走进。11：03，来了一辆黑色商务车，停在西门前。从车上下来两个人，也是一男一女，男的打开商务车后车门，从车上搬出一件东西。从望远镜里观看，这东西装在黑色的袋子里，挺沉的，是从车上下来的那对男女把东西抬进西门的。几分钟后，抬货的人就出门上了商务车，商务车从酒乐遥南门经过，往9号楼方向开去。13：12，又来了一辆车，一辆小型集装箱货车，车上下来两个男人，走进西门，几分钟后，男人从里面搬出几箱东西往车上放。接着，车就开走了。小货车从香草天空南门出。尹颖把这些场景都拍录了下来。这可以算是异动，李知林迅速通知车子开到403室楼下，按计划实施跟踪，可是一开始就没有追到那辆小型集装箱货车。不过，还好。那辆小型集装箱货车的情况都被记录了下来，包括车牌号。

在陶冶的提议下，10日晚他们又开了侦查碰头会。尽管8日、9日、10日这几天小组一直都在沟通，但陶冶觉得沟通仍然是不全面的。

技侦、贴靠、寻辨、监视都在进行中。除寻辨组收效不大外，其他小组都有不同程度的发现。

技术侦查组人员发现：陈道魁与苏梅之间有通话，他们与外界保持正常的联系。10日上午9：20，有人拨打1373018××××这个陈道魁的手机，拨打他的手机号是1385018××××。1385018××××手机号是实名登记的，户名也是陈道魁。也就是说，10日上午9：20是陈道魁手机拨打陈道魁手机。技侦人员进一步获取基站数据定位分析：10日上午9：20，当1385018××××手机拨打号码

1373018××××时的位置位于津市以西八十千米处，该位置位于津市安南县境内，而号码1373018××××手机当时位于酒乐遥所属的基站小区。用陈道魁之名开户的两个手机号在同一时间出现在不同的地域。到了11时3分，号码1385018××××手机也进入了酒乐遥所属扇区，这时号码1373018××××手机仍在酒乐遥在扇区内。

会上，邓宇涵提出了号码是1373018××××的手机在陈道魁手里，号码是1385018××××的手机并没有在陈道魁手里。那么，究竟是谁在使用1385018××××手机号码呢？

辛可加让尹颖把他们拍录下的照片、视频播放给大家看。边看照片、视频尹颖边解释说："11时3分，来了一辆商务车，停在西门前。从车上下来两个人，从商务车的后排卸下一件东西，两人抬着这件东西进入西门，没过多久，他们返回车上，离开西门。"

"对啊，把通话记录与照片、视频记录联系起来就发现问题了。"陶冶认真地观看视频，用笔在记些什么，"两边都有11时3分这个时间点。11时3分，号码1385018××××出现在酒乐遥所属扇区，这时画面出现了商务车，该商务车里的人可能就是使用号码1385018××××手机的人。这人与陈道魁关系十分密切，用的是陈道魁登记的手机。他会是谁呢？'小眼镜'，把视频暂停，把那张照片放大些。"

尹颖把照片放大，吴哲晗不禁叫出声："大块头！"照片上的人块头的确好大，特别大的头、特别大的脸、特别粗的脖子、特别宽大的身体。即便在照片、视频上也能看得出来。

辛可加立即让丁则约郑晓筠前来辨认。在十张不同人的照片里，郑晓筠一眼就认出了大块头："就是他，大块头！"

大块头是谁？辛可加直接通知贴靠者进行打探。当但永争问陈道钟照片上的人是谁时，陈道钟不假思索地回答："龙缪啊，在我们圈内可是大名鼎鼎的啊!”当但永争问陈道钟龙缪为什么会大名鼎鼎时，陈道钟答道：“块头大啊，力气大啊，日本人呗!”

吴哲晗、丁则细查龙缪，发现在公安内网上没有龙缪的户籍记录。龙缪是日本籍吗？龙缪住在哪儿呢？这些还不知道。

龙缪的发现，可以说将蓝蕾熙失踪案很好地往前推了一大步。正如辛支队长说的：“龙缪是大块头，大块头是酒乐遥的人，这就意味着酒乐遥与蓝蕾熙的失踪有关，也意味着蓝蕾熙的最终目的地就是酒乐遥。这更意味着案件取得了重大突破。”

“辛支队长啊，蓝蕾熙失踪案是突破了。可是，我还是不明白，我们该如何从失踪案绕回到津淮骨头案呢？这失踪案哪怕真的拿下了，能破那起骨头案吗？失踪案与骨头案之间真的有因果联系吗?”丁则冷不丁地问道。

辛可加环视了一下在场的各位，对着邓宇涵说：“宇涵，你说说，你有同样的疑虑吗?”

邓宇涵回答：“肯定是有的。心里老想，我们办的是骨头案，现在变成了办失踪案。没有细想，的确是想不通。只有细想了，才明白。”

辛可加笑了笑，说：“对了，只有细想才能想得明白。其实我前面说过了，由于两起案件在时空上的交错，特别是在犯罪现象上的特有相似，把失踪案并入骨头案是符合并案原理的。从表面上看，骨头案和失踪案有很多的不同，不过透过表面看实质，从犯罪过程去推导，失踪案与骨头案存在共性，骨头案可能就是从失踪案演化而来的。先有人失踪，才会有供体，有了供体才会有骨头或器官。当然，这是我的推论。这推论也许是成立的，也许是不成立的。不过，随着侦查的推进，随着对失踪案认识的深入，我倒是越来越觉得失踪案与骨头案之间存在着千丝万缕的关联。”

“我也有这样的感觉。”陶冶点点头。

“从侦查的过程看，这种并案是一种路径的选择问题。从骨头找犯罪是从案到人的一种侦查，从失踪人到案件是一种从人到案的侦查。在推进侦查的过程中，又会涉及众多的面与点。如果说骨头案是面，那么，失踪案就是点。点突破了，面上的问题可能就解决了，案件也就推进了。”辛可加继续说。

“我信了，我信了。辛支队长，布置任务吧！”丁则急切地说。

辛可加又看了看各位，大家都微微地点头，似乎没有什么不同的看法，都在等着他布置任务，于是他说道：“除那位大块头龙缪外，那些在监控视频、照片中出现的人物要一个一个地查清楚，他们都是些什么人，10日那天他们在酒乐遥进进出出都在做些什么。对10日出现在酒乐遥西门的商务车、小型集装箱货车要彻查。还要对酒乐遥继续实施监视。如果需要的话还要实施跟踪。必要时，把酒乐遥的相关人拉出来问问。当然，现在还不宜对酒乐遥实施公开搜查，对酒乐遥的调查仍要在秘密的状态下进行。”

第十二章　会香时交接

一

供体的获取十分顺利。元泵、过坑、浮风等村子那些家里的痴呆儿、残疾人被带走的村民们几乎没人提出要去看望被陈道魁、龙缪带走的人。暂寄在宁津市詹氏福利院的那些残疾人、痴呆儿也陆陆续续地被处理了。陈道魁摘取器官的技术越来越娴熟，对骨头、废物的处理手法也越来越老到。经过一年多的观察、学习、实践，龙缪也已经掌握了摘取、降温灌洗、包装、存储、废物处理等技术。

陈道钟和岳一毡总是机械地执行运送任务。他们从陈道魁的办公室接走装有各类器官的低温冷藏箱，快速地将箱子放入停靠在酒乐遥西门的低温运输车里，然后，按照预定的路线把车开到津市詹氏中外合作医院交接，后续的器官处理就交给了詹氏集团。不过，有时詹氏集团也会让陈道钟把装有器官的低温运输车直接开到宁津詹氏中外合作医院。

运输器官的车子在运输过程中也是顺利的。每次陈道魁总是用青木话认真地交代："钟啊，注意把箱子、车厢的温度调控好啊！"陈道钟总是认真地回答："会的，会的。"从酒乐遥到津市詹氏中外合作医院也就半个小时的车程，几乎都是在市区运行。在这些路段上车子从来没有受到检查过。从市区到市区，能运什么东西，的确也没什么好查的。

有一次，陈道钟根据詹氏的要求把车直接开到宁津詹氏中外合作医院，当车子出津莆高速路口时被查了。警察盘问车里装的是什么东西，陈道钟回答说是药物。警察要求开箱查看，陈道钟不答应开箱，说药是低温保存的，一开箱药就会坏掉。警察问是什么药，陈道钟灵机一动说是进口药，具体是什么药不清楚。警察问是什么医院购买的，陈道钟如实说是宁津詹氏集团的药。警察问有什么凭据证明是宁津詹氏集团的药，这时，陈道钟只能给詹荣国打电话了。电话一通，詹荣国一开口，警察也就不为难了。

回津市后，陈道钟把车子在路上被查的事告诉了陈道魁。他听后，有些后怕。陈道魁心想，要是没有詹主席出面，要是詹主席的电话没打通，警察硬要检查的话，那麻烦可就大了，搞不好会直接查到酒乐遥的！那岂不要出大事！今后类似的事再也不能出现了。陈道魁和詹荣国商量，认为必须在车上备有手续和证明以有备无患。于是，詹荣国让公司开出手续和证明交给陈道钟。陈道钟把证明放在车上，这样遇到检查就不用担心了。这是宁津詹氏医疗集团的证明，宁津詹氏在南夷可是名声在外。运输车只在津市与宁津市之间运行，宁津詹氏医疗集团的证明是很管用的。后来，运送器官的车偶尔还会在宁津市与津市交界处被检查，但不管是警察检查，还是工商、税务、路政检查，陈道钟只要出示宁津詹氏集团的证明，检查者都放行。

贩卖器官的收入相当可观，卖骨头的收入也相当不菲。由于不用支付房租，单单一个酒乐遥每年的纯收入也有近百万元。几年下来，陈道魁、苏梅已积攒了数亿元资金。

当闲着的时候，陈道魁会特别想念陈道义。这时陈道魁就觉得该回东京去看看陈道义的妻儿了。春末的时候，陈道魁偕夫人回东京。走之前陈道魁交代龙缪："我就去一个星期，这期间摘器官的事暂停。你也带上妻儿去玩玩吧。"要走的时候，陈道魁把酒店的管理人员和员工召集在一起，对他们说，苏梅不在的时候，由陈道钟代苏梅管理酒店，各位要听从他的安排。

陈道魁和苏梅去了东京。他们先去拜见帮主陈旺树，还交给他酒乐遥近几年的利润一亿元人民币。陈旺树只留下九千万元，退回一千万元给陈道魁，说道："把这一千万元拿去花就是了。"当天晚上，帮主宴请陈道魁夫妻。席间，陈旺树向他俩介绍了青木帮近几年的发展情况。陈旺树关切地问起了詹荣国，提到了龙缪，还问起了酒乐遥的经营情况。对陈旺树的提问，陈道魁一一作答。最后，陈旺树夸奖陈道魁夫妻能干，为青木帮排忧解难，希望再接再厉。

第二天上午，陈道魁夫妻去看望陈道义的妻儿。陈道义的妻子蔡甜儿在家等候着，那天刚好是周末，三个在上学的孩子也都在家。陈道义过世后，蔡甜儿坚持独自一人带着三个孩子。见到蔡甜儿和陈道义的孩子，陈道魁只觉得伤感。他挨个摸了摸孩子的头，用日语笑着对他们说："改天回老家看看。"陈道魁让苏梅给了蔡甜儿一千五百万日元。蔡甜儿不停地表示感谢，激动地说：“能有你这么好的兄弟，道义三生有幸啊！”

当天下午，陈道魁、苏梅特地回了趟慈惠会医科大学。回到母校，陈道魁、苏梅都是百感交集。是这里的医科大学把他们召唤来的，又是这里的留学制度逼他们离开的。是因为学了医，他们才从事现在的工作，也是因为学了医，才使他们走上现在这样的路。不管未来怎样，陈道魁都不后悔当初的选择。

他们还回到了当年读书期间的租住处。租住处院落前的田地里有一大片樱花树，尽管是春末了，花儿还竞相开放着。

当陈道魁、苏梅去东京的时候，龙缪很听话地带上鲁琦去峨眉山玩了一趟。陈道魁、苏梅回到津市后，摘取器官的行动得以继续。

秋末的时候，陈道魁和陈道钟回了趟老家。他们和父母商量盖楼的事。在后塘村盖楼是父母梦寐以求的事，也是兄弟俩的心愿。在后塘村巡视了两天，在离老屋约一千米处找到了一块合适的地。陈道魁当即作出决定，就在那块地上盖楼。那块地有十亩左右，陈道魁决定投资三千万人民币盖楼。寻址、洽谈、购地、找设计公司、确定施工队等工作两天内就搞定了。后塘村的地很便宜，三千万元的投资除去购地费外，可以盖十几层楼，还可以装修得十分豪华。陈道魁把陈道钟留下来督工。陈道钟心里十分高兴，欣然接受了任务。

第二年秋天，大楼完工。按照陈道魁父亲的意思，把大楼命名为福满楼。福满楼金碧辉煌，气势非凡。大楼前有一个小水塘，背部有一个小山丘。见的人都说，这宅依山傍水，风水好啊，陈家今后一定会出大官！尽管后塘村豪宅林立，可这福满楼依然是豪宅中的豪宅。

陈道魁望着福满楼，内心突然有些空虚。楼盖好了，那以后的目标是什么呢？也给苏梅家盖幢吧！盖好之后呢？再给龙缪家盖幢吧！他看了看旁边的父母，父母笑着，可笑得并不开心。他知道，父母需要大楼，但更需要孙辈，尤其是男丁。陈道魁至今没有孩子，陈道钟也不争气，生了仨，可仨都是女孩儿。

陈道魁想给苏梅家盖一幢，可她老家苏厝村实在是没地可盖了。于是，他在津市东海买了一幢别墅给苏梅老爹及其他人居住。

陈道魁问龙缪要不要在老家盖一幢楼。龙缪回话说没那个兴趣，住在津市就好了。于是，他给了龙缪一笔现金。

陈道魁的这些举动惹得接近酒乐遥核心层的岳一毡不高兴。岳一毡认为，他的贡献也是很大的，可收入实在没法和别人比。他成天跟着陈道钟，陈道钟干多少活，他也干多少活。很多时候他还要单独行事。那运骨头的事是由他一手操办的。陈道钟回老家盖楼时，贩运器官、骨头的事全由岳一毡一人包办。岳一毡知道，陈道钟家盖了楼，陈道魁给苏梅家买了别墅，给了龙缪五百万元现金。岳一毡对陈道魁给龙缪那么多钱特别不满。岳一毡想，苏梅是老板，是大老板的老婆，所以给她家买别墅没什么。可凭什么给龙缪五百万元呢？要说做事，龙缪做的和自己做的又有什么不同呢？龙缪得到了五百万元，我老岳又得到了什么呢？岳一毡气得想不干了，可把酒乐遥和别的公司比一比，还是觉得酒乐遥好。在酒乐遥，工作量小，工资比别的公司高。尽管岳一毡不高兴，可还是留了下来。

冬日里的某一天，苏梅接到苏进林的电话，告诉她自己要调走了，今后海上货物交易的事就帮不上忙了。苏梅把这件事报告给了陈道魁。陈道魁联系苏进林，要他帮着推荐一位可靠的接班人。苏进林说让他想想，过一天再答复。第二天，苏进林回话说已经物色到了。

陈道魁带上岳一毡在苏进林的引见下见到了他推荐的人。这个人叫穆修川，是姑嫂塔边防派出所的副所长。苏进林已将需要帮忙的事跟他说过了。当陈道魁提出需要穆所长帮忙时，他爽快地答应了。最后，陈道魁单独留下穆所长，付给他见面礼三千元，还说："今后根据交易次数直接付酬劳。"

陈道魁十分感谢苏进林多年来的鼎力相助。他握着苏进林的手真挚地说："今后酒乐遥还有很多事需要苏教导员的帮助，还请多多关照。"边说边塞给他一万元现金，苏进林收下了。

自从开展骨头交易后，陈道魁与刘天佑之间的联络就多了起来。有一天，刘天佑与陈道魁在电话里闲聊，说近来澎湖和津市的来往可比以前多多了，过几天，刘达伦也会和其他台湾人一起去津市的天后官会香。

听罢此言，陈道魁突然觉得会香的机会是可以利用的。他专门调查了会香的具体情况。津市与台湾地区之间的会香交流被老百姓称为津澎会香，已经搞了好几年了。前几年每两年才搞一次，会香的日期是 7 月 25 日。从去年开始，情况变了，每年会香达到了两到三次，除了 7 月 25 日会香，还有农历三月二十三会香、中秋节会香等。台湾地区参与津澎会香的人是台南、台中一带的，以澎湖人为主。津市参与津澎会香的有津市、宁津等地人，以津市人为主，每次单边直接参与会香的人数不得多于三百人。参与会香的台湾人乘坐客轮，从澎湖马公港直航津市后渚港，于津市天后宫会香拜谒。在津市滞留一到两天后，会同津市会香人一同恭请津市天后宫妈祖起驾直航澎湖进行会香。在澎湖停留两至三天后，澎湖信众及津市天后宫护驾团将恭送妈祖直航回驾津市，台湾地区的香客在津市再次停留两至三天后，乘原船返回台湾地区。

现在往返澎湖与津市之间的客轮有两艘，一艘是“超级星”，一艘是“中秋月亮”。会香期间大部分香客都住在船上，有的住在宫里，少数人也会在天后宫附近开房住。中国政府和警察不太管两地会香的事，通常认为这是民间民俗文化交流活动，不用太在意。一些香客利用这个机会进行一些交易也是被默许的。

如果刘达伦愿意作为香客参与会香，那交接骨头的事就变得很便捷了。可以省去边防派出所这一中间环节，不但可以节约成本，而且还更为安全。陈道魁觉得这个机会应该好好利用。刘天佑不是说了吗，过几天刘达伦也会参加会香。陈道魁直接与刘达伦联系，询问他参与会香的具体情况。刘达伦说，过几天他的确要参加津澎会香活动。陈道魁说，到时他们当面再商讨。

搭载二百八十九名台湾地区信众的“超级星”客轮于 7 月 23 日晚抵达津市后渚港。客轮从澎湖马公港出发时，刘达伦就和陈道魁取得了联系。“超级星”靠岸时，陈道魁已带着岳一毡在港口休息室候着刘达伦。客轮靠岸后的一天多时间是香客的自由活动时间，在这期间有的会留在船上，有的会直接进宫拜谒，有的会进城购物，有的会去见一见亲朋好友，有的还会进城去吃喝嫖赌……

陈道魁把刘达伦接到市区津淮河上的田安酒店。先请刘达伦吃饱喝足，继而和他谈起了借会香之机交接骨头的事。刘达伦想了想，说：“这事反正都是我干的。去年的时候，我来回走了一趟，看来利用这个机会交接是个好主意，的确方便多了。”陈道魁说：“明说了吧，这样可以节约成本，这节约的成本应该分一些给你。”刘达伦说：“这次就可以带一些回澎湖，肯定不会有问题的。”

第二天，陈道魁让陈道钟、岳一毡陪刘达伦到西街、清源山等地玩了玩，还十分隆重地款待了刘达伦。25日上午早早地就把刘达伦送到天后宫，让他参加会香拜谒活动。

阳光灿烂，海风轻拂。两岸香客、信众慢慢地聚拢到天后宫广场。除来自台湾地区的二百八十九名香客外，准备前往澎湖的二百九十六位大陆香客聚集在台湾地区香客的后边。这近六百号人是这次会香活动的主体信众，他们有序地前进、后退，或坐或站。在这些人的周围无序地围着数千人，或跟随主体信众进退、站坐，或自由地走动、说唱、围观。

天后宫内外、广场上，坐在大轿上的妈祖像，花样繁多的香烛，喇叭手、狮队、龙队，还有那近六百号信众是会香的主体、是会香的演员，散落在广场周围的那些人，有的变成了演员，有的则是观众。

几十个大喇叭同时吹起，齐奏《妈祖颂》。龙队出动，跳起龙舞。狮队出现，跳起了狮鼓阵。音乐声响起，广场上的男女老少随着律动扭动着身子。几十把烟火枪同时发射出烟花球，在空中炸开，把明亮的天空点缀得五彩斑斓。

一位老者在妈祖像前口中念念有词。突然喇叭里传来了老者用闽南语发出的低沉声音：“天上圣母，除煞保安，驱邪纳福，国泰民安。”广场上的人随之举香下跪，一起唱起了《妈祖颂》。

歌声甫歇，老者喊了声“起驾”，几位年轻体壮的小伙抬起妈祖像绕着广场走动。那近六百人迅即有序地跟上。其他人，那些新加入的演员也跟了上去。跟得人多了，大家都成了演员。

陈道魁只是在边上看着，他带上陈道钟、岳一毡一起观看。第一次利用会香机会，所以陈道魁特别重视。他在寻找把货交给刘达伦的最佳时机。陈道魁知道，在这宫前广场上的会香活动时间也就一百分钟上下。广场上的会香活动结束后，这近六百人的香客就必须直接跟着“妈祖”上“超级星”号。在他们上“超级星”的过程中，陈道魁必须把货交给刘达伦。交给他后，交接任务就算完成了。在“超级星”号上有许许多多的小包间，有单人间、双人间、三人间、四人间，还有集体间，这次刘达伦住的是三人间。货到了客轮上，就没有什么危险了。好多香客都会带一些东西，同房的人并不熟，所以相互间也不会打探都带回了什么。

陈道魁一直盯着刘达伦。刘达伦也不时地往陈道魁他们所站的位置观望。活动期间有坐下休息的时间，刘达伦会打电话给岳一毡，问他看到自己没有。岳一毡及时接听并回话说：“看到了，保持联系。”接完电话，岳一毡会把接电话的情况报告给陈道魁。

陈道魁三人已经占据了一个十分有利的位置。当刘达伦经过时，岳一毡把装有骨头的袋子交给他。刘达伦一接到袋子就继续往前走。这次交接的骨头是三个人的，这些去除了骨髓的骨头的重量只有原骨头的一半多重，三个人的骨头也就二十多斤，刘达伦拎着骨头轻松地迈着大步往前走。

陈道魁三人目送刘达伦远去。当刘达伦没入船舱时，陈道魁对岳一毡说：“以后就这样送骨头吧。”

当天傍晚，陈道魁接到刘天佑的电话，说骨头已经收到。

二

陈道魁、龙缪只关注供体的获取、器官的摘取及运送问题，对酒乐遥的经营状况历来漠不关心。苏梅开始时很专注于酒乐遥的经营，可几年后，她也有些疲了。她发现酒乐遥有些旧了，想向陈道魁提出重新装饰一下酒乐遥的意见，可是她发觉，陈道魁对酒乐遥的新与旧并不太关心，所以就一直没向他提出来。酒乐遥就那样经营着，客人似乎比以前少了一些。苏梅也多次听到客人埋怨酒店陈旧的声音。她有些纠结，要重振酒乐遥的办法是有的，现在的人喜新厌旧，凭着多年来积攒下来的人脉资源，只要重新装修一下，留住客人是不成问题的。可苏梅也清楚，经营日本料理只是幌子，主人的心思是放在器官上的，做大料理只会增加工作量而已。可是，不重新装修一下，老客户就会流失，员工也不满意，还会影响自己的情绪，这样下去会恶性循环，到时会入不敷出的。

多位员工向苏梅反映，听说有几家饭馆想把主厨挖走。对员工的流失苏梅倒是不担心的。她知道，与其他饭馆比，酒乐遥职工的待遇是高的，而且工作轻松。但主厨要离开，苏梅还是有些担心。她找到主厨胡良党，和他聊了聊。胡良党说这是别人在瞎说，他并没有要离开的意思。不过，胡良党也提出了，和其他的日本料理店比，酒乐遥是有些落后了，特别是装修方面有些老化。

员工还反映，有人在别的饭店做兼职。对此现象，苏梅不觉得是个问题。酒乐遥中午不营业、周末不营业，员工有较多的闲暇，利用空闲到别的地方挣些外快，只要不影响酒乐遥的正常营业就不值得大惊小怪。不过，苏梅发现，员工似乎没有了以前的激情，特别是她从东京回来后，发现好多员工在上班过程中会走神，卫生质量也大不如前。卫生是日本料理店的生命线，客人通常是着木屐或袜子进入的，且常常是席地而坐，连上厕所也懒得穿木屐。场所旧一点有旧一点的格调，只是留不住那些追新的人，但如果卫生不行了，那是任何人都留不住的。发现这种现象后，苏梅立即整顿，状况有些好转，可当苏梅回了趟青木回来后一看，卫生又不行了。苏梅找来原舒询问，这位长相与苏梅有几分相似的老总助理心情沉重地说：“苏总啊，你是真的不知道，还是假的不知道。现在咱们店和以前不一样了，问题可多了。我看您没提，所以我也不敢说啊。”“那你说说什么地方不如以前了?”苏梅口气倒是轻松。“这卫生状况不好是因为大家有情绪。咱们店是给大家不低的工资，但大家劲头不足啊!”原舒答道。

“为什么大家劲头不足，是不是你的劲头也不足啊?”苏梅问。

“是有这个问题。开始那几年大家劲头都很足，可是这几年就不行了。”原舒答道。

“为什么变得劲头不足了呢?”

“苏总啊，人都是喜欢新鲜事物的，您说说看，咱们店多久没有更新了。客人嫌弃，咱们这些管理人员、服务员听着也难受。听得多了，就会影响情绪。您注意到了没有，现在来咱们店的顾客比以前少了啊！大家嘴里没说，可心里都担心咱们店会倒闭。有的人到外面去兼职，其实是给自己找退路。对那些去找退路的人，你也不闻不问，所以好多员工都认为咱们酒店真的办不下去了啊!”

原舒说的这些苏梅其实都懂。她也想装修一下酒乐遥，不过，要在什么时候装修必须由陈道魁决定。现在的问题是，当苏梅向陈道魁提出装修酒乐遥时，陈道魁并没有明确表态。他似乎没有认识到装修的必要性。

原舒还告诉苏梅，店里的大多数员工只是劲头不足而已，只要苏梅出面给大家鼓鼓劲儿，一大堆问题都是容易化解的。只是那位运送货的岳一毡，近来是真的很不满。原舒多次听他说起陈道钟的不是、老板的不是。苏梅问原舒，岳一毡为什么会不满。原舒似乎有点儿不太好开口。她叹道："这事本来和他没关系的，可他就是不满。"苏梅问道："到底什么事？"原舒答："就是最近老板给了龙缪一大笔钱的事。"苏梅笑了笑："这事他有什么好不满的啊？"原舒道："听他跟别人说了，他的贡献一点儿都不比龙缪小，为什么老板给龙缪那么一大笔钱，却没有给他岳一毡额外的一分钱。"苏梅笑道："是这个事啊。是不是你们这几位管理人员都有不满啊？"原舒答："想不开的人肯定会不满。这大概就是所谓的不公平吧。全都没有发钱没有事，有的发了，有的没发，肯定就会导致一些人不满的。"苏梅问："原舒啊，你是不是也有些不满？"原舒答："实话实说，刚知道的时候是有些不满，可后来想想龙缪的身份就没有什么不满了。"苏梅说："这事儿啊，道魁的确欠考虑。他发钱要么不让人知道，要么就把道理说清楚。他倒好，直接给龙缪发钱，员工们都知道了，他也不解释，这样员工们自然就会不满了。"

当天晚上，苏梅把酒乐遥存在的问题报告给陈道魁。陈道魁漫不经心地说道："春天的时候就装修一下吧。那位岳一毡，让道钟跟他解释一下就可以了。"

宁津系医院对人体器官的需求量有增无减。

2015 年夏天，宁津系与多家门户网站联手制作、投放虚假广告被揭露，导致相关医院经营状况急剧恶化。为了让相关医院能够生存下去，领军人物詹荣国再次站了出来。他要求协作方酒乐遥加快运作速度，提高产量，通过器官移植这一地下业务，让相关医院渡过难关。对詹荣国提出的要求，陈道魁并没有全盘接受。不过，他答应扩大产量。

加大器官供给很合龙缪的意。在获取供体的生涯里，龙缪可谓左右逢源、驾轻就熟。龙缪已经成了这方面的行家里手。现在，通过什么渠道、怎样获取供体完全由龙缪自行决定。龙缪有时到乡村去带回一些智障者、残疾人，有时就在市区对流浪者下手，有时街道上、角落里的落单者就成了他的猎物。近来，龙缪发现了一种更便捷的方法，就是直接约一些从事性服务业的女子到酒乐遥，再对她们下手。龙缪认为采用这种做法获取供体有三个好处：一是可以选择满意的对象，二是可以先玩再麻醉，三是供体自动上门十分方便。这种做法有四个不利之处：一是要花较多的时间选择目标，二是会留下通信记录，三是会留下监控记录，四是只能选择女性。对这种做法，陈道魁是持反对意见的。不过，龙缪坚持要那样做，陈道魁也就没多说什么。当然，他还是特别交代龙缪要选准对象，要选对时机，要及时销毁手机，要尽量避开监控。自从“广告门”事件后，詹荣国经常催着陈道魁要器官。陈道魁被催得也只好按照龙缪的思路去做了。

龙缪常常出现在津市的各大休闲娱乐场所，“浪情小道”也是他经常光顾的地方。他认识了不少从事性服务的年轻女子。他记下了这些女子的手机号，需要时打个电话，她们就会出现在酒乐遥。龙缪当然很清楚，尽管这样做很方便，但是风险很大。所以，一般情况下龙缪不这样做。他有时也试约了一下，用的是酒吧、咖啡屋等处的固定电话约的，被约的人只要时间合适通常都会接电话。龙缪把情况一说，这些人一般都会出现在指定的地点。对试约的女子，龙缪只是和她们发生了性行为，并没有直接下手。

一天，龙缪终于试了一下。他借用一家杂货店的电话约了一位在娱乐场所从事性服务的女子。该女子如约按时到酒乐遥等候。那名女子二十岁，长得颇有姿色。龙缪把她带到密室，待女子脱光衣服后，他发现跟前的女子腹部右侧有条刀疤。龙缪问那女子腹部为什么会有刀疤，女子回答说里面的器官有病动了手术。龙缪喜欢那条伤疤，很卖力地和她发生了性行为。完事后，他把该女子麻醉，通知陈道魁到场。最后，他根据陈道魁的交代，把手机带离酒乐遥，在有一定距离的地方把手机的电池取出后再把手机销毁。

那年冬天，陈道魁和龙缪一起选中了津市安南县的灵蛇村。安南县地处津市西部，距离津市八十多千米。蛇灵村离安南县城也就二十多千米，可这村子却出乎意料地荒凉、破败。一个颇有见地的老村民皱着眉头诉说道："以前蛇灵村可不是这样的，就是20世纪最困难的时期，咱们村也是不愁吃的。灵蛇村因盛产毒蛇而闻名，因灵蛇溪穿过村子而得名。20世纪80年代以前的灵蛇溪，可是山清水秀、人杰地灵啊!"老者说着说着不禁捶胸顿足、老泪纵横。原来，过去的灵蛇村是个远近闻名的蛇村。那条小巧的灵蛇溪从村子的中部穿过。灵蛇溪的北岸居住着村民，溪的南岸散布着片片小梯田。灵蛇溪溪水清澈、甘甜。溪里尽是欢快游玩的鱼儿、虾儿。蛇来了，青蛙赶忙跳到水里，可灵蛇村的蛇不怕水，蛇也跃入水中，追起了蛙。蛙拼命地游着，有的被蛇抓住了，有的跳上了溪的北岸。灵蛇村四周的山里尽是蛇，尤以银环蛇、圆斑蝰蛇为多。村民们大都有捕蛇技能。他们不怕蛇，还从山里采摘了一些植物制成了防蛇伤、治蛇伤的药。因此，村子里虽然蛇多，可没出现过人被蛇咬死的事。当然，外地人因为怕蛇，所以轻易不敢进灵蛇村。因灵蛇村植被完好、生态平衡、环境适宜蛇类生长，所以灵蛇村的蛇繁殖得很快。村民们很敬畏蛇，认为蛇是灵物，但在食物欠缺的年代，也会到山里去捕一些蛇作为粮食的补充。不过，每次去捕蛇之前，村民们都会祭奠蛇灵，以求蛇灵的原谅和庇护。因此，就是在物质匮乏的年代，村民们的日子过得也是很惬意的。后来，情况彻底变了。灵蛇溪的上游修建了大型工厂，挖掘矿石，灵蛇溪被截流了。没过多久，灵蛇溪干涸了，溪底的沙石、泥泞露了出来，再过了些天，泥泞干了，犹如非洲草原的旱季到来了。可是这里没有非洲草原那么幸运，旱季之后还有雨季，可怜的灵蛇村从那以后就没雨季了。半年过后，有一天，灵蛇溪又来水了。水把干涸的溪谷弄湿了，还留下了一沟一壑。可是，沟壑里的水是污的，是臭的。明眼人都知道，那是工业废水。从那以后，灵蛇溪消失了，灵蛇村只剩下了臭水沟。溪里的鱼、蛙早不知哪儿去了，山上的树也枯了、死了。银环蛇、圆斑蝰蛇不见了，就连赤链蛇、王锦蛇、黑眉锦蛇也不知躲到哪儿去了。之后几年，灵蛇村的村民们生了好多残疾人、智障者，慢慢地灵蛇村就成了一个到处可以见到残疾人、智障者的村子。年轻人不愿意回家，有能耐的村民迁走了，灵蛇村就这样变成了一个荒凉、破败的村子。

入驻灵蛇村后，龙缪如法炮制，第一次只带走一个轻度残疾、痴呆的小男孩儿。那男孩儿十三岁，叫“地蛇”。出生时双脚扭曲着，后来发现他脑部发育也不正常，智力低下。这男孩儿只是龙缪带走的众多人中的一个，与其他被带走的人的不同之处是，他既残疾又智障。那天，离开灵蛇村时，龙缪是毫无斗志的。

当陈道钟叫岳一毡到酒乐遥帮忙的时候，岳一毡是高兴的。来酒乐遥之前，岳一毡到处打工，干的是脏活、累活，可收入远不如在酒乐遥的收入。在这里，工作强度不大，工资却比别的饭店高，因此，岳一毡是满意的，是很有干劲的。

可后来，他发现，陈道魁和陈道钟总把他当外人，一些本该让他知道的事却不让他知道。低温运输车运的是什么东西，这么多年了陈道魁就是不肯告诉他，那陈道钟也一样不肯告知。有几次，岳一毡特地问了陈道钟。他却板起脸训道："不该知道的事不要问。"陈道钟也是多年的老相识了，何必如此对自己呢？岳一毡气得很。每次拿取低温冷藏箱，陈道魁兄弟都不肯让岳一毡进入里层。岳一毡知道，在陈道魁办公室里一定有密室，但密室是什么样的他们不让他知道。陈道魁从来都把岳一毡拒之门外。

岳一毡慢慢地也知道自己在运些什么了。尽管低温运输车里的东西他没有亲眼见过，可运到姑嫂塔边防派出所到海上去交接的东西，还有直接运到天后宫给刘达伦的东西他可是偷看过好几次。那些东西可是人骨啊！尽管岳一毡不知道人骨的确切来历，可骨头运久了，货物交接多了，他也猜出了个大概。他也猜到陈道魁在密室里都干些什么了。

岳一毡想，陈道魁、陈道钟是亲兄弟，苏梅是陈道魁的老婆，这几个人掌控着酒乐遥，他们知道的事岳一毡不知道是正常的，可那位龙缪是什么东西，凭什么他就可以自由进出？凭什么他就成了酒乐遥的上层人物？凭什么他开的车是全公司最好的？凭什么他想开哪辆车就开哪辆？自己开的又是什么车呢？他和陈道钟在一起时可以开低温运输车，可自己单独行动时只能开那辆小小的破工具车。尤其可恨的是，那位龙缪从来不把自己放在眼里，从来都只喊自己的名字。龙缪目中无人，傲气十足。我是司机，他又是什么？他干的事和我干的事有什么不同呢？都是给陈道魁打工的，他凭什么就不把老子放在眼里呢？特别可气又可恨的是，老板还发给龙缪五百万元的额外报酬。

岳一毡想着想着就生起气来。这时，如果陈道钟训他，他就会和陈道钟顶起来："凭什么就会训我啊！我干的事还少吗？我要送货，要采购，还要当服务员。你看那个大块头，整天闲着，你们谁敢说他啊！"岳一毡是真的生气，可陈道钟认为他只是发发牢骚而已。岳一毡一般也只敢和陈道钟顶牛，当陈道魁在的时候，岳一毡是不敢说什么的。

和龙缪比，岳一毡觉得自己的收入是很低的。他不满，想离开酒乐遥，可冷静下来后发现还是酒乐遥好，于是，他就又不声不响地去工作了。可是，一想到龙缪，他又来气了。上午见到龙缪的时候，龙缪理都不理他。唉，为什么自己就和龙缪较上劲了呢？人家的老婆就在身旁，一起进进出出、成双成对的，人家的孩子就住在陈道魁提供的豪宅里，可自己省吃俭用，还是没积攒多少钱。可怜的老婆、小孩儿也还只能住在青木老家，见一面都不容易！

岳一毡把几年来积攒下来的钱投进了股市。可做股票，谈何容易，几年下来，不但没挣钱，还亏了一些。看着陈道钟回家盖楼，看着陈道魁给苏梅家购置别墅，看着陈道魁给龙缪大笔的酬劳，岳一毡心中不是滋味。

这几天股票暴跌，投资股市的十几万元眼看只剩下了零头，岳一毡的心在流血。可他的苦又有谁知道，他的苦又能向谁倾诉呢？

7月6日，陈道钟通知岳一毡：今年7月的天后宫会香提前，刘达伦今天下午抵达天后宫，明天离开，送一批骨头去天后宫与他交接。

7日上午，陈道魁发现装骨头的袋子没剩几个了，他要陈道钟安排岳一毡去采购。岳一毡神情恍惚，心不在焉，在外头转了一圈，到中午才买了一些特征十分明显的袋子回来。陈道魁对这些特征很明显的袋子很不满意，不准备使用。陈道钟趁机又把岳一毡训了一顿。

送货的时间就要到了，陈道魁在店里搜罗了几个商场、文化节发放的广告袋装骨头。他认为用这样的袋子装骨头比用那些特征明显的袋子装骨头好多了，即使遗失了，也不容易从袋子找到骨头的出处。

岳一毡突然觉得很受伤，认为是陈家人跟自己过不去，他决定要报复一下。他懒懒散散地装货。这次骨头是分装的，不同类的骨头分开装，两个人的骨头装了好几袋。岳一毡希望有人能查查陈家人干的好事，顺便也把龙缪捎带上。当车子行进到奈良桥上时，车子碾上了一块砖头颠了一下，似乎有东西从车上掉了下去。岳一毡还在气头上，他潇洒地装作没看见，继续开车前行。

当车开到刺桐大桥时，岳一毡有些清醒、有些害怕了。他把车停靠在桥头，下车一查，发现丢了一袋骨头。那个装有四根肱骨的袋子掉了。他掉转车头，往奈良桥方向开，希望袋子还在桥上。奈良桥上的砖头还在，可袋子不见了。岳一毡四处瞧了瞧，这大热天的，四处无人啊。袋子跑到哪儿去了呢？没有法子，那就走吧！这事不告诉别人，也许是陈家的报应来了。

后来听说有警察到酒乐遥走访，岳一毡吓了一跳。不过，好像酒店的其他人并不在意警察造访一事。听服务员私下议论：警察到酒店又不是第一次了，有什么好奇怪的。到访的警察有时由原舒接待，有时由苏小波接待。警察到酒店查访的次数多了，酒店也就麻木了。原舒和苏小波都没有把警察到访的事告诉老板。

8 月初，医院急需一对肾脏，詹荣国催促陈道魁下手。陈道魁通知龙缪，龙缪便采用了最便捷的做法。7 月 31 日中午，龙缪用死亡咖啡屋的电话约了一位活跃在“浪情小道”上的女子。该女子如约按时到酒乐遥等候。龙缪和这个女子很熟，约了她好多次了。龙缪也知道这女子的来历。她叫蓝蕾熙，广西人。这次龙缪和蓝蕾熙约会的地点变了。不过，蓝蕾熙还是如期赴约。龙缪和蓝蕾熙在密室发生了性行为。之后，龙缪把蓝蕾熙麻醉，继而通知陈道魁到场。龙缪在陈道魁的指导下十分熟练地扎针抽血、切割挖剪、降温灌洗、包装存放，最后，还把手机、衣物等做了妥当的处理。

8 月 10 日，应詹氏中外合作医院之约，龙缪很早就赶去灵蛇村。灵蛇村已启用半年了，可龙缪没去过几次。这半年里，龙缪多在市区下手。上午 9 时左右，龙缪就在赶回津市的路上了。商务车行驶到安南县城时，依照约定，龙缪给陈道魁打了电话，告知行动顺利，正往回赶，要他做好接应。11 时，商务车顺利抵达酒乐遥西门，龙缪和鲁琦一同下车，把装在袋子里的“土蛇”交给陈道魁，之后开车离开酒乐遥。这次处理“土蛇”的任务由陈道魁独自完成。

第十三章　辨迹关联

一

随着大块头龙缪的确认，骨头案专案组把蓝蕾熙失踪事件与酒乐遥关联了起来。辛可加虽然认为蓝蕾熙失踪案与骨头案是点与面的关系，可究竟是怎样的一种关系辛可加自己都没梳理清楚。究竟该如何把失踪案与骨头案有机地关联起来呢？此时还缺乏足够的事实和证据。因此，辛可加只得下令继续侦查。

辛可加习惯性地俯首案前，让思维围绕骨头案、失踪案发散开去。在一棵从津淮河岸石缝里长出来的榕树树杈上发现了一袋人骨，从人骨的外观、形态初步确认骨头与犯罪有关。根据犯罪必有现场原理，出现在榕树杈上的骨头必定来自某一特定场所。让侦查员围绕发现骨头现场去找这一特定的场所，没找到。为什么没找到呢？或是因为特定场所的确隐蔽，或是因为特定场所没有在划定的范围内，或是因为找的人过于粗心，当然还有别的原因。酒乐遥就在划定的范围里，当时侦查员找过了，但没有在酒乐遥发现特定的场所。李知林说过，他们找得很认真，可就是没找到。从这一结果看，酒乐遥可能隐藏着密室。如果有密室，那就好解释了。李知林认真找了没有找到，因为特定的场所藏得隐蔽。如果酒乐遥有密室，那么在这地方处理蓝蕾熙就变得方便了；如果酒乐遥有密室，那么这里可能就是所谓的与骨头案有关的特定场所；如果酒乐遥有密室，那么作案人就可能作了不止一两起案件。脑海里出现密室后，辛可加自然而然地想到了犯罪学中的密室理论：如果杀人犯想连续杀人而不暴露，就必须具备一些条件，在这些条件里，犯罪空间是特别重要的。犯罪分子要做到杀了又杀，就必须具备一个由杀人者支配的空间。具备了这样的空间，作案人就可以实施一些常人难以实施的行为。具备了这样的空间，只要空间不被发现，犯罪也就很难被揭露。想到这些，辛可加突然想到了津市那些无果失踪人。在辛可加的脑海里浮现出有人将骨头从人体上分离出的情景。辛可加不禁问道：是不是有人利用酒乐遥的密室专营杀人摘取器官的勾当呢？

如果是这样的话，那必须是一伙人所为。如果是这样子的，作案人一定不是一般的人。那位摘取器官的人必须是懂医的。还有，必须获取供体，必须送出器官，必须有人接收器官。如果是这样的话，就应该是有组织犯罪。想到这儿，辛可加打电话给陶冶，要他立即查下酒乐遥老板及管理人员的学习、工作经历及身份。他还交代：侦查过程中要格外谨慎，要特别注意在秘密状态下开展侦查活动。

接到辛可加的电话时，陶冶、邓宇涵正在和其他专案组成员一起对 8 月 10 日在酒乐遥四周出现的可疑人的身份进行确认。在接到辛可加电话后，陶冶把辛可加提出的问题一并纳入需要确认的问题之列。

在罗洗河的协助下，通过照片比对、但永争指认，专家组成员把 8 月 10 日在酒乐遥四周出现的可疑人都是谁大概搞清楚了。8 月 10 日上午 10：25 左右，那一对从酒乐遥西门入内的男女是陈道魁和苏梅。11：03，从黑色商务车上下来把东西抬进西门的那对男女，男的是龙缪，女的还无法确认。13：12，开小型集装箱货车抵达酒乐遥西门的是陈道钟和岳一毡。至于酒乐遥老板、管理人员的身份和学习工作经历，专家组还知道得不多。罗洗河再次强调陈道魁、苏梅有日本留学背景，至于在留学期间学了什么，他也不知道。查了陈道魁、苏梅的档案资料，里面并没有留学记录。那位龙缪最神秘，没有户籍登记，没有居住处，大家怀疑他是外国人。

根据辛可加关于侦查要在秘密状态下进行的指示，陶冶觉得不宜通过直接询问酒乐遥的管理人员来弄清陈道魁、苏梅以及龙缪的身份和学习工作经历。陶冶觉得通过贴靠人员但永争、华博天的帮助是比较合适的。

鉴于工作规矩，陶冶把需要但永争、华博天帮助一事向辛可加提出，再由辛可加给他们下达具体任务。对陶冶提出的问题辛可加说："是的，我糊涂了，应该把这个任务给他们。"

也就过了半个小时，辛可加便打电话给陶冶："陈道魁、苏梅、龙缪的身份、学习工作经历已经搞清楚了。"

辛可加需要验证的是酒乐遥核心人物里有没有学医的人，让但永争、华博天一查便查出了俩。但永争是通过陈道钟打探的。陈道钟不记得陈道魁、苏梅是在日本的哪所大学留学的，可他很肯定地告诉但永争："我那老弟从小就立志学医，到日本留学全靠他自己。他在东京念的是医科，在哪所大学念我不记得了。不过，我知道他一定是学医的，水平高得很，以前还在医院当过外科医生。"但永争还通过主厨胡良党核验了一下。胡良党自豪地说："老板跟我说过，他以前是医生，水平高得很。"

学医经历的确认使辛可加进一步确信酒乐遥里隐藏着密室，也使他更加确信失踪案、骨头案与酒乐遥有关联。尽管如此，辛可加还是觉得不宜立即在酒乐遥寻找密室，而应该循序渐进地把外围的那些事一件一件地做好。

在但永争、华博天的深度介入下，酒乐遥头面人物的面貌渐渐变得清晰。通过信息关联也把酒乐遥相关人的工作关系搞清楚了。法人代表是苏梅，她还是总经理，但真正的幕后老板是陈道魁。陈道钟是陈道魁的哥哥，任部门经理，负责采购。一位叫原舒的女子是总经理助理，还有一位叫苏小波的女子负责物业管理。人事、财务由苏梅负责，陈道魁不太管饭店的事。

那位龙缪是青木人，20 世纪 90 年代初去了日本东京，已加入日本籍。龙缪住在香草天空 9 号楼，和陈道魁、苏梅住同一幢楼，这住房是陈道魁给他买的。那位 8 月 10 日上午和龙缪一起从黑色商务车里抬东西的女子叫鲁琦。鲁琦与龙缪是事实婚姻，生有一女，女儿没有上报户口。鲁琦也是青木人，户籍所在地是青木市东瀚镇。据贴靠人反映，酒乐遥的经营状况大不如前，工作人员之间也是矛盾重重，特别是那位叫岳一毡的与老板的关系十分微妙。

从情报关联分析，酒乐遥是一个非同寻常的饭馆。辛可加开始十分重视酒乐遥，他把自己的分析和想法告知了全体办案人员，并再次强调谨慎行动。

李知林、尹颖继续在荷塘花园小区3号楼401室对酒乐遥实施监控。只是这次他们作了分工，一个人在401监视，一个人把车停在香草天空6号楼与9号楼之间的空地上候着。一旦需要出击，守在车里的人就可以驾车立即行动。第一班尹颖在401室，李知林在车里，三小时后，对调一次。一直守到第二天上午，酒乐遥才出现可疑情况。当日7时许，一辆小型工具车在酒乐遥西门出现，从车里走下一人，尹颖认得，那人是陈道钟。陈道钟打开酒乐遥的西门入内，几分钟后拎着几个袋子出门，并把袋子放进工具车里。工具车的驾驶位上还坐着一人，透过车窗玻璃认不出那人。尹颖赶快通知李知林，他根据尹颖的指挥跟上了车牌号为南C2××2D的工具车。

李知林一边跟，一边把跟的情况告诉尹颖。十多分钟后，工具车进入津市海鲜批发市场，陈道钟下车买了一些海鲜。之后，工具车进入津市鲜肉批发市场，陈道钟下车买了一些肉。李知林感觉不妙，觉得这次是白跟了，陈道钟大概只是去购物而已。李知林把这些情况直播给尹颖，尹颖“哈哈哈”地笑着。后来，陈道钟又去菜市场买了一些青菜就回酒乐遥了。尹颖问李知林，最后有没有看清楚驾驶员是谁？李知林说，只觉得没用就没有注意开车的人。对李知林的回答，尹颖不知道能说些什么。

他俩又守了半天，还是没发现什么可疑的。10日出现的那种情景没有再现。陈道魁没有在酒乐遥出现，那位龙缪也没有出现。只有苏梅在酒乐遥营业后到店里巡一巡，看一看。

尹颖和李知林商议，觉得这样死守也不是办法。她提议直接查10日出现在酒乐遥的那辆小型集装箱货车，特别要查一查10日那天这车离开酒乐遥后都去了哪儿。对尹颖的提议李知林表示赞同。

他们整理出了小型集装箱货车的资料，顺便也把10日那天出现在酒乐遥的黑色商务车的资料也整了出来。小型集装箱货车车牌号是南C3××3E，车体颜色为灰色，核定载重3.8吨，是日本丰田车。小型集装箱货车登记资料齐全，归津市酒乐遥酒店管理有限公司所有。黑色商务车，车牌号为南C3××8N，核定载人数七人，由丰田汽车公司制造，黑色商务车也登记在津市酒乐遥酒店管理有限公司名下。

为了获取可靠的视频资料，李知林、尹颖先往津市公安局指挥中心进入视频系统调取车牌号为南C3××3E和南C3××8N车辆10日的运行轨迹资料。调取成功后，他们再去宁津市公安局指挥中心调取。因为所要调取车子的资料很明确，而且所要调取的只是两天前的资料，所以调取视频资料比较顺利，获取的速度也比较快。从宁津返回津市后，李知林和尹颖迅即对所调取的视频资料进行审阅、分析、消化。通过分析整理，理出了小型集装箱货车10日当天的运行轨迹：13：15，小型集装箱货车出现在香草天空南大门外，随后进入马厂街，之后拐向津丰街，上奈良桥，往津收街开去。13：24，小型集装箱货车出现在泽丰大道，几分钟后进入G324国道。13：31，出现在津市北高速公路入口。13：54，津莆高速北出口卡口监控时出现了小型集装箱货车的影子。之后，在津莆市荔江区天九路出现，进入天王路，又拐入陈靖区龙山路，后进入宁津市詹氏中外合作医院，入院二十分钟后，车又出现在龙山路，最后顺原路返回进入马厂街消失。

通过审阅消化，车牌号为南C3××8N的黑色商务车10日的运行轨迹也整理出来：6：30，商务车出现在马厂街，十六分钟后进津市西高速口。7：18，出安南高速口，之后，轨迹不明。9：08，商务车出现在安南街道。9：23，进安南高速口。10：03，在津市西高速口出现，之后车牌号为南 C3××8N 的黑色商务车在津市市区运行。

尹颖把数据一比对，发现调取的轨迹视频资料里记录的时间与通过照相机拍录下的时间完全相符。尹颖不禁问道：黑色商务车 10 日早晨去哪儿了？运回的是什么东西呢？

尹颖建议再看看 10 日那天龙缪和鲁琦卸货的视频，特别关注从车里取下黑色袋子的那个片段。黑色袋子里的东西呈长条状，挺沉的，是两个人一起抬进西门的。瞧着瞧着，尹颖有了个想法。她从涉案财物保管处借来一个袋子，要把李知林装进去。李知林莫名其妙，可还是听话地进去了。尹颖喊来了两个帮手，让帮手抬起装在袋子里的李知林来回走。尹颖在离袋子有段距离的地方录像。李知林从袋子里出来后，尹颖让李知林看她拍的视频，然后，又让李知林看 10 日那天他们拍的视频。看着看着，李知林恍然大悟，喊道："原来如此，黑袋里装的是人啊！"

从这两天监视的情景分析，不管是黑色商务车，还是小型集装箱货车，现在可能都停在酒乐遥的车库里，就停在香草天空 6 号楼一楼的北侧。该如何处置这两辆车呢？按照辛支队长的意思，要慎重。所以，现在就去动车子肯定是不合适的。怎么办呢？尹颖认为，根据小型集装箱货车的运行轨迹，可以先去查一查宁津詹氏中外合作医院。

李知林不同意现在去找宁津詹氏中外合作医院。他认为直接查车和直接查医院是同一个道理。一查医院，医院的人跟陈道魁一说，他不就全知道了。慎重起见，现在直接查詹氏中外合作医院是不合适的。尹颖想了想，觉得李知林说的有几分道理。不过，这也不能查，那也不能查，该如何推进呢？看来得向领导汇报一下，由领导作决定。

当李知林、尹颖忙着监视的时候，吴哲晗、丁则紧张地对酒乐遥的资金流转情况进行调查。酒乐遥就一个账户，开户行是工商银行。账户上的账目情况与一般的饭馆没有什么不同。支付，付出工资，付出水电费，付出购物费，收银台现金收入，少量的微信支付、网上收入。酒乐遥的营业额并不高，经营利润很一般。除去工资、水电费及其他的花销外，酒乐遥的年利润也就二三十万。前几年营业额、利润会高些，这几年营业额、利润在下降。如果把房租入账，酒乐遥是没有什么盈余的。

陈道魁、苏梅个人都有好几个账户，有中国工商银行账号、招商银行账号，还有华夏银行、城市银行等账号。招商银行账号上的资金来往量最大，资金流转的频率也最高。招商银行账号每月差不多都有大几百万的收入。陈道魁与境外也有资金往来。他有买卖日元、美元的经历，而且买卖的量还比较大。

在查的过程中，丁则总是不停地自言自语，这些钱都是从哪儿来的呢？是谁转给陈道魁的呢？细查下去，发现大笔的钱都来自宁津詹氏中外合作医院，还有一些款项来自境外。

查到这里，丁则又会发问：宁津詹氏中外合作医院为什么要给陈道魁那么多的钱？为什么境外也有人会给陈道魁汇钱呢？

经与辛可加商量后，陶冶、邓宇涵决定进行一次全方位的观察性走访。他俩将下青木，进苏厝，上宁津，对陈道魁、陈道钟、龙缪、鲁琦、苏梅等酒乐遥头面人物的家境及合作方宁津詹氏医疗集团的运作情况进行一次调查。在离开津市之前，陶冶、邓宇涵又惦记起了那个搁在津淮河榕树树杈上装有猪骨头的袋子。搁在树杈上的袋子还在吗？徐梦婷没有什么声响，估计她可能把交代的事都忘了吧。当陶冶、邓宇涵要到青木市去调查的前一天下午，陶冶、邓宇涵又一次去查看了搁在树杈上的袋子。袋子还在那儿，那位徐梦婷回话说她还记得陶冶的交代，有空时她会站在奈良桥上看看袋子还在不在。徐姑娘如此尽责，陶冶禁不住夸了她几句。

把放在树杈上的袋子与装有涉案骨头的袋子相比，陶冶基本上能判断出袋子留在树杈上的时间了。通过比较，陶冶得出结论：装有涉案骨头的袋子留在榕树杈的时间为十九天左右，也就是说，装有涉案骨头的袋子是7月7日被搁放在津淮河里那棵榕树树杈上的。侦查至此，留有涉案骨头的袋子被搁放在榕树树杈上的时间已不再重要了，但实验结果也证明了专案组对许多问题的判断是正确的。

陶冶、邓宇涵第一站的目的地是青木市东瀚镇后塘村。在村民的带引下，陶冶、邓宇涵以外乡人慕名前来参观后塘村为由参观了陈氏豪宅——福满楼。福满楼的外观还很新，据主人陈乾坤介绍说，这楼是两年前盖好的。当陶冶问这么气派的高楼，一定投了不少钱的时候，陈乾坤很自豪地说："投了好几千万啊！"当陶冶问陈乾坤这么多的钱都是从哪来的时候，他乐呵呵地夸起了自己的儿子："我儿子能干啊！钱都是我孩子出的。"当问他的孩子是干什么的时候，老人很自豪地说道："留洋回来的，当医生挣钱。"陶冶、邓宇涵看得清楚，那么大的高楼里，只住着寥寥无几的老人和小孩儿。当陶冶、邓宇涵即将离开陈家时，老人不自觉地"唉"了一下，还咕哝道："楼大也没用啊！"当陶冶问为什么那样说的时候，老人却不吭声了。

邓宇涵特地咨询了陈乾坤的邻居。邻居很直接地告诉邓宇涵："陈老头叹气是因为没孙子。大儿子生了三个，都是女孩儿，小儿子不生孩子。因为这事，陈老头经常面对豪宅唉声叹气。"

陶冶、邓宇涵继续往西去了前塘村岳一毡的老家。前塘村紧挨后塘村，岳家就在村子的东头。和后塘村一样，这里也有很多人偷渡去了日本或美国。偷渡客在国外赚到钱后会回乡盖楼，所以前塘村也是高楼林立。可是，岳家只有老宅，没有盖新房。岳家的老宅十分破旧。村民都说，在前塘村，没有新楼的人家不多了，改革开放后，即使是那些没有偷渡客资助的人家也都盖起那种砖混结构的小楼房。岳一毡的父母亲还健在，他的老婆在家务农。岳一毡有两个孩子，一男一女，两个小孩儿都在镇中学念初中。岳一毡的父母、老婆都知道他在津市工作，至于在津市做些什么，岳家人并不清楚。岳家的人看起来都老实巴交，面对陌生人还有些胆怯。在走访的过程中，邓宇涵顺手拍下了一些照片。

龙缪是青木市东瀚镇龙骄村人。龙骄村位于后塘村与青木市区之间。龙骄村与前塘村、后塘村的情况不同，在这个村里很难见到在后塘村、前塘村随处可见的别墅。龙骄村并不是偷渡村，村民以捕鱼、务农、做生意、打工为业。到村里打听，邻居说知道龙缪这个人，可没见过他，他很少回老家。一位大爷叹道："他家也没什么人了，他也不认祖宗了。"龙缪的父母在他十几岁的时候就去世了。他有一个妹妹，嫁到省城去了。他家的老宅已经弃之不用了。

回津市后，陶冶、邓宇涵直接去了位于溪西乡苏厝村的苏梅老家，在那儿见到了苏梅的老爹苏步云。苏步云七十多岁了，可身板子仍然硬朗，精神矍铄。在与陶冶闲聊的过程中，他很自豪地谈到了自己的女儿，说女儿留过洋，聪明能干，善解人意，很孝顺，等等。

二

各小组都有一些疑惑，特别是对下一步该如何行动大家心里都没个数。所以，很有必要凑在一起互通有无、集思广益一下。经陶冶提议，辛可加又一次把专案组成员召集到市局刑侦支队。那两位贴靠者通常不和大伙一起研究案情。

陶冶概括性地谈了失踪案侦查的进展情况，特别谈到通过多种手段已将酒乐遥核心人物及管理人员的情况查清楚了，还搞清了主要人物的身份及工作生活经历。

接着尹颖汇报了她们小组调查的进展情况。“我们又盯了两天，可没有什么发现。于是，我们就直接查车子，就是查 10 日出现在酒乐遥西门的小型集装箱货车和黑色商务车。这两辆车子都是酒乐遥的公车，材料齐全。我们先后到津市公安局指挥中心、宁津市公安局指挥中心调取了这两辆车 10 日的运行视频资料。经过对视频的审阅、分析，我们发现小型集装箱货车出津市后的目的地是宁津詹氏中外合作医院。这车在宁津詹氏中外合作医院待了二十分钟，从医院出来后就往回开了。小型集装箱货车是岳一毡开的，陈道钟跟车。”尹颖把电脑打开，播放视频，并用鼠标点击视频上的图像，“大家看这儿，这个是陈道钟，这个是岳一毡。从这里进入宁津詹氏中外合作医院，在里面待了二十分钟。”

“冒出了个宁津詹氏中外合作医院，这车子为什么要进医院呢？”丁则自言自语。

“问题先放着。情况汇报完了再分析。小尹，接着说。”辛可加说。

“那辆黑色商务车 6 点多就从津市出发，去了安南县，后来又去了什么地方就不知道了。9 点多商务车出现在安南街道。你们看，”说着，尹颖又把视频播放给大家看，“10 时 3 分就回到津市了。很有意思的是从车上抬下来的东西。大家看一看，能不能看出黑袋里装的是什么东西？”这是一段尹颖自己拍录的视频。她和李知林看了好多遍了。

“很像装着一个人。”丁则说，“看那长短、大小、重量，很像人。”

“那天我让知林钻进袋子里，也拍了一下，你们看，”尹颖点击另一段视频，“像不像？我也认为里面装的是个人，而且是个成年人。”

“好，这个推断基本可以成立。抬袋子的人，男的是龙缪，女的是谁？”辛可加说。

“女的是鲁琦，龙缪的老婆。”李知林说。

“好，现在可以议一下。这些行为意味着什么？”辛可加说。

“联系起来可以发现他们做了这么一些事：他们用车到安南一带运回一个人，然后把人抬进酒乐遥。大约两个小时后，一辆小型集装箱货车把酒乐遥里的东西运到了宁津詹氏中外合作医院。联系到这中间进去了懂医的陈道魁和苏梅，那么，他们可能真的在里面摘取器官。”邓宇涵缓慢地说着。

一阵安静。

“好像真的是。那辆小型集装箱货车好像是低温冷藏车，越看越像啊！”吴哲晗插了一句。

“分析案情时我们经常会犯主观臆断的错误，可认定这是在摘取器官我倒认为是有依据的。从一个点还看不出来，可把一些点联系起来就看出问题来了。供体、懂医的人、疑似低温冷藏车，车开到了医院，把这些情节串起来，要说不是摘取器官还真不好反驳。小尹，把车的照片放大看一看，把那几个从酒乐遥西门搬出箱子的视频、照片再看一看。”辛可加注视着屏幕，“没错，这车是低温冷藏车，这箱子是低温冷藏箱。他们的确是在从事摘取人体器官的勾当。”挖得越细，摘取器官的认定就越来越肯定。

丁则急着把心中的疑惑提交给各位。陈道魁的个人户头上有几个亿的资金来源，大都来自宁津詹氏中外合作医院。在查账的时候，对这一疑点丁则百思不得其解，可当把收入与摘取器官业务联系起来后，丁则就豁然了。

“听你们这么一说，我心中的疑惑就解开了。我们在查酒乐遥账目时发现陈道魁的个人户头上有很多笔宁津詹氏中外合作医院转入的资金，当时不理解，现在理解了。如果陈道魁和宁津詹氏中外合作医院之间是在做人体器官买卖，这些资金流动就好理解了。同时，根据资金流转数据，也可以从另外一个角度佐证陈道魁是在做人体器官生意。”丁则说。

“资金流转痕迹是骗不了人的，的确佐证了我们的判断。”陶冶说。

“不过，在查资金的时候，我们发现陈道魁还有境外资金来源。是谁在境外汇钱给陈道魁呢？这问题我不太明白。”丁则说。

“可能是把人体器官卖到境外了，所以境外的人给他汇钱。”李知林说。

“看来也只能这样去解释了。”丁则应道。

邓宇涵把走访陈道魁老家的情况在会上作了交流，还说陈家后塘村的豪宅的确得投资数千万元。这几千万元的钱是从哪儿来的呢？如果陈道魁弟兄单单依靠经营酒乐遥是不可能有那么多钱在老家盖豪宅的。

可疑的行动、大笔的资金转入、老家豪宅都指向陈道魁可能从事人体器官贩卖活动，而且，他们贩卖的人体器官有相当多的数量。他们从不同的渠道获取供体，在酒乐遥的密室摘取器官，继而把器官运到宁津詹氏中外合作医院。陈道魁、苏梅学过医，当过医生，这是他们从事人体器官贩卖活动的先决条件。在行动过程中，他们用到的低温冷藏车、低温冷藏箱更是加大了他们从事贩卖人体器官活动的可能性。

酒乐遥的密室非同一般，里面一定有用于摘取器官的各类工具，里面应该到处都是飘荡着的冤魂。

集思广益之下，很多疑惑解除了。不过，下一步该如何推进呢？大家看着辛可加，他的脑子飞快地转动着。

到现在为止，判断陈道魁一伙利用酒乐遥从事摘取人体器官活动仅停留于推论，只是基于他们的行动特征而得出的推测性结论。从逻辑上看，这种结论是能够成立的，但通过推导得出的结论还没有得到强有力的证据证明。就连津淮河上发现的四根肱骨与正在被侦查的利用酒乐遥密室摘取人体器官一案之间是一种怎样的关系，也无法给出一个合理的解释。

如果行动稍有不慎，陈道魁把密室给毁了，把那些摘取器官的器材给扔了，到时又死不认罪，办案人员能有什么办法呢？供体是从哪儿来的？不知道，也不好查。器官去了哪儿？也已经找不到了。要指控陈道魁摘取、贩卖器官，可没有什么证据证明啊！后塘村老家的豪宅，还有资金流转痕迹，又能说明什么呢？陈道魁弟兄、苏梅都是生意人，不是官员，他们随便编个故事办案人员就会没辙。办案人员是不能以财产来历不明去治他们的罪的。所以还得再深入一步，必须在十分有把握的情况下才能密捕，而且要同时公开搜查密室。

辛可加看了看陶冶，说：“陶队长你说说看。”

陶冶不自觉地摸了摸额头上的皱纹，说：“要是常规案件的话，就是该查什么就查什么。比如，查小型集装箱货车，如果这车是用来运器官的，那车上的结构肯定和别的车不一样。查宁津詹氏中外合作医院，调查医院什么时候进了器官，把器官用到哪儿去了？可以直接搜查酒乐遥，通过搜查发现密室。进行搜查的同时，实施抓捕，分组行动，一网打尽。不过，我知道这案件和普通的案件有些不同，辛支队长也一直强调谨慎，强调要在秘密的状态下侦查。这一谨慎、这一秘密，我可就有些不知该如何下手了。”

辛支队长笑了笑，说：“其实陶队长把要点都说了。不过，我还要再理一理。失踪案与骨头案已经不知不觉地合二为一了。到现在为止，我们可以不再提骨头案与失踪案，而应该给正在侦查的案件一个新的名称。我想就叫作‘酒乐遥隐案’吧。之所以称为隐案，是因为这一案件的水到底有多深，到现在都还是一个很大的未知数。我个人觉得水是蛮深的。现在我们只是推断陈道魁一伙在酒乐遥设了一个密室，利用密室摘取人体器官，我们还知道供体的来源不是单一的，这伙人把器官送到宁津詹氏中外合作医院。那么，酒乐遥隐案下一步该如何推进呢？正如陶队长说的，普通案件该怎么弄就怎么弄，可这个案子不可以。试问，如果现在陈道魁把密室给毁了，我们还能用什么东西去证明他们犯了罪呢？说实话，算我们运气好，他们仍在不停地犯罪。要是他们收手了，可真的就难办了。供体来自何处，去了哪里？器官又到哪儿去了？谁知道呢？因此，还得先做一件事，做完这事后再直捣窝点，把人抓了。这事就是逆用酒乐遥内部人员。比较一下，可以逆用的是岳一毡，理由你们想想便知。”

专案组的其他成员都觉得辛可加言之有理。这个时候如果能把岳一毡成功逆用，那大家心里的确就更有数了；也就很容易知道密室究竟在哪里了；还可以搞清楚他们把器官运到了宁津詹氏中外合作医院的哪个部门、哪个位置，运了多少次，器官都用到哪儿去了。选择岳一毡作为逆用对象是最合适的。原因之一是他非核心成员，之二是他知道得多，之三是他与核心层有矛盾。而且，岳一毡的家境也可以作为说服他的筹码。

辛可加还说，逆用岳一毡就不用专案组成员操心了，他会安排但永争、华博天去做。辛可加又说，别的事都可以暂停，但只有一件事必须马上去做，那就是发出边控通知，立即实施边境控制，他安排陶冶去办这件事。专案组其他成员休息几天，等成功逆用岳一毡后再行动。

但永争、华博天和岳一毡已经混得很熟了。不过，在拟订逆用方案之前，他们仍然从辛可加处调取了案件资料，全方位了解了岳一毡。

但永争、华博天认真地研究逆用方案，他们决定请岳一毡喝酒，在酒桌上把他给“逆”过来。

那天下午，由但永争约岳一毡。听说有酒喝，岳一毡满口答应：“好啊，晚上，晚上没什么事，不去帮厨就是了。”

一起吃饭喝酒的人就岳一毡、但永争、华博天三个人。三位看起来像是认识多年的老朋友了。

一落座，岳一毡就发牢骚：“干得比他们多，拿得比他们少，凭什么，我就是不服气，那个龙臭大头牛得很，死样儿。”

但永争趁机搭话：“怎么了，对老板不满？”

“是啊，干了好多年了还是穷光蛋啊！”

“你是真不满还是假不满啊？”

“我干了那么多活，可只拿那么一点儿工资，那个龙大头，没干什么啊，老板却一下给了好几百万元！”

“要真不满的话就搞一搞老板。”

“怎么个搞法？”

“不瞒你说，我们也知道你们老板在干些什么。你知道的比我们多得多。只要你出面，一定可以把老板搞倒的。”

“搞倒老板对我有什么好处啊？”

“不瞒你说，我们知道，你们老板已经被警察盯上了。这时候，你如果能够站出来说些话，对你会有好处的。”

“两位是不是警察啊？”岳一毡怔怔地看着但永争和华博天。

“不瞒你说，我们就是警察，已经盯住酒乐遥很久了。我们发现，你和他们不一样，现在我们要拉你一把。你只要站出来，把你知道的说出来，这就是立功，到时会大大减轻对你的处罚。”但永争平静地说。

岳一毡有些紧张，突然觉得刚刚还是朋友的但永争、华博天竟是如此陌生。他拿起桌上的水杯不停地喝水，手有点儿抖。

“老岳，你不必紧张。我们的确是要帮你的。我说了，你和他们不一样，我们去过你家，你家的老宅破破烂烂的，如何跟别人比呢？”但永争以同情的口气说道。

“你们真的是警察，你们去过我家？唉，的确不如人家。”岳一毡看了看但永争笑了笑。

“老岳，既然对老板不满，而且老板很快就要栽了，你可要保护好自己。保护自己的办法就是把所知道的告诉我们。刚才说了，这叫立功，对你有好处。你父母、小孩儿都还需要你的照顾。”

“说是没问题的。可是这有点儿，有点儿，老板对我也没那么坏啊！”

“现在不是老板对你坏不坏的问题，是你要保护自己啊。老板栽倒是肯定的，你要是不配合，也就会跟着栽了。你知道吗？”

岳一毡沉默了一会儿。

菜已经上桌了，华博天让岳一毡吃菜：“老岳，吃饭。记住，我们是为你着想的。你把你知道的说出来。这种事只有我们警察知道，陈道魁他们是不会知道的。我们认为你和他们不是一路的，所以才帮你。你要是觉得良心上过不去，去想想陈道魁都做了些什么就可以了。”

“其实，一个月前，我已经扔了一袋骨头，我早就盼着他们暴露，盼着他们栽了。”

“你干了这事？希望他们暴露？的确，他们暴露就是因为你扔骨头引起的。你还是爽快地把知道的都说了吧，已经没有什么好隐瞒的了。就先说你扔骨头的事吧。”

“大概是 7 月初吧，我去送骨头，那天被陈道魁骂了，还和陈道钟吵了一架。我心情不好，就巴不得酒乐遥出事，出个大事，大家都完蛋。谁叫他们那么得意，个个风光无限。那天，我装货的时候就很不认真，心里想的是骨头丢掉就好了。车开到奈良桥的时候颠了一下，我知道东西掉了，可是我没理会。后来，我又有些怕，车开到刺桐桥头时我掉头了，回去找丢掉的骨头。可是骨头不见了，不知道被谁拿走了。后来，我也没把这件事告诉陈道钟。那一阵子，他们事多，也没人关心这事。”

“既然说了就全说了吧。好，现在我问你答，一件一件分开说。”

“好。”

“你单独送的都是人骨吧？”

“当然是人骨，运的东西我偷看过好几次。”

“是哪一年开始送的？”

“送了好几年了，2008 年就开始送了。”

“一共送了多少次？”

“一年送个四五次吧，记不太清楚了。”

“那你和陈道钟一起运的又是什么东西？”

“说真的，我不知道是什么东西，陈道钟没让我看过。几年了，他也没跟我说过是运什么东西。”

“你和陈道钟一起把东西运到什么地方了？”

“大部分运到津市詹氏中外合作医院，有时也运到宁津詹氏中外合作医院。”

“从哪一年开始运的？”

“也是2008年。”

“两个医院合起来一共运了多少次？”

“每月两三次吧。以前少，近半年多。”

“运出去的东西都是从哪取的？”

“从老板办公室取的。大部分都是陈道钟去取，我在车里等。”

“你去过老板的办公室没有？”

“去过。那里面一定有秘密。”

“你为什么知道有秘密？”

“不让我靠近，一靠近就把我赶走。那么多年了，我又没那么傻。”

“人骨是如何运出去交接的，说具体一点儿。”

“骨头以前是运到姑嫂塔，有派出所的人接应，然后由派出所的人护送到海上交接。这一两年情况有变，那位派出所的民警好像调走了，所以他们就让我利用会香的机会把骨头送到天后宫直接交给台湾地区的刘达伦。这两年，刘达伦每次会香都会来。”

“那个警察是哪个派出所的？叫什么？”

“姑嫂塔边防派出所的。名字，他们也没告诉我。不过，时间久了，姓什么也就知道了。那警察姓苏。”

“好吧，你所说的只有你知道、我们两个知道。你不能把这事再对其他人说，知道吗？”

“知道。”

第十四章　暗室欺心终有头

一

逆用的确十分有效。岳一毡一开口，许许多多的迷就都解开了。只要办案人员需要，还可以通过但永争、华博天向岳一毡提问。辛可加把岳一毡叫了去，亲自问了一些细节。比如，密室的具体位置，海上交接地点，两所医院交接的具体人，那袋骨头遗落的具体地点。最后，辛可加亮明身份，特别交代他把住口风的重要性。

岳一毡静静地离开了，回到了酒乐遥，他知道酒乐遥就要倒了。他有些得意，警察都说了是因为他搞了一下所以酒乐遥暴露了。但他又有些失落，酒乐遥倒了，自己今后又能去哪儿呢？在这儿都待了八年了，也算是自己人生中最风光的八年。以前去打工，干的是又脏又累的活儿，可收入低微，在这儿自己起码是个司机，是个采购员，是个重要的人物，收入也不低啊。现在，自己虽然还是个穷光蛋，可让自己成为穷光蛋的原因是因为炒股票啊！老板是很偏袒那个臭大头，可对自己也不错。陈道钟老是不告诉自己实情，把自己当成外人，可他也是好心啊！岳一毡突然有些难过。可这难过是自己造成的！岳一毡的眼前又出现了那个警察领导。他那么严肃，说得那么可怕，可是他说得也很有道理。是啊，如果老板知道我干了这些事，还会放过我吗？特别是那个龙缪，一定会把我捏死的。岳一毡悄悄地躲到厨房里，安安静静地洗菜、捡菜、切菜，他已不再生别人的气了。他很认真地干活，说话也变得轻声细语的。

密室的大概位置确定下来了，器官是运到两所医院的，医院出来交接器官的人也知道了，酒乐遥隐案的犯罪分工差不多也搞懂了，犯罪事实已经有一些证据可以证明，供体的来路还有些模糊，但多少也知道了一些。辛可加认为破案的时机基本成熟，此案必须通过破案再获得更多的证据。

辛可加列出第一批要抓的人：陈道魁、苏梅、龙缪、陈道钟、鲁琦、岳一毡、骆元盛、归亚当、何充明、孙起。岳一毡尽管已经被逆用了，但拘还是要拘的。岳一毡作为团伙犯罪的从犯，在犯罪中起辅助作用，同时又有立功的表现，因此，到时会判得比较轻。不过，现在还是要拘，判多少年还得由法官定。

辛可加想了想，这次抓人必须同时行动，特别是陈道魁、龙缪、苏梅必须先制伏。如果稍有疏漏，这三个人就有可能跑到国外去。一共要抓的是十人，应组建十个抓捕小组。每个组的通信工具、警械、武器都要带齐，但最好不要用上武器，智取、无抵抗捕获才是最佳的选择。津市詹氏中外合作医院接头人骆元盛、院长归亚当可归入一个大组，因为邓宇涵曾经查过这家医院对此他较为熟悉，所以这个大组可交给他负责。具体抓捕时，大组可以再分成两个小组行动。抓捕两个人应安排六名侦查人员。除邓宇涵外，可抽调清源分局五名侦查人员协助。宁津詹氏中外合作医院接头人何充明、院长孙起也可归入一个大组，因陶冶曾经查过此医院，可交给他负责。具体抓捕时，大组也可以再细分。此大组的抓捕成员除陶冶外，可抽调温泽分局五名侦查人员参加。可让丁则负责抓陈道魁，让刑侦支队的老李、小阮协助。让吴哲晗负责抓苏梅，另派支队的两名男侦查员参加。龙缪体壮力大，是个特别需要重视的对象。但永争抓捕经验丰富，办事老到，是唯一一个对龙缪很熟但龙缪却不认识的人，可由老但负责，另派支队两名年轻壮汉帮助。抓捕陈道钟是相对容易的，让李知林负责，派支队的老康、小陈协助。龙缪一旦落网，鲁琦是轻易不会反抗的，由尹颖带上支队的小丰、小吴去抓就可以了。岳一毡是不会反抗的，由华博天出面，到时可以和他当面沟通，说明缘由。

各组各就各位。他们一起熟悉对象情况，对在不同时间段对象可能出现的位置进行分析，并提出出现意外应采取的应急措施。各小组根据拟订的方案进行了必要的演练。

经与各组商议，辛可加决定 8 月 18 日中午统一行动。各个小组 18 日上午通过各种手段对对象进行跟踪定位，中午 12 时贴近对象，只要时机合适就把目标拿下。

邓宇涵稍加侦查，就把津市詹氏中外合作医院骆元盛、归亚当的情况搞清楚了。他把六个组员分成两个小组分头行动。18 日上午，骆元盛、归亚当在上班。12 时，两人都在回家的路上。侦查员分头跟着，骆元盛在即将进入小区时被抓获，归亚当在楼梯口被擒。骆、归都没有反抗，但被抓时他们嘴里都在喊“抓错人了，抓错人了”。被抓的时候两个人都不知道被抓的原因。当邓宇涵跟他们说明抓捕缘由时，他们才脸色突变低下了头。

陶冶小组也是手到擒来。和邓宇涵组一模一样，被捕者不知被捕原因，开始时都是大喊冤枉。当对他们说明抓捕缘由时，他们才如梦初醒。宁津詹氏中外合作医院孙起院长很不理解，他用双手捋了捋油光发亮的头发，用带有浓重宁津口音的普通话说：“这么多年都过来了，以为没事了，可结果还是出事了。是谁告诉你们的啊？”

各个小组的抓捕行动都比较顺利。苏梅是在去酒乐遥的路上被抓的，被抓后，她始终一言不发。鲁琦被抓时提出能不能让她回去看一下孩子。岳一毡感到疑惑，问华博天：“我不是没事了吗？”陈道钟是在离酒乐遥西门口二百多米的地方被抓的。他闲着，想到厨房去帮个忙。被抓的时候，他不相信抓他的人是警察。当他的手被李知林铐上的时候，他还用力想弄开手铐，边扭动边说：“我可没欠你们的钱啊！搞错了吧！”龙缪是在香草天空小区 9 号楼的住处被抓的。但永争站在 905 室房间门口，他直接敲门。他知道龙缪在里面。他相信在这个时间点就这样敲门，龙缪是一定会开门的。果然，只敲了五六下，905 室的门就开了，门开得大大的。龙缪站在门口，上身着背心，下身套着裤衩，脚上穿着拖鞋，大着嗓门问道：“什么事啊？”但永争上下打量龙缪，装作疑惑不解状，问道：“这是陈道魁家吗？哎，是不是错了？这里应该是陈道魁的家啊？”见状，龙缪倒客气了：“几位，找道魁有什么事，不妨进门说。”“好吧，好吧，陈道魁约我们来的。”但永争边说边跟着龙缪往房间里走，那两位刑侦支队壮汉也跟了进去。龙缪往前走，但永争点头示意，两名年轻壮汉立即行动。一左一右，使出擒拿手，锁住龙缪的左右手。受到突然袭击，龙缪本能地用力反抗。这龙缪力气也真是大，两位壮汉使出吃奶的力气才没让龙缪挣脱，最后还得靠但永争一起动手才给龙缪上了手铐。龙缪艺高人胆大，但永争正是利用龙缪这种不设防心理直接敲门入室抓捕他的。陈道魁也是在家里被抓的。丁则是冒充苏梅派来的酒乐遥伙计让陈道魁开门的。当陈道魁的手被铐起来的时候，他看着丁则，黯然叹道："要来的还是来了。暗室欺心终有头啊！"

各组捕获成功的消息很快都汇集到了辛支队长那里。当听到陈道魁被成功捕获后，辛可加立即带上开锁高手陈奎安、侦查员叶永山和两名特警向酒乐遥西门靠拢。

酒乐遥已经营业，见来了两位着作训服、身材魁梧、荷枪实弹的警察和几位便衣，大家交头接耳、议论纷纷。辛可加宣布：酒店出事，暂停营业，客人可以撤离，厨师、管理人员、服务人员原地待命。辛可加让两名特警在西门口和南门口把着。客人有的撤走了，有的留下看热闹。有一位客人还念叨着："哎，今儿吃饭不要钱啊！"对这人的调侃，没人理会。

辛可加没有到过酒乐遥，可对它的内部结构已经很熟悉了。根据岳一毡的陈述，辛可加已经把酒乐遥的内部结构绘在自己的脑海里了。辛可加让陈奎安直接打开陈道魁的办公室，映入眼帘的和在脑海里描绘的是何其相似。辛可加知道，西北角那个橱柜后面一定就藏着通往密室的门。他把橱柜往南边推，用的力不大，橱柜就动了，似乎橱柜下安装了滑轮。有一个门，门的轮廓很清晰。看那样子应该是往里推的。辛可加用右手去推，推不动，用了力，还是推不动，应该是设置了机关。他用手上下左右动了动，说了声："果然有一个小机关。"他把门板往上一提，再往右一挪，用力一推，门就开了。一股怪味扑鼻而来，酸酸的、涩涩的、苦苦的……

里面应该就是密室了。这密室有二十平方米左右，是一处并不十分隐秘的场所。室内的墙壁、灯具和前一间办公室里的没有什么两样。密室自然是没有窗户的，室内有些暗，打开灯，什么都可以看到了。这密室其实就是一个手术室。手术床放在房间的中部，床上方安着手术灯。床边放着一个双层木柜，柜里摆放着抽血器、手术刀等物。手术刀可真多，大的、小的，长的、短的，各式各样。辛可加从来没有见过这么多的手术刀，就算倪男祥的法医室也就只有那么几把。靠南墙的桌上有几台仪器，那些仪器应该是离心机、血液细胞分析仪、麻醉机之类的。房间里也有低温冷藏器，好几个，尺寸也不一样。角落里还有一个冰柜。

看到这些，辛可加放心了。此时，刚好李知林、尹颖、丁则、吴哲晗成功抓捕后增援来了。辛可加把尹颖留下帮自己，让李知林、丁则、吴哲晗去处置在场的那些酒乐遥的工作人员。辛可加让尹颖拍照固定。

密室就只有这一间吗？如果在这里摘取器官、剔取骨头，剩下的皮肉是如何处理的呢？是在什么地方处理的呢？辛可加巡视了密室的上下左右、东西南北，房间西北角的墙体上有一条突起物，疑似楼上通往下水道的管道。这一突起物，在前面办公室里可是没有的。辛可加瞧了瞧，东墙中部墙体与天花板连接处似乎有缝隙，在缝隙的中部好像还有一个把手。缝隙下方的地板上恰好有张凳子，辛可加站在凳子上，用手动了动把手，再往下一拉，居然有东西往下掉。那东西垂到地面，认真一看，是一个活动式梯子。顺着这个梯子可以爬到二楼。

辛可加用手电筒往上方照了照，确认那是个上二楼的通道后，就顺着这个梯子爬了上去。入口的墙体上就有电灯的开关，一摁，二楼的灯也亮了。尹颖也跟着爬了上去。二楼同样有一股怪味弥漫。

二楼的房间比一楼还大，有三十平方米的样子。靠南还搭了一张双人床。床前的长条桌上还有一个笔记本电脑。西墙立着大冰箱、大冰柜。西北角有几个大小不一的木桶、不锈钢桶，桶边散放着一些装有液体的瓶子。房间的东南角有一个大书架，书架上有不少书。辛可加盯着安装在西北角的水槽。这水槽就安在墙角的地面上，水槽也就十多厘米高。可水槽的排水口很大，连接排水口的管道也很大。这完全不像居家卫生间里的水槽。聪明的辛可加当然知道，这里就是处理废物之口。

他检查了瓶子里的液体，那是一些催腐剂，还有氢氧化钠、盐酸之类的东西。这个陈道魁可真是厉害啊，他摘取器官后，就在这儿把废物也一并处理掉了。

辛可加要离开密室了。可此时，他心生疑惑：这二楼大大小小的家具、电器都是如何进来的呢？辛可加顺着四周查了查，他发现了西南角有很不明显的割痕，必须细看才能看出究竟。发现了割痕，辛可加也就明白这些家具、电器是如何进出的了。

下楼之前，辛可加把二楼的灯关了。他和尹颖从梯子下去后，到了地面，用手把梯子往上一推，梯子就归位了。

辛可加通知倪男祥等勘查人员到场对密室进行勘验，把必须提取的物证予以提取。他还要倪男祥特别重视提取密室里的生物检材，要好好地检一检密室里留下了多少人的DNA。

负责处置酒乐遥工作人员的侦查员们也在忙碌着。吴哲晗给在场的人都拍了照。丁则、李知林记下了他们的姓名、身份证号、住址、电话号码。当苏小波问丁则 6 号楼的二楼还能不能住的时候，丁则回话说暂时可以住。原舒面带愁容怔怔地望着吴哲晗，伤心地说："酒乐遥好好的，出什么事了？我们可没有欠债啊。"吴哲晗反问道："你们老板一天到晚都在做什么，你们不知道吗？"

辛可加签署冻结令。由李知林、尹颖去办理冻结手续。津市酒乐遥酒店管理有限公司、宁津詹氏中外合作医院、津市詹氏中外合作医院的资金账户予以冻结。凡涉及陈道魁、苏梅、陈道钟、龙缪、鲁琦、岳一毡、何充明、孙起、骆元盛、归亚当的资金账户全部予以冻结。

苏小波说，津市酒乐遥酒店管理有限公司有六辆车，陈道魁、苏梅、龙缪都有私用车辆。公司的车辆大部分停放在车库里。车库就在香草天空小区 6 号楼一楼北侧。吴则晗和丁则从苏小波处拿到了车库和车辆钥匙。丁则把位于北侧的铝合金卷拉门推开，看到了车库里停放的车辆。那辆车牌号为南 C3 × × 3E 的小型集装箱货车停放在北侧三号库，黑色商务车没在。当丁则问苏小波为什么那辆黑色商务车不在时，苏小波回答说，应该是龙缪开回家了。小型集装箱货车的驾驶室和别的货车没有什么两样，后部是一个集装箱。箱内备有蓄电系统和连接口，即使车子不运行，只要把低温冷藏柜连接蓄电器就可以让低温冷藏柜运行。这辆集装箱货车完全具备运送放置于低温冷藏柜内的人体器官的条件。吴哲晗、丁则也检查了其他车子。车子车况正常，车内都比较整洁干净，没有发现异常情况。

查完车库里的车辆，吴哲晗、丁则又赶到 9 号楼。9 号楼一楼也有几间车库，刘小波说，龙缪常用的两辆车、陈道魁家的两辆车都停在那儿。他们把四辆车都查看了一遍。龙缪使用的两辆车分别是奔驰和丰田。陈道魁家的两辆车分别是宝马和奥迪。车内都很干净、整洁，都是私家车的布置。吴哲晗重点查看了黑色丰田商务车。商务车可以坐七人，共有三排座位。后座第一排的地毯上有两双女用凉鞋，后座第二排与行李厢之间的隔板上放有盒装面纸、擦手纸，座间储物箱内放有驾驶证、行驶证。后备厢内有女式运动鞋一双、女式凉鞋一双、男式旅游鞋一双。吴哲晗提取了驾驶证和行驶证，拿出工具，认真地在后座上、地毯上寻找毛发及其他人体脱落物。吴哲晗在后座上找到了两根长发，不知道那是鲁琦的还是被害人的。她用镊子把毛发夹取放入提取袋。

尹颖把 2005 年至 2016 年津市无果失踪人中的 2005 年至 2007 年的失踪人去掉，重新制作了 2008 年至 2016 年津市无果失踪人表格。依照表格上的名单，反查失踪人。经过反查确认，津市每年仍有七至八个无果失踪人。尹颖又制作了一张表，把近七十个无果失踪人的基本情况都罗列了出来。在这剩下的无果失踪人里一定有被龙缪掳走的人。尹颖把表格提交给陶冶，由陶冶转交辛可加。

辛可加让吴哲晗把陈道魁各个账号上的汇入款项都列出来。陈道魁账号上每一笔从宁津詹氏中外合作医院汇入的款项都意味着一个被肢解的人。从 2008 年至今，陈道魁六个账户上共有二百二十五笔来自宁津詹氏中外合作医院的转账，每笔都是一百八十万元。吴哲晗只是机械地摘录、登记着。当陶冶告诉她，一笔收入就代表着一颗人头时，吴哲晗惊呆了。在前后八年里，陈道魁他们摘取了二百多人的器官。数量如此庞大，吴哲晗有些不敢相信。

从津市詹氏中外合作医院赶回市局刑侦支队办案中心的途中，院长骆元盛就稀里哗啦地坦白了：“领导啊，你们想知道什么我们都说。我们医院没有开展器官移植业务。我们只是在转运，把酒乐遥运来的东西转运到宁津詹氏中外合作医院。我们只是听从老板的安排在转运啊，不知道我们犯了什么罪！转运器官可都是老板安排的。这些器官可都是有合法来路的啊！”那位联络人归亚当也在旁边附和着：“我只是打工的。老板叫我干什么我就干什么。我也不知道这些东西是从哪来的啊！”当邓宇涵问骆元盛所谓的老板指的是谁时，骆元盛回话说：“詹荣国，宁津詹氏医疗集团董事局主席。”这位詹荣国，邓宇涵也听说过一些。他是南夷省大名鼎鼎的人物，是杰出的民营企业家，拥有各类医院数百家，身价数百亿元。听说，他还是宁津市政协副主席。一位手快的侦查员百度了一下，发现詹荣国各种头衔有二十多个，也确是宁津市政协副主席。

从宁津詹氏中外合作医院到津市公安局刑侦支队有一个小时的车程。在车上的时候，陶冶就和宁津詹氏中外合作医院的孙起聊了起来。孙起纳闷的是为什么就暴露了呢！当陶冶问起器官交易一事时，孙起也提到了詹荣国。“是詹主席安排我院接收的。我的前任良博就在做这事了。我接任后接手这业务也是理所当然的。我们和日本青木丸红株式会社合作，由他们提供器官，我们也不知道他们是从什么地方弄到器官的。我们也不便过问这事。”孙起很轻松地说着，似乎他不认为事情有多严重。“对啊，对啊，我们只管接收器官，然后根据约定把货发出去就是了。”接头人何充明在旁边附和着。当陶冶问到底收了几年时，孙起大着声音说：“七八年了，都是老生意了。谁想到现在会出事啊。”陶冶又问何充明：“货到了宁津詹氏中外合作医院后又是如何处理的呢?”何充明回答：“按事先约定的送给需要的医院，或者需要器官的医院派人派车来取。”陶冶又问：“货都去了哪儿了?”何充明自豪地应道：“天南地北哪都有，哪里需要就发到哪里。当然，路程太远会影响器官的品质。北面最远的发到北京，西边发到西安，也有几个肾脏还去了乌鲁木齐。云南省要了三四次。”孙起和何充明说起器官交易时竟然也无所顾忌。

二

讯问必须尽快进行，而且这十个犯罪嫌疑人要分开审讯。为了节省时间，辛可加决定通过讲解的方式让参与审讯的侦查人员尽快熟悉案情，特别是尽快熟悉案件细节。他把要参加审讯的侦查人员集中在办案室，由主要侦查人员介绍前期侦查情况，特别是由辛可加向各位介绍岳一毡提供的情况以及对密室的检查情况。如果侦查人员有不明白的可以互相提问。

辛可加还把要审的十个犯罪嫌疑人理了一下。津市詹氏中外合作医院的骆元盛、归亚当说得差不多了，这两人显然不是审讯的重点。辛可加让邓宇涵快些把他们了结了再去讯问别的犯罪嫌疑人。宁津詹氏中外合作医院的孙起和何充明也早就开口了，不存在不供、拒供的问题，对他俩的讯问重点是要问出他们的知情程度。如果他们不知道酒乐遥提供给他们的器官是通过杀人所获，那还不好定他们的罪。如果他们知道了，那么他们就是帮凶，就是共同犯罪。要认定他们是否知情，单单通过审讯可能解决不了，下一步还得通过其他途径获取证据去证明。辛加可交代陶冶对他们的讯问也可快些了结。余下的六人，岳一毡差不多全部说过了，现在只需补个笔记就可以了，辛可加安排华博天去做这事。还剩陈道魁、苏梅、龙缪、鲁琦和陈道钟。辛可加进一步分析：这五人都可能抵抗，尤其是苏梅和鲁琦，她们的基本心态是观望，如果陈道魁、龙缪交代了，她俩也就交代了。如果陈道魁、龙缪没有交代，她们也就会装聋作哑。陈道钟是轻易不会说的，他会装傻，会以一问三不知的态度对待审讯。当然，如果他发现陈道魁都说了，他也就不会坚持了。所以，重点还是陈道魁和龙缪。辛可加决定亲自审讯陈道魁，邓宇涵配合。龙缪交给陶冶，由丁则配合。尹颖、吴哲晗分别审讯苏梅和鲁琦，由李知林配合尹颖，另派阮配酸配合吴哲晗。但永争审讯陈道钟，由支队的吴则昊配合。各组各就各位，分别进行。就要离开办案室的时候，辛可加不忘交代：“如果在审讯过程中有什么特别发现要及时报告。”

陈道魁静静地坐在审讯椅上，低垂着头，眼睛盯着铐住自己双手的手铐。他的头发有些散乱，身上随意地搭着T恤、便裤，脚穿凉鞋。他显然是在休闲的状态下被捕的。

辛可加走过去，把铐住陈道魁的手铐取了下来。陈道魁瞄了辛可加一眼，又低下了头。

辛可加并不急于提问，他把一袋从密室里提取到的手术刀放在审讯桌上，还取出几把瞧了瞧。

见没人问话，陈道魁往审讯桌方向瞄了几眼。

辛可加问邓宇涵：“会使用手术刀吗?”

邓宇涵回答：“用是会用，可用得不好，必须得学医的才用得好。”

陈道魁好奇地又往审讯桌这边看了一眼。

“陈道魁医生啊，这些手术刀是在哪儿买的啊?”辛可加很轻松随意地问道。

陈道魁欲言又止，最终没有搭话。

“这些手术刀都是从你的办公室里拿来的，问你都是从哪儿买的呢?”辛可加一开始就提出手术刀，目的是要打消陈道魁存有的侥幸心理。

辛可加手里拿着手术刀又一次走到陈道魁的面前，说：“还认得吗？”

陈道魁看了一眼手术刀，说：“认得。”

“这几年，用坏了几套？”辛可加暗示陈道魁，办案人员已经知道他肢解了很多供体，通过这一问题进一步打消他的侥幸心理。

“也就四五套吧。”陈道魁很平静地应道。

“为什么干这事呢？是被迫的，还是主动的，给个理由吧。”辛可加想给陈道魁一个心理台阶。

“干这事很赚钱，这理由够吗？”陈道魁回答得很干脆。

“杀了那么多人，你就那么心安？”辛可加知道犯罪分子都会给自己犯下的罪找理由。

“我基本上是心安的。清除那些残疾人、智障者对他们的家人是解救，对他们自己是解脱，而且用他们的器官还可以救人，做这样的事我当然是心安的。”陈道魁说话的口气很严肃。

辛可加此时才知道陈道魁他们是对残疾人、智障者下手。此时，他也想起了在分析津淮河骨头案时倪男祥说过的话：通过基因检测，还知道他俩的基因都有些异常。从分子水平上看，基因在结构上发生了碱基对组成或排列顺序的改变。就是说这两个人的身体可能有病。津淮河骨头案的骨头不就是残疾人或智障者的骨头嘛。可也不对啊，那位蓝蕾熙可是健全的啊。陈道魁并没有完全说实话。于是问道：“下手的不全是残疾人、智障者吧？”

陈道魁应道：“所以，我才说基本心安啊。后期我们也对一些健全的人下手。”

辛可加发现，陈道魁并不想对抗。他认为他做的事是有益的，所以没有罪恶感。他很注重表达，他会交代他的罪行，可他要为自己辩护。

“你还是说说，你们是如何下手的吧。”

“把人弄到办公室，在办公室里摘取器官，把器官运到医院。就是这样。”

“那办公室可特别得很，是什么时候建造的啊？”

“说这些有什么用，一开始就造好了。”

“一开始指的是什么时候？”

“2008 年。”

“有哪几个人进了这个特别的办公室？”

“进去的人……进去的人……没几个。”

辛可加发现，陈道魁不太愿意谈这个问题，他似乎要把事都揽到自己的头上。辛可加觉得把人头指出来，这样他就不好否认了。从已知的情况看，那位苏梅一定是进去了，那位龙缪也一定进去了。于是说道：“苏梅进去过，龙缪也进了，还有谁进了呢？”

陈道魁没有否认，也没有肯定，他看了看辛可加，问道：“你们注意我们多久了？”

辛可加看了陈道魁一眼，严肃地说：“你提的这个问题我可以回答，但你要注意，现在是我在问你，不是你在问我。知道吗？我们已经盯住酒乐遥相当久了。你那个特别的办公室除了你、苏梅、龙缪进去过，还有谁也进去过？”

陈道魁沉默了片刻，说：“没了，的确没了。”

“你哥没进去过？”

“没有。不信你可以问他们。”

“没错。既然都这样了，说实话比说假话好，免得前后不一。我问你，器官都运到哪儿去了？”

“运到宁津詹氏中外合作医院，后面的事我们就不管了。”

“有的不是还运到津市中外合作医院了吗？”

“运到津市詹氏中外合作医院的，最后还是要运到宁津詹氏中外合作医院后才出手。”

“摘了器官、骨头后，不是还剩下皮肉吗？那些皮肉是如何处理的？”

“这问题你是明知故问了吧？”

“从你的嘴里说出来才算是你交代的。”

“用桌上的那些溶液就可以化了。”

“那些残疾人、智障者都是从哪儿弄来的？”

“这你们去问龙缪吧。”

“为什么你不说呢？”

“龙缪知道得更具体。”

“你是说龙缪负责弄供体，是吧？”

“大概是这样的。”

“你负责摘取器官。”

“大概是这样的。”

“苏梅当你的帮手？”

“没有，她负责管理酒店。”

陈道魁把龙缪拉进来了，却要保护苏梅，苏梅真的和摘取器官没关联吗？

“摘取的器官由陈道钟运出，骨头还通过海路运到了台湾地区。”

“反正你们都知道了，也用不着我说了。”

“有一件事恐怕只有你最清楚，其他人是无法知道的。这事你愿意谈吗？”

“什么事？”

“你们一共摘取了多少人的器官？”

“这事可以说的。中国的刑法我多少知道一点儿。我杀了那么多人，早就够判死刑的了，多说一个、少说一个也没有多少区别。如果你需要准确数据的话我可以告诉你。我觉得我处理得越多，贡献就越大。”

“咱们先不说贡献的事。这么多年了，你还记得住吗？”

“你小看我了。你知道，当年我是怎样考上日本医科大学的吗？没有一定的本事能考上吗？这么一点点数据我怎么能记不住？就是比这大十倍、一百倍的数据我也记得住。不过，说这些已经没有什么意思了。”

“那你把每年的数据说出来听听吧。”

审讯室里的同步录音录像设备不停地工作着，邓宇涵不停地在做记录。

“可以按年份告诉你。2008 年八个，每月严格控制在两个。2009 年二十五个，10 月多一个。2010 年二十七个，10 月、11 月、12 月各多一个。2011 年二十八个，7 月、9 月、11 月、12 月各多一个。2012 年与 2011 年相同，8 月、10 月、11 月、12 月各多一个。2013 年二十七个，10 月、11 月、12 月各多一个。2014 年二十九个，7 月至 12 月各多一个。2015 年三十二个，8 月多一个、9 月多一个、10 月多两个、11 月多两个、12 月多两个。2016 年年初至 2016 年 8 月 10 日二十二个，1 月两个、2 月三个、3 月两个、4 月四个、6 月四个、7 月四个、8 月三个。”

“一共是多少个？数过吗？”

“二百二十六个。”

辛可加发现，陈道魁交代的数据与吴哲晗通过陈道魁账户资金来源数据的统计有些许的出入。根据资金来源统计是取了二百二十五个人的器官，根据陈道魁的计算，则是取了二百二十六个人的器官。为什么会有一个人的差距呢？是陈道魁记错了吗？辛可加为了验证陈道魁的记忆力，问道：“是二百二十五个还是二百二十六个？”

“二百二十六个。你们查得也蛮细的，送了一例。”

“如何解释？”

“我们把几个人寄存在宁津詹氏福利院，所以送了一例。”

“好吧。问你个技术上的问题，都摘取了哪些器官？”

“除了毛发、肉，其他的都可以用。”

“具体说说都摘了些什么？”

“心脏、肝脏、肾脏、脾脏、角膜、脑垂体，还有皮、血液、骨头。”

“你还有什么要说的？”辛可加问。

“我做事历来有节制，龙缪有些粗心，因为粗心所以暴露了。暴露就暴露了，也没什么好说的，一人做事一人当。做这事就我和龙缪知道，其他人都不知道的。我还得强调，处理那些残疾人、智障者是在做好事儿。该诅咒的是那些让他们残疾、痴呆的人。我有些内疚的是后期，龙缪对一些落单的人下手，这不应该。”陈道魁认真地说着。

后来，辛可加又问到酒乐遥与宁津詹氏医疗集团的关系，对这样的问题陈道魁一概回避。他很主动地把罪都揽到自己的头上，只字不提宁津詹氏医疗集团，不提詹荣国，更不提日本的公司。

虽然宁津詹氏中外合作医院是宁津詹氏医疗集团旗下的医院，可陈道魁总是说詹荣国不知情。双方是合作了，可器官是怎么来的，只有陈道魁知道，詹荣国是不知道的。

龙缪上着大背心，下着大裤衩，很随意地坐在审讯室的椅子上。他的确是大块头，头大、骨架大，身体把审讯椅塞得满满的。他面无表情，对眼前的陶冶和丁则似乎不屑一顾。

陶冶、丁则研究过龙缪。从龙缪过往的表现看，他显然是一位吃软不吃硬的人。从这人的外表观察，很符合这一特点。对这样的人，不宜来硬的，也不能与他对立。这样的人是比较干脆的，如果抓住了他的弱点，他就会和盘托出。龙缪的软肋是什么呢？他的软肋应该是妻子、女儿。判刑啊，死亡啊，他可能都不怕，可他会顾及妻子、女儿的。这种人，不宜和他绕圈子，在问的策略上，宜直来直去，针对他敢做敢当的特点，激一激他就可以了。

“龙先生啊，孩子多大了？”陶冶口气温和。

龙缪抬头看了一下陶冶，仍然面无表情，他低声应道：“问这些干什么？”

“看到你的时候，我最先想到的是今后你的孩子该怎么办？”陶冶看着龙缪。

龙缪抬起了头，没有接话，他似乎在想些什么。

“孩子还小吧？”陶冶继续拿小孩儿当话题。

“孩子小关你们什么事！”龙缪小声应道。

“龙先生，你和鲁琦都是要被判刑的人，你的确该想想你那小飞飞今后该怎么办？”陶冶提高了一下声调。

“你们干吗扯到我的女儿？一人做事一人当。我做这事和鲁琦没关系，鲁琦只是跟着我，她什么都不知道。”龙缪声音大了一些。

说到女儿，龙缪有些激动了。很显然，他想通过保护鲁琦来保护孩子。

“是的，男子汉一人做事一人当。也许痛痛快快地把事情说清楚了，才是对孩子最好的保护。”

“你们有什么问题就问吧，不要再提孩子。”龙缪说。

“你到过酒乐遥的那间密室吗？”陶冶问。

“什么密室啊?”龙缪反问，对这一简单的问题，龙缪并没有爽快地回答。

“就是紧挨着陈道魁办公室的那间密室，你进去过吗?”陶冶追问。

“不太清楚你在说什么。”龙缪还是不肯直接回答。

龙缪好像在等什么。他一定是在守着义气。他心里想的是，陈道魁的事是不能轻易说出去的。如果陈道魁都没招，自己又怎么能先招呢?

陶冶也猜出了龙缪的心思。他让丁则到隔壁房间走一趟，问一下辛可加，陈道魁招了没有。丁则走出门。

“在摘取人体器官这件事上你是主力，这你不否认吧?”陶冶换了一下话题。

“什么主力啊，干一些活就是了。”

“都干了些什么活啊?”

“帮帮忙。”

“龙缪啊，你不是说一人做事一人当，要爽快回答吗?怎么啦?不爽快啊!”

陶冶正说着，丁则回来了。他和陶冶耳语了几句。

“好吧，你的确是讲义气的。可陈道魁都说了，你进去过密室，还和他一起摘取器官。你从各地弄来了残疾人、智障者，你最清楚都是从哪儿弄到的。”陶冶没有骗龙缪，这些情况是丁则刚刚从辛可加那儿问到的。

此时，龙缪轻松地笑了笑，说道：“这样就好了。”

“那你说吧，和陈道魁一起在密室里摘取了多少人的器官?”

“这数据我记得不太清楚。可我的确摘取过，技术是陈道魁教的。”

“这些用来摘取器官的人都是从哪里弄来的？陈道魁说你最清楚。”

“从农村，从那些该死的村子里弄来的。”

“为什么说该死？”

“那些村子被破坏、被污染了，残疾人、智障者很多。”

“还记得都是从哪些村子弄到的吗？”

“让我想想，大概十来个吧。”

“具体都是哪些村子，位置在哪？”

“记得不是很清楚。我想想，按顺序，先是元泵村，在津市北边，这个村子用了一年多。后来是过坑村，位于津市的西北边。再后来是浮风村，在津市的西南方。接下去是川灵村，还是道友村呢？应该是川灵村，川灵村在宁津市东北向。”龙缪掰着指头，认真算着，“后来是滨越西的道友村，宁津北边的红豆村，津市东边的隶头村，宁津东北向的石里沟南北村，津市西边的灵蛇村。十个村子，没错吧？”

“你还通过怎样的渠道获取供体？”

“在市区对流浪汉下手，特别方便。还有对个别落单的人下手，这得等机会，而且容易暴露。后来，胆大了，就约一些妓女上门，上门后直接处理了。”

“你算算，一共弄了多少人？”

“没算过，上百人吧。人数你们自己定就是了。”

“鲁琦一直跟着你，你们配合得很默契啊。”

“鲁琦她是跟着我，可她一直不知道把这些人弄来是干什么用的。她相信是要送到福利院的。近几年她很少参加。在津市市区搞人都是我一个人行动，鲁琦没有参加。”

陶冶没有反驳他，龙缪还是有护妻之心的。

“你还有什么话想说？”

“我知道的都说了。鲁琦的确不知道。”

苏梅穿着整齐，规规矩矩地坐在那儿，她很淡定。

开始的时候她对尹颖的提问并没有回话。当尹颖告诉她陈道魁都招了的时候，她叹了口气：“这一天还是来了。”

当李知林问她作为陈道魁的助手，在摘取器官中都做了什么时，她回话说：“你们说我做了什么就是什么吧!”

苏梅很消极，似乎知道这一天迟早是会到来的。

鲁琦穿着便装，她是在逛街回家的路上被拘的。她不停地摆弄手铐，好像对手铐既好奇又不习惯。吴哲晗、阮配酸进门的时候，鲁琦好像有话要说。见状，吴哲晗问道：“是不是想上卫生间?”鲁琦回话：“没有，没有。我的孩子在幼儿园，没人去接。”吴哲晗说：“这你放心，我们已经跟你公司的那位叫原舒的说了，她答应去接孩子。你如实交代，这样就可以早些见到孩子了。”鲁琦答应她会如实交代的。

吴哲晗问她，是否知道陈道魁、龙缪他们是在摘取器官时，鲁琦回答，她开始不知道，后来知道了。

鲁琦很悲伤。她说，她很担心生病的父亲，也牵挂女儿小飞飞，她自己也不知道为什么就帮龙缪做了那样的事。

讯问要结束的时候，吴哲晗说，原舒只是临时代看，今后孩子要怎么办还需鲁琦自己拿主意。鲁琦提出把孩子送到青木老家给她的父母抚养。

但永争问陈道钟的时候，陈道钟不停地说不知道这是犯罪，他从来不认为是犯罪。他只是听从他弟弟的安排把东西运到医院去。当吴则昊问他知道不知道运的是人体器官时，陈道钟回答说知道。

经调查发现，原舒、苏小波等酒乐遥管理人员、工作人员的确不知情。她们只是在经营酒乐遥。

津市酒乐遥酒店管理有限公司是宁津詹氏医疗集团和日本青木丸红株式会社双方合作创办的公司。在这样的一个公司里出了这样的事，要不要、能不能追究宁津詹氏医疗集团和日本青木丸红株式会社相关人的责任呢？联系到犯罪事实，大家都认为是要追究的。这是一种有组织犯罪，而且是跨国的。究竟该如何追究呢？

宁津詹氏医疗集团的法人是詹荣国主席，日本青木丸红株式会社法人是林元模社长。经查，日本青木丸红株式会社法人林元模社长是个日籍华人。他是个医生，没有搞过企业，日本青木丸红株式会社只是日本青木集团旗下的一个小公司、一个壳，林元模只是个挂名社长。他在日本，如果查他，他完全可以说不知情，而要获取他知情的证据那可真是难得要命。必须依据《巴罗莫公约》实施跨国联合侦查后才可以追究。可要启动这种侦查谈何容易？所以，专家组建议暂时不追查林元模。

詹荣国的特殊身份还在其次，关键是有什么证据能证明宁津詹氏医疗集团以及詹荣国介入器官摘取、贩运中去了呢？宁津詹氏中外合作医院、津市詹氏中外合作医院尽管都是宁津詹氏医疗集团旗下的医院，也参与了器官贩运，但他们只是从陈道魁处接收器官，并不知道陈道魁是如何获取器官的。最多只能追究他们组织贩运人体器官罪，并不能定相关人的杀人罪。陈道魁在讯问过程中几乎是无话不说，但涉及詹荣国以及日本人的话他一字不提。从陈道魁所提供的情况看，詹荣国肯定是不知道陈道魁是如何获取器官的。宁津詹氏医疗集团旗下的公司参与了人体器官贩运，尽管旗下公司的人都说是大老板安排他们干的，但从目前掌握的证据情况看也只能以单位犯罪追究孙起、何充明、骆元盛、归亚当的责任，很难追究詹荣国的责任。

对刘天佑、刘达伦的责任追究同样遇到了障碍，他们参与了人骨贩运，可证据在哪里？要追究他们的责任，还需台湾地区警方的协助查证。

那位姑嫂塔边防派出所副教导员苏进林犯的是受贿罪和渎职罪，可以提请检察部门立案侦查。

那么多的人骨都流到了境外、国外，都在发挥怎样的作用呢？

第十五章 尾 声

没过多久，陈道魁、龙缪、苏梅、鲁琦、陈道钟、岳一毡都被判了刑。陈道魁在杀人、组织贩卖人体器官犯罪中是组织者、领导者，系首犯，被判处死刑。龙缪在杀人、组织贩卖人体器官犯罪中起主要作用，系主犯，被判处死刑。苏梅在杀人、组织贩卖人体器官罪中起辅助作用，系从犯，被判处死刑缓期两年执行。鲁琦在杀人、组织贩卖人体器官罪中起辅助作用，系从犯，被判处无期徒刑。陈道钟在杀人、组织贩卖人体器官罪中起辅助作用，因知情程度低，被判处十年有期徒刑。岳一毡在组织贩卖人体器官罪中起辅助作用，同时有立功表现，被判处四年有期徒刑。孙起、何充明在组织贩卖人体器官罪中起辅助作用，被判处有期徒刑七年。骆元盛、归亚当在组织贩卖人体器官罪中起辅助作用，被判处有期徒刑六年。

法官说陈道魁等人十恶不赦。可陈道魁不那么认为，他义正词严地反驳道："我虽然杀了两百多人，但是杀的都是些什么人呢？杀他们不但无罪，而且还功德无量。"陈道魁质问法官，"是谁让他们残疾、痴呆的？那些让他们残疾、痴呆的人才是罪人。"

詹荣国与陈道魁单线联系。因为陈道魁没有说过一句詹荣国知情，办案人员又无法从别的渠道去获取能够证明詹荣国有罪的证据，所以只能放弃起诉。其实，哪怕起诉了詹荣国，也会有一大批官员要保他，不起诉正合很多人的意。

不过，对这样的处罚辛可加并不满意。辛可加心里惦记着詹荣国，也惦记着林元模。他主张继续查下去。后来，通过深查，获取了宁津詹氏医疗集团参与组织贩卖人体器官犯罪的证据，最终詹荣国被绳之以法。随后，宁津詹氏医疗集团倒了，整个宁津系从此一蹶不振。

在国际刑警组织的协调下，通过跨国联合侦查与国际刑事司法协助，获取了日本青木丸红株式会社参与组织贩卖人体器官犯罪的证据，最终林元模被判刑。通过区际侦查协作，获取了台湾地区渔民刘达伦参与组织贩卖人体器官犯罪的证据，刘达伦获刑。

酒乐遥倒了，香草天空 6 号楼一、二楼连同陈道魁在香草天空的其他房产被公开拍卖。在拍卖的前一天，辛可加、陶冶专门去看了密室。离酒乐遥密室被发现才过去两个多月，可眼前的密室却面目全非。上下密室的墙壁都已霉变、泛碱，黑黑、白白的毛长得满墙皆是。面对密室巨变，辛可加也不知变故因何而起！

倪男祥法医在密室手术台、地面、水槽里找到了些微皮肉碎屑，通过分离绘出了DNA图谱。最终，他还是无法给出谁是谁的判断。不过他说，把DNA带离也就意味着灵魂的迁移或超度……

陈家、龙家的财产作为犯罪所得被全部没收。被没收的财产和房产拍卖所得或归入国库或用以赔偿受害人。陈乾坤住回了老屋，有时他还会愣愣地站在福满楼前仰望，口里念念有词："高楼有什么用啊！高楼有什么用啊！"

按照鲁琦的意思，小飞飞被送给鲁琦的父母抚养。后来，青木帮要了一些手段把小飞飞转移到了日本。蔡甜儿主动向帮主请命，抚养小飞飞，帮主同意了。

青木帮破天荒地为非帮主树碑，以纪念陈道魁对青木帮的保护和独创的营利模式。因为犯罪暴露后，陈道魁只字不提青木帮，把责任全部揽到自己的身上。陈道魁倒下后，他独创的营利方式并没有从此消失。青木帮其他成员如法炮制，在中国的东西南北各处设点，同样以经营日本料理为掩护，从事摘取人体器官的勾当。只不过他们现在不打持久战，而是打歼灭战。某一城市的料理店开张营业后，迅速物色供体村，继而全盘接收，短时间内全面摘取。或集中对某城市的流浪汉下手，清理完后即专营日本料理，再过没多久，日本料理店关门倒闭。他们已经训练了很多摘取人体器官的高手，收到供体后，众多高手一起动手。

一日，陶冶、李知林、吴哲晗、丁则从津市后渚港搭上"中秋月亮"海轮直抵澎湖马公港。酒乐遥杀人、贩运人体器官案一点儿也没有牵连到刘天佑。在大陆警方与台湾地区刑事警察局联手查案中，刘天佑把台湾地区刑事警察局给摆平了，最终只逮捕了刘达伦，而没有查到刘天佑。有一天，苏梅在无意间提到刘天佑，说他才是台湾方的实际收货者。为了去看一看那些骨头，陶冶带上李知林、吴哲晗、丁则上路了。他们到了澎湖，按照苏梅所说的，在澎湖医院见到了刘天佑。刘天佑并不紧张，听说是苏梅介绍来的，便带陶冶、吴哲晗、丁则参观了他收藏的人骨。

辛可加知道，酒乐遥杀人、贩运人体器官案中的好多人骨最终流到了不丹。为了看看那些涉案骨头，为了体验一下佛国对尸体的敬重，辛可加想带邓宇涵、尹颖去一趟不丹。中不边界长约六百千米，可不丹未与中国建交。辛可加一行三人只能南下印度，再上不丹。

到了那儿，才知道什么是对尸体的敬重。村民们一边用压面机加工“PUTA”，一边用长笛伴奏，那长笛可是用人的胫骨做成的。村子里的家家户户都供有神龛，神龛上放的是各类人骨。村民都把人骨当作神器去祭供。

村民们用手抓起碗里的荞麦面，津津有味地吃着。那碗的边上搁着两根人的肋骨。

庙宇里到处都挂着人骨制成的乐器和神器。僧人口中念念有词：“崇拜它就得用它，崇拜它就得用它。”

辛可加想，从酒乐遥流出的那些骨头能如此被敬重也值了。

那位阿根还在扒窃。因为当了鲁肃山的耳目，偶尔还会得到鲁肃山的一点儿资助。不过，阿根觉得还得靠自己。为了那位徐梦婷，阿根现在可比以前勤快多了。有时他会去会一下徐梦婷，有时会给她五百元，有时甚至给一千元。

阿根喜欢在津淮河畔游荡。津淮河水清了又浊、浊了又清。河畔的小姐们走了一茬又来了一茬。徐梦婷一直在“浪情小道”

待着，因为有阿根，所以她不想离开。

阿根来了，徐梦婷笑嘻嘻地迎了上去。

有一天，有个小子告诉阿根，说是夏日的一天中午，他经过奈良桥，在桥面上看到一个袋子，以为里面装的是宝贝，窃喜，拎着袋子赶紧往津淮河东岸走。不过，他还是好奇心切，忍不住把袋子打开了。“哇”，天哪！是骨头，是人骨！吓得他直接把袋子往河里一扔。

阿根把这件事告诉了鲁肃山，鲁肃山又告诉了陶冶，陶冶则顺便告诉了辛可加。于是，酒乐遥杀人、贩运人体器官案的专案组成员就都知道了四根肱骨的经历。

一阵狂风吹过，津淮河水发出“啾啾啾”的怪声。津淮河是在欢笑还是在哭泣？

还是不要去打扰那些提供了供体的村民了吧！

无处安息的灵魂是多了还是少了呢？

津淮河畔的灵魂找到安息之地了吗？